A ILHA E O ESPELHO

Copyright © 2022 por Fausto Panicacci

Todos os direitos desta publicação reservados à Maquinaria Sankto Editora e Distribuidora LTDA. Este livro segue o Novo Acordo Ortográfico de 1990.

É vedada a reprodução total ou parcial desta obra sem a prévia autorização, salvo como referência de pesquisa ou citação acompanhada da respectiva indicação. A violação dos direitos autorais é crime estabelecido na Lei n.9.610/98 e punido pelo artigo 194 do Código Penal.

Este texto é de responsabilidade do autor e não reflete necessariamente a opinião da Maquinaria Sankto Editora e Distribuidora LTDA.

Diretor Executivo
Guther Faggion

Diretor de Operações
Jardel Nascimento

Diretor Financeiro
Nilson Roberto da Silva

Editora Executiva
Renata Sturm

Editora
Gabriela Castro

Direção de Arte
Rafael Bersi, Matheus Costa

Revisão
Leonardo do Carmo, Georgia Garms

Assistente
Vanessa Nagayoshi

Arte da capa
Rafael Mesquita

DADOS INTERNACIONAIS DE CATALOGAÇÃO NA PUBLICAÇÃO (CIP)
ANGÉLICA ILACQUA – CRB-8/7057

PANICACCI, Fausto
A ilha e o espelho/ Fausto Panicacci.
São Paulo: Maquinaria Sankto Editora e Distribuidora LTDA, 2022.
304p.

ISBN 978-65-88370-33-9

1. Ficção brasileira I. Título
21-5613   CDD B869

ÍNDICES PARA CATÁLOGO SISTEMÁTICO:
1. Ficção brasileira

maquinaria EDITORIAL

R. Leonardo Nunes, 194 - Vila da Saúde,
São Paulo – SP – CEP: 04039-010
www.mqnr.com.br

A ILHA E O ESPELHO

Fausto Panicacci

maquinaria
EDITORIAL

Este livro é dedicado aos amigos.

"E amanhã não seremos o que fomos nem o que somos."
Ovídio, *Metamorfoses*, xv, 215–16

"Cremos ser retas justiceiras:
nossa cólera não atinge
quem traz mãos puras."
Ésquilo, *Eumênides*, 312–14 — Coro das Erínias

"Dai-me uma fúria grande e sonorosa."
Luís de Camões, *Os Lusíadas*, Canto I, 5

"Ao final de 2019, o número de pessoas em deslocamento forçado devido a guerras, conflitos, perseguições, violações de direitos humanos e sérias perturbações da ordem pública havia subido para 79,5 milhões, maior número já registrado (...), nele incluídos 26 milhões de refugiados."

(United Nations High Commissioner for Refugees, 18 jun. 2020, *Global Trends — Forced displacement in 2019*, p. 8)

"Cerca de um terço das mulheres em todo o mundo sofrem violência física e/ou sexual praticada por um parceiro íntimo. (...) Globalmente, em torno de 137 mulheres são mortas a cada dia por um membro de sua própria família."

(United Nations Department of Economic and Social Affairs, World's Women 2020, *Violence Against Women and the Girl Child*)

"Mais de 1.400 toneladas de resíduos, incluindo bolsas de sangue, seringas usadas e remédios vencidos devem ser enviados do Brasil de volta para a Grã-Bretanha depois de terem sido exportados ilegalmente pelo Atlântico, disfarçados de plástico reciclável. O lixo perigoso, que também inclui restos de equipamentos eletrônicos, baterias de carros e fraldas sujas, foi descoberto em 89 contêineres espalhados por três portos da costa sul do Brasil, após ter sido enviado da Grã-Bretanha, entre fevereiro e maio deste ano, rotulado como plástico inofensivo."

(The Independent, 18 jul. 2009, *Hazardous waste from UK 'dumped in Brazilian port'*)

Eu tinha apenas aquela tarde para decidir. Era um daqueles singelos momentos que nos permitem edificar o destino; momentos em que, na solidão de um quarto, de um banco de praça, de uma estação de trem, na solidão acompanhada ou desacompanhada, aflitiva ou entusiasmada, percebemos que algo precisa acontecer; algo que nos leve à comunhão com O Outro, ao pulsar das experiências, das conquistas, das alegrias — e das dores, das derrotas, das cicatrizes; algo que nos faça querer ser, genuinamente, Humanos — com todas as contradições que essa palavra arrasta.

Nós estávamos no Cork, antigo bar de São Paulo remodelado como pub irlandês, e a ventania incomum havia espantado os clientes de domingo. Éramos apenas eu, os dois bons amigos de infância com os quais fazia um almoço de despedida, a cozinheira, que já encerrara os trabalhos e desapareceu lá para os fundos, a gerente e o desconhecido que com ela conversava no balcão. Gigantescas bigornas cinzentas acumulavam-se no céu, indicando o iminente dilúvio; o vento fazia bater as portas e agitava as árvores, arrancando as folhas que o outono não levara, e o frio incentivava-nos a beber. Um relâmpago seguido de estrondo fez cair a energia e o gerador foi ligado, acendendo a parca iluminação de emergência; embora não passasse de duas da tarde, com a torrente que se prenunciava ficamos quase no escuro, sentados num canto, envolvidos pelo aroma de madeira nova. Alguns quadros balançavam na parede e a gerente gritou à cozinheira; elas travaram portas e janelas, e a cozinheira virou a tabuleta para "fechado", dando-me a sensação de fim de alguma coisa. A apenas dois dias de deixar o Brasil por anos, eu tinha dúvidas se fizera a escolha certa, pensava em desistir, estava angustiado. A gerente também era uma boa amiga, sabia das minhas angústias, queria ajudar: ela veio até a mesa e disse que o homem no balcão havia morado na Inglaterra e gostava de contar sobre sua vida por lá; ofereceu-se para trazê-lo até nós. Fiquei irritado com aquilo: não queria desperdiçar a tarde com uma pessoa da qual jamais ouvira falar — precisava resolver se tomaria ou não o avião para Londres na terça-feira, e esperava que a conversa com os amigos pudesse aclarar as coisas. Mas, olhando para o desconhecido, cuja imagem era duplicada pelo espelho da prateleira de garrafas, por algum motivo insondável não consegui dizer "não". A gerente voltou com o tal sujeito, que nos foi apresentado como Theodoro Boaventura, também chamado de "Theo B.". Ele não teria mais de quarenta anos; tinha ombros largos, cabelos aparados curtos, a barba por fazer e, ali, em pé, dentro da jaqueta de couro da qual pendia um maço de cigarros, parecia um piloto da Segunda Guerra em dia de folga. Já o vira no pub uma vez, na semana anterior, rodeado de pessoas, mas só agora notava em seu rosto, bordejando os olhos, algumas manchas de sol. O sujeito parecia mancar — mas muito discretamente. Indiquei-lhe uma cadeira e ele se sentou em silêncio. Eu também fiquei em silêncio, girando entre os dedos a rolha do vinho. A cozinheira tirou os pratos da mesa e trouxe uma rodada de cerveja escura, enquanto a gerente apanhou uma garrafa de uísque irlandês e seis copos. Com todos sentados, trocamos informações triviais sobre os motivos da minha viagem, mencionei por alto minhas dúvidas, erguemos as cervejas, e o sujeito que nos falaria de sua vida fez um brinde pomposo: "Ao espírito humano, que só se realiza nos desafios". Confesso não ter ficado nada empolgado: a vida e os desafios "dos outros" eram algo que não me interessava naquele momento. Ao menos não até ouvir o relato do desconhecido. Porque não foi um breviário turístico, mas a narrativa de alguém que, falando tão particularmente de si, parecia falar de todos nós, conclamando-nos a reverenciar a existência do outro, próximo ou distante, amado ou esquecido, amigo ou desconhecido, como se o tal Theo B. se adivinhasse um pouco em cada um de nós, apelando ao nosso senso de amizade e de pertencimento, às nossas aspirações segredadas, à solidariedade que entrelaça corações tão díspares e distantes, num convite a que resgatássemos nossa humanidade no que ela tem de essencial, nas dores e belezas de nossa falibilidade, na imperfeição da qual a esperança, a eterna e inquebrantável esperança, é contrapartida.

Lembro que a chuva já dardejava as vidraças quando o uísque foi servido; nós dissemos algo tolo sobre o tempo, batemos os copos, e, então, Theo B. começou a contar.

O relato de Theo B.

I
O DUPLO

1

TUDO COMEÇOU NUM LUGAR COMO ESTE: eu havia sido mandado para a Inglaterra pelos motivos errados, suspeitava de trapaças no escritório, e as coisas se complicaram quando conheci um fotógrafo de aparência insólita, uma mulher que sorria mesmo quando chorava, e outra, que queimava mentiras.

Naquele tempo minha felicidade inglesa se resumia a ir a reuniões com outros advogados, escrever artigos para a pós-graduação, beber com desconhecidos que encontrava no Wordsworth College e contemplar Cambridge do meu quarto com vista para a ferrovia. E foi no conforto desse invejável modo de vida que, numa noite escura de novembro, fui parar no The Eagle, o pub onde tudo iria começar.

Lembro-me de ver as torres pontiagudas do King's College perdendo-se numa névoa antes de eu dobrar na Bene't Street. Passei por um sujeito maltrapilho de cabelos alourados que escapavam sob a touca vermelha; sentado num *skate* e com a imagem refletida numa poça d'água, ele segurava um papelão no qual se identificava como refugiado, afirmava não poder voltar a seu país por perseguição política, pedia ajuda. Olhou-me. Eu tinha dinheiro no bolso, mas nenhuma moeda, então continuei andando, impulsionado por alguma soberba justificativa para não dar esmolas. Mas fui confrontado pela inelutável convicção de que carecemos demais uns dos outros — somos todos refugiados. Estando numa terra estrangeira, na solidão, o que me ligava àquele sujeito de roupas amarrotadas? O que nos liga a todos? Só no outro se tem um espelho — pude ver-me no olhar do refugiado.

Não há desafio maior do que olhar para o outro.

Retornei à esquina, mas a situação se resolveu de outra forma: o sujeito não estava mais lá. Entrei de novo na Bene't Street, onde se ouvia apenas o som dos meus passos e da barra do sobretudo que, conforme eu andava, roçava meus joelhos; passei pelo The Eagle, que exalava cheiro de madeira encharcada de cerveja ao longo de séculos, e um minuto depois por uma escola de Fotografia, em cuja lateral vi uma moto velada por sombras. Mais alguns passos e cheguei ao restaurante que me haviam recomendado. Fechado para reforma. Dei meia-volta, agora decidido a tomar um lanche na ponte da Silver Street.

Eu não estava longe da esquina na qual vira o refugiado quando escutei alguém gritar: "Ei, Lucca". Os gritos se repetiram, então me virei e vi um rapaz à porta da escola de Fotografia, montado numa bicicleta, acenando para mim e chamando: "Lucca, Lucca, me espera".

Ele aparecia e desaparecia em meio à névoa intermitente na rua dominada pelo silêncio.

Olhei ao redor, mas não havia mais ninguém por ali; na certa o rapaz da bicicleta estava me confundindo com outra pessoa. Retomei os passos e os gritos para o tal "Lucca" continuaram a vir, cada vez mais próximo, repicando nos velhos prédios de tons beges. Quando eu atravessava a rua, bem em frente ao The Eagle, ouvi um derrapar no asfalto molhado e senti algo bater em meu tornozelo. O rapaz da bicicleta trazia um largo sorriso, que definhou ao me encarar. Eu estava prestes a xingá-lo.

— Lucca... — disse o rapaz de vinte e poucos anos.

Ele vestia uma blusa de lã preta desbotada, tinha acentuada heterocromia ocular — um olho muito verde e o outro muito castanho — e, depois de recobrar o fôlego, passou a mão no cabelo espetado e completou:

— Mas... você não é o Lucca...

Disse a ele que não era e pretendia continuar não sendo, principalmente se isso fosse me render atropelamentos por bicicletas. Atônito, o rapaz balbuciou "mas é idêntico...", pediu desculpas por ter-se confundido e pela batida, e explicou que tinha um amigo italiano chamado Lucca Merisi, do qual, de longe, eu parecia ser gêmeo — e, de perto, um irmão mais jovem. Retruquei que não conhecia nenhum Lucca, nem ninguém com aquele sobrenome, e que jamais estivera na Itália. Ele propôs me pagar uma cerveja para compensar a dor no tornozelo. Não havia por que não aceitar.

O rapaz foi até a calçada oposta e, enquanto travava a bicicleta na grade de ferro da igreja de St. Bene't, se apresentou para mim; mas não consegui compreender seu nome e me limitei a dizer-lhe o meu.

— Não sabia que furtavam bicicletas por aqui.

— Não furtam — disse o rapaz, voltando-se para mim. — Minha preocupação é com os bêbados engraçadinhos que saem dali.

Entramos pela porta frontal do pub, de acesso ao vestíbulo de madeira envernizada, repleto de quadros e brasões que davam ao lugar ares de biblioteca suntuosa; conforme penetrávamos no espaço labiríntico o cenário ia mudando, tornando-se mais rústico, com pilares de madeira lavrada, lareiras de tijolos aparentes e um painel que exibia bridões e rédeas evocando aventuras medievais; superadas as alas de não fumantes, passamos ao largo da porta que se abria para a área descoberta, e então chegamos ao cômodo dos fundos, a histórica e enfumaçada sala conhecida como RAF Bar, onde as paredes de amarelo-vivo ostentavam fotografias da Segunda Guerra Mundial. Sob a guarda do teto ocre com inscrições extraordinárias, o balcão marrom em "L", carregado de torneiras cromadas, e o velho relógio circular, eternamente parado em quinze para as onze, saudavam-nos com sua atemporalidade.

Arrastado pelo rapaz, que trazia uma mochila cinza nos ombros, aproximei-me da mesa situada no vértice oposto ao do balcão, e ali pude ver duas belas mulheres e as costas vigorosas de um homem de camiseta preta. Meu atropelador disse "vejam isto", apontando para mim, e as duas mulheres pararam de falar e me olharam com estranhamento. O homem se pôs em pé e se virou. Era um absurdo! Salvo por ele ser uns centímetros mais alto e aparentar alguns anos a mais que eu, o sujeito era idêntico a mim — e vocês podem imaginar com que cara de otário eu devo ter ficado. O homem se mostrou perplexo; depois sua face ganhou um ar perquiridor, com a mandíbula deslizando de um lado para o outro, raspando dentes com dentes, e me preparei para levar um soco; mas ele soltou uma gargalhada e disse, numa voz espessa e rouca:

— *Una copia. Io, cinque anni fa!* — e me cumprimentou com um abraço de alegria desmedida, apertando-me e me arrancando do chão.

Só depois de me devolver ao solo ele traduziu para o inglês o que havia dito em italiano — que eu era uma cópia, algo como ele mesmo, cinco anos antes.

Incrédulo, olhei para o sujeito. Ele tinha olhos apertados parecendo dois riscos abaixo da testa reluzente, cabelos castanhos aparados à máquina, um queixo férreo de pugilista e o rosto emoldurado por fios de barba de três dias. A semelhança entre nós era inegável, mas havia naquela face uma expressão selvagem, destemida, de algum mitológico herói pré-cristão.

— *Este* é o Lucca — disse o rapaz da bicicleta, segurando no ombro do homem. — E esse é "Theodore" — prosseguiu, apresentando-me. — Lucca, acabei de fazer um novo amigo. Atropelei-o há pouco e devo a ele uma cerveja.

Com o dorso da mão crestada de sol, repleta de cicatrizes, o tal Lucca deu uma batida em meu peito:

— Theodore, é?

— Na verdade, Theodoro — respondi.

— Algo mais?

— Theodoro Boaventura.

— Muito comprido. Aqui você será "Theo B.". Venha beber com a gente!

Apoiando-se em uma das pernas, ele girou o corpo como uma porta a se abrir para as duas mulheres.

As moças se levantaram e se apresentaram. Lily Godwin tinha os cabelos lisos e escuros esparramados pelos ombros, com a franja cortada reta na linha das sobrancelhas, e uma expressão de bom humor, apesar do semblante cansado. Jamais me esquecerei daquele rosto quadrado, dos olhos âmbares que combinavam com aquele lugar e com qualquer outro, e da brandura com que falou "bem-vindo". Já Stella Caulfield, embora refinada, foi bastante árida: ajustou os fios castanho-claros num rabo-de-cavalo, deixando à mostra o pescoço rosado, cumprimentou-me dizendo apenas "oi" enquanto recusava uma ligação no celular, e por um instante me olhou como se soubesse tudo sobre mim. Ambas eram inglesas e da mesma idade — trinta e três anos, como eu saberia depois, apenas dois a mais que eu. Tirei o sobretudo, que pendurei num gancho na parede, sentei-me ao lado do tal Lucca, de frente para as mulheres, e o rapaz da bicicleta puxou até a ponta da mesa uma cadeira, na qual largou sua mochila; anunciando ter recebido o salário naquele dia, ele foi buscar uma rodada de Guinness.

Depois de algumas piadas sobre minha similitude com Lucca, a conversa foi tomada por aquela baboseira a respeito de onde eu vinha e o que fazia ali. Contei-lhes que o escritório para o qual trabalhava em São Paulo precisava de alguém que pudesse se deslocar a Manchester de vez em quando e, como eu dissera aos chefes que queria atuar na unidade de Nova Iorque, os sábios decidiram por mim que não faria diferença alguma morar nos Estados Unidos ou no Reino Unido, e mandaram que me mudasse para a Inglaterra e arrumasse algo para passar o tempo — com tudo pago. Não fiquei decepcionado. Assim que fui admitido num programa de pós-graduação em Cambridge, fiz minhas malas.

A conversa prosseguiu com biografias resumidas enquanto eu comia uma torta de carne cozida na cerveja — *steak & ale pie* — recomendada por Lily, que se entretinha deslizando os dedos pelo vidro da janela na qual a condensação construíra, pelo lado de fora, uma teia de gotículas interligadas como num colar de pérolas. Soube então que Lily era psicóloga, trabalhava à exaustão, irritava-se com seus sessenta quilos — "seis acima do ideal para a altura", segundo ela me disse —, e estava desanimada com o trabalho; quando falava comigo, no entanto, ela sorria, serena, e seu semblante iluminava-se como faróis de carro numa fotografia de longa exposição. Lily ria em três atos, "ri, ri, ri", com fluidez de água, começando calmamente, aumentando o tom no "ri" do meio, mais sério, e extravasando no último "ri", denso como se em transe, de forma que completava o arco num "ri, ri, ri" engraçado. Ria em três atos para a vida. Ria em três atos como se guardasse, para mim, um grande segredo. E assim evocava algo juvenil, não realizado ou perdido, como uma namorada com a qual se sonha aos quinze anos, mas só se conhece depois dos trinta. A primeira impressão que tive dela foi a de ser alguém que jamais faria algo errado, que flutuava sem nenhum ferimento, nenhuma dor, nenhuma cicatriz. É claro que eu estava enganado.

Lily nos deixou por um momento para atender ao celular e, após alguns minutos, passou por nós, rumo ao toilette, com os olhos marejados. "De novo o idiota do namorado francês", ouvi Lucca dizer, e foi frustrante descobrir que uma mulher daquelas já tinha um idiota.

Stella postava-se bem à minha frente; de ares esnobes, era meticulosa a ponto de pegar a taça de vinho branco com os dedos sempre na mesma posição, e sua beleza intelectualizada dava a ideia de uma mulher inatingível, embora a sisudez do rosto diamantado se desfizesse nos raros momentos em que sorria, quando surgiam tênues covinhas infantis. Poderia ser definida como enigmática — o que nada define; mas era também revelada por uma expressão: *excitação controlada*. Ela fumava devagar, soltava e prendia os cabelos com uma fivela cor de prata e recusava seguidas ligações enquanto flanava pelo pub com a silhueta marcada pelo tailleur cinza. O que mais me chamou a atenção foi seu cacoete: de tempos em tempos, Stella se acariciava passando as unhas pontiagudas pelas costas da outra mão, com os dedos emulando os tentáculos de uma água-viva a se deslocar, como se dissesse ao mundo "aqui será de outro jeito". Não demorou para que eu colecionasse a segunda frustração da noite, ao notar, em meio à profusão de joias, uma aliança de casamento.

Lily retornou, ainda de olhos úmidos, e percebi que todos na mesa deixaram de fitá-la. Eu não tinha por que não olhar para ela, e, ao ver aqueles olhos, quis consolá-la de alguma forma; mas os papéis se inverteram e foi ela quem deu um suave aperto em meu braço, sorriu e disse:

— Está tudo bem.

Esfregando a palma da mão na quina da mesa ganhei uma farpa. Lily puxou para trás as mangas de seu terninho preto, permitindo-me ver tatuado no pulso direito um relógio de algarismos romanos, sem os ponteiros; inclinou-se para frente, abrigou minha mão na concha que fez com a dela e, usando como pinça as unhas curtas esmaltadas de azul-escuro, salvou-me do intruso fragmento de madeira.

— Por que tatuou um relógio sem ponteiros? — perguntei.

— Não quero a vida medida em múltiplos de sessenta: sessenta segundos, sessenta minutos, os sessenta quilos que odeio. Prefiro o salto no instante.

Lily... Vivemos essa ilusão de que o tempo passa em ponteiros de relógio, como se fosse uma corredeira arrancando seixos às margens ou uma locomotiva que contabiliza os dormentes deixados para trás. Mas somos nós — e não o tempo — a água que corre entre as pedras; somos nós a composição que se despede das estações.

O álcool acendeu a conversação, que era a todo momento interrompida por alguém que vinha à mesa cumprimentar Lucca, e ele precisava explicar que não, eu não era um irmão, nem mesmo parente. Hesitei em perguntar diretamente o nome do rapaz da bicicleta, observei como os outros se referiam a ele, fiz algumas questões oblíquas, e enfim descobri que se chamava Halil, tinha um sobrenome esquisito e comprido iniciado pela letra S, e por isso às vezes o chamavam de "Halil S.". Era turco, passara um ano em Cambridge estudando inglês e agora cursava o mestrado em História Europeia Moderna; trabalhava como garçom num restaurante no centro da cidade e andava preocupado com a renovação de seu visto, que demorava mais que o esperado para sair. O nervosismo ao mencionar isso o fez derrubar um copo na mesa.

— Está tentando substituir Joe? — perguntou-lhe Stella, algo que não entendi no momento.

— Seria desastroso, não? — retrucou Halil, passando a mão na lateral do cabelo.

Ele carregava aquele entusiasmo tão peculiar à juventude, e tinha até uma espécie de bordão otimista, "algo de bom virá" — um bordão que se revelaria perigoso para ele. Valorizava cada aspecto da vida que conquistara no país, e tentava mimetizar a cultura local, não raro imitando gestos e falas dos ingleses. Por ele eu soube que o grupo possuía mais um componente, o tal Joe, um inglês que tivera compromisso em Londres e por isso não viera naquela noite. "Joseph Truman Baines", disse Halil, com acentuado sotaque britânico, e pelas risadas que provocou pude perceber que o amigo ausente era alguém tão formal a ponto de querer ser chamado sempre pelo nome completo.

Halil colocou sua mochila sobre a mesa para guardar a carteira; um jornal se insinuou com a abertura do zíper e Lily o apanhou. Ela começou a ler a matéria de capa, depois correu algumas páginas e fixou os olhos, com um leve tremor das maçãs do rosto; desviou o olhar para Lucca com expressão de assombro, voltou à matéria, tornou a mirar Lucca. Ele a encarou, e ela baixou os olhos. Havia algo ali.

Perguntei como todos tinham se conhecido, e me explicaram que Lucca era professor dos módulos avançados na escola de Fotografia ao final da rua, enquanto Lily, Stella, Halil e o tal Joe, seus alunos há três semestres. A conversa então derivou para passeios fotográficos que eles haviam feito juntos nos arredores de Cambridge. A seguir, Lucca relatou os perigos que correra ao fotografar o Etna em erupção.

— Como foi parar lá? — perguntei.

— É um projeto no qual acompanho cientistas a regiões de atividade vulcânica, com cobertura da National Geographic — disse Lucca, cuja sombra se dobrava na mesa, perto do meu braço.

— Faz isso sempre?

— Já fomos a sete das dez localidades previstas. Faltam uma ilha nas Filipinas, outra em Papua-Nova Guiné e as montanhas Virunga, na República Democrática do Congo.

— Deve ser um trabalho fascinante.

— É um trabalho como qualquer outro.

Lucca empurrou um cinzeiro, e pude ver que tinha dois dedos da mão direita bastante amarelados, característicos de quem fuma cigarros até o filtro. Quando ele deixou a mesa para buscar cervejas, Lily se voltou para mim e disse:

— Ele está sendo modesto. Vive a receber propostas de grandes revistas. Sempre foi um fotógrafo promissor. O mais jovem a ter destaque na Magnum Magazine. Já circundou o mundo fotografando, mas parou depois de um trabalho como correspondente na Guerra da Bósnia.

— Guerra da Bósnia... — espantei-me.

— Mas esse é um assunto proibido.

— E por quê?

— Ninguém sabe. Ele se recusa a falar. Sabemos apenas que, depois da Bósnia, jamais tornou a cobrir conflitos. Por alguns anos fotografou modelos na Itália, mas ficou entediado e se mudou para cá. O único trabalho que aceita além de dar aulas é esse dos vulcões, e apenas porque já tinha se comprometido com a revista.

Aquilo me inquietou: fotografar zonas de conflito e vulcões em plena atividade exigia vocação para aventuras, e minha imaginação derivou para cenas nas quais Lucca — ou eu mesmo — enfrentasse perigos num mundo esplêndido, repleto de lugares exóticos, línguas estranhas, grandes companheiros, respeitáveis inimigos, enigmas, desafios. O tal espírito aventureiro, no entanto, roubara-me o pai quando eu tinha apenas três anos, e um cenário de guerra — um cenário com *tiros* — era o último lugar da Terra ao qual eu desejaria ir.

Halil perguntou sobre meu trabalho. Falei de reuniões e relatórios, esforçando-me para mostrar entusiasmo; obviamente nada disse sobre a terrível suspeita de que alguns contratos acobertassem remessas de lixo tóxico para outros países.

— Para você é desafiador? — perguntou-me Lucca, que acabara de se sentar.

— Sim, muito desafiador.

— Eu não serviria para trabalhar com leis — disse-me ele, levantando-se para cumprimentar mais alguém.

— Nem eu para trabalhar em lugares perigosos — retruquei.

Lily disse nunca ter se interessado por Direito, e quis saber o que me levara à advocacia.

— Uma tragédia familiar.

— Incomoda-se de falar sobre isso?

— Não mais.

— Apenas se quiser.

— Tudo bem... Minha mãe ficava fora o dia todo, e eu, em casa com um avô que não tinha lá muito jeito com adolescentes. Ela era contadora numa empresa que se mudou para um centro comercial recém-inaugurado; duas semanas depois, um deslizamento de terra arrastou o prédio. Doze mortos, dezenas de feridos, e minha mãe não pôde mais andar, além de sofrer profundos ferimentos no rosto e perder parte da audição. Descobriram que o prédio havia sido construído com ferragem subdimensionada, e numa encosta desmatada ilegalmente. Diversas famílias ficaram na penúria, inclusive a minha, e a ação de indenização tomou anos. Decidi ser advogado de causas como aquela. Mas acabei num escritório especializado em contratos internacionais e planejamento tributário.

— Lamento por sua mãe — disse Lily, a única que pareceu ouvir o que contei.

Houve um silêncio baço, e ela se empenhou em afastá-lo:

— Deve atuar em casos empolgantes.

— Sim, claro.

— Você não foi muito convincente.

— Não fui?

— Por que faz isso? — perguntou-me Lily, sorrindo.

— O quê?

— Passa a mão no queixo, afagando um inexistente cavanhaque, como se estivesse se defendendo de algo.

— Sério?

— Fez isso há pouco quando disse que seu trabalho é muito desafiador. E repetiu agora.

— Não sei o que quer dizer.

— Você sabe — intercedeu Stella, que eu julgava não estar prestando atenção à conversa.

— Sei o quê?

— O que a polidez de Lily não permite que ela diga.

— E o que seria?

— Você afaga o queixo quando *mente*.

A vertigem que havia se insinuado quando ouvi os relatos das aventuras de Lucca se manifestou novamente com essa acusação de Stella, fazendo emergir a aflitiva ideia de que eu me desviara dos meus propósitos originais, do idealismo que, sonhara eu quando mais jovem, seria o cerne da profissão. Em minha defesa, disse a mim mesmo que aceitar aquelas circunstâncias era prova de maturidade, que eu era privilegiado por trabalhar em algo de que ao menos não desgostasse, que aqueles arroubos juvenis tinham mesmo de ser domados. Mas, sutilmente, como a névoa que eu vira envolver as torres do King's College, fui pouco a pouco rodeado por uma bruma, pela ideia, melhor, por uma sugestão segredada, quase inaudível, de que minha vida podia ser uma falha, de que tudo para o que me preparara talvez estivesse trazendo apenas o contentamento morno dos descontentes. E hoje posso dizer a vocês algo sobre o que idealizara quando jovem — e sobre o que veio depois... As maravilhas do passado não deixaram de ser belas; nós é que nos tornamos insensíveis a elas. Não é porque algo foi abandonado que já não serve mais; pode ser que nada nos sirva melhor...

Acendi um cigarro, que peguei de um maço jogado na mesa. Eu não fazia aquilo há anos — havia deixado de fumar logo após o término da faculdade, por insistência de uma namorada. Interessante como algumas pessoas passam por nossa vida por um curto período, fazem-nos uma coisa boa, e depois vão embora. No caso, a coisa boa foi ela ter ido embora.

Lily e Halil falavam sobre o tal Joe quando Lucca trouxe outra rodada de cerveja e propôs que brindássemos "às novas amizades". Grandes amizades...

É ilusório pensar que essa efêmera aventura que é a vida será trilhada com os que amamos: um a um, nossos companheiros nos são arrancados. Mas é pretensioso pensar que o faremos sem eles: o amigo, o inimigo, o amor de uma tarde ou de toda uma existência, o "outro eu" que nos confronta — todos os "outros eus" que nos habitam.

A única forma de compreender algo do ser humano é se dispondo a acreditar em estados contraditórios.

Por uns instantes fiquei alheio à conversa, observando as inscrições feitas com vela e batom no teto do pub: sessenta e dois anos antes, em plena Segunda Guerra Mundial, combatentes aliados registraram ali sua passagem — para muitos, a última coisa que escreveriam na vida — às vésperas de embarcarem na costa inglesa para logo desembarcarem na Normandia no Dia D. Lembro-me de alusões a nomes de pessoas, companhias, pelotões, aerotransportados, beijos à namorada canadense, mensagens cifradas, um desenho abstrato sob o qual estava escrito "Warwick", uma oração quase apagada, coisas assim. Em caligrafias diversas, os escritos faziam sentir o pulsar do velho pub, as agruras e alegrias, embarques para a morte e nascimentos, fins de caso e reconciliações, despedidas e comemorações.

Tudo aquilo me pareceu um bom presságio, embora eu estivesse perturbado pelo contraste entre minha pacata vida e o fulgor das experiências de Lucca, apreensivo com nossa semelhança física e um tanto deslocado no grupo. Ao final da noite, no entanto, todos éramos já velhos amigos, estávamos razoavelmente bêbados, e eu não tinha a mínima condição de saber por qual das duas mulheres estava mais apaixonado.

2

Na semana do Natal lá estava eu diante da escola de Fotografia. Seu nome agora não importa, bastando dizer que funcionava num caixote de concreto cinza com faixas vermelhas, destoando da arquitetura local. Um desastre arquitetônico cravejado no coração da cidade, como um tributo à feiura no solo regido pela beleza dos prédios históricos de Cambridge. Por quais influências obtusas uma escola dedicada a um ramo da Arte funcionava num lugar tão feio, não sei explicar. Era como uma provocação à harmonia da cidade. E, para saber por que razão ou falta dela construíram aquilo de forma tão avessa à Beleza, teríamos de pensar nos rumos tomados pela Arquitetura nos últimos cem anos, o que nos levaria a refletir sobre alguns dos grandes paradoxos da Humanidade. De um deles, aliás — o de que o ser humano vive espremido entre a Beleza e a dor — ainda falarei a vocês. Mas depois.

 A razão também não fora minha aliada: a insistência de Lily, na noite em que a conheci, para me matricular — "Faça algo diferente", ela me dissera — arrastou-me até ali, contrariado por ter de gastar com algo imprevisto. Mas há coisas que se tem de fazer mesmo contrariado — afinal, no pub eu não conseguira manter a boca fechada, e prometera a Lily cursar Fotografia. Fazer algo diferente... Eu bem sabia por que isso me cativava: sempre me intrigou o universo de possibilidades, a infinidade de caminhos, o vislumbre de um "outro eu", dos "múltiplos eus" que poderiam me habitar. Por isso, até mesmo a Fotografia, que jamais passaria de um hobby para mim, arrebatava-me para a meditação: toda a nossa vivência alterada por uns passos a mais e uma ficha preenchida, numa ação singela, mas de consequências incalculáveis; um ato banal — apor seu nome num formulário, comprometendo-se a frequentar umas aulas — e, pronto, lá vai a história para outro rumo, outras serão as angústias, outras as batalhas, outras as pessoas. Mas é como enfrentamos, destemidos, essa indômita aventura que é a vida — raramente estúpida, por vezes triste, frequentemente insólita, mas sempre surpreendente.

 Subi os dois únicos degraus da escada, parei diante da porta de vidro, que, embaçada, refletia tímidos fios de sol, e aproveitei para me recuperar da dor abdominal que me atormentava em intervalos desde o amanhecer. Abri o zíper do casaco pesado, entrei. Um painel à direita exalava cheiro de tinta e ostentava fotografias da cidade; sobre ele lia-se uma frase de Marcel Proust: "A verdadeira viagem de descobrimento consiste não em procurar novas paisagens, mas em ter novos olhos".

Quando me viu entrar, a funcionária saiu de trás da mesa e veio até o balcão de acrílico, sorriso nos olhos como se fosse cumprimentar um velho conhecido, mas estancou, examinou meu rosto e recuou um passo por ter-se enganado; atendeu-me de forma polida, oferecendo-se para me explicar detalhes do curso e me mostrar a escola. Eu disse a ela que não era preciso, já estava decidido, iria me matricular de qualquer jeito. A moça, cuja beleza se contrapunha à feiura do prédio, entregou-me uma ficha de matrícula. Ainda hoje me lembro de cada traço daquele rosto negro do qual despontavam persuasivos olhos cor de avelã, da suavidade com que pronunciou seu nome — Merry —, daquele universo de possibilidades que fizera para mim o papel de guardiã do portal, senhora do desconhecido. Ela me informou que as aulas para iniciantes seriam às segundas-feiras, a partir de janeiro, e pareceu aliviada quando lhe entreguei a ficha e uma cópia plastificada do passaporte e ela pôde conferir meu nome.

— Não sou parente do professor Lucca — tranquilizei-a.

Deixei a escola com uma aprazível sensação de leveza. A dor abdominal voltou, dessa vez me jogando no chão.

3

Meu presente de Natal naquele ano foi uma cirurgia para extração do apêndice, com três furos na lateral direita do abdome para a laparoscopia e quatro dias no hospital em observação.

Eu era um estrangeiro, o leito ao lado estava vago, não havia com quem conversar. A solidão, violenta como a dor que eu sentira defronte à escola de Fotografia, evocou os meses que passara com minha mãe convalescente — eu, um adolescente então sem poder ir à rua, tornando-me mais ensimesmado, mais distanciado dos amigos, mais inconformado com a intervenção do imponderável que transtornava minha juventude... Mas a juventude é a época dos grandes planos, do indolente caminhar do tempo, do futuro prestes a acontecer. É a época da invencibilidade, da ideia de que se pode tudo conquistar. O universo de possibilidades se abre à sua frente e basta colher a pétala. Os percalços? Isso se vê depois. E os cortes. E as cicatrizes. É a época em que todos os muros são baixos — e, se houver altos, encontrar-se-á uma porta, uma escada, ou uma marreta que permita transpô-los. Mas a vida vai apresentando não muros, e sim fronteiras com grades eletrificadas, guardas armados e solos explosivos; as portas afunilam-se, faltam degraus às escadas, a marreta revela-se uma frágil pena. Então percebemos que a empreitada será menos gloriosa, mais exaustiva, menos radiante, mais humilde. E, no entanto, se nem com tudo isso desistirmos, e se remanescer, ainda que estejamos em frangalhos, alguma centelha daquele espírito audaz, então não teremos sido derrotados.

Levantei-me. Meus pés tatearam o chão gelado até encontrarem os chinelos de feltro cedidos pelo hospital. Afastei a cortina da janela. A neve ainda não chegara — chegaria em breve — e tudo estava cinza na rua desabitada, com as árvores nuas parecendo estacas de um vinhedo seco. Ouvi barulho de apitos, não muito distante, e decidi andar um pouco. No quarto vizinho, uma garotinha com gaze tapando um dos olhos, circundada de palhaços, segurava um balão. O grupo ia de leito em leito tentando animar as crianças, e um dos palhaços capturou minha atenção: por sobre a lágrima feita com maquiagem escorria outra, acanhada e autêntica. Sempre gostei da beleza melancólica dos palhaços.

No quarto seguinte, um idoso alquebrado pigarreava desesperadamente. No outro, um menino de cabeça raspada, esticado no leito, fazia deslizar sobre o lençol um carrinho de metal. Eu estava parado na porta e supunha não ter sido visto.

— Pode me tirar daqui? — perguntou-me o garoto.

— Eu não sou...

— Médico? Isso eu sei pelo seu pijama. Preciso sair daqui. Por favor...

— Não posso.

— De um jeito ou de outro, eu vou sair — e se virou para o lado, tornando ao mundo dos carros de metal.

De volta ao meu quarto de paredes pálidas, dubiamente aconchegado em um cobertor áspero, eu questionava quais seriam os sonhos daquele menino, da garotinha com o balão, do velho que tossia, e que maldita sorte me pusera ali, enquanto Lucca na certa estaria se divertindo, lançando-se a algum desafio, ou apenas acendendo o cigarro de alguém — ainda hoje tenho dúvidas se ele fumava porque realmente gostava ou se isso era só um artifício para oferecer fogo a desconhecidos e iniciar outra amizade.

Naquelas noites entre enfermos, em sonhos picotados por vigílias indesejadas, fui visitado pela incômoda ideia de que tudo quanto eu almejara e para o que me preparara parecia agora morno. Sim, fora essa a palavra que me ocorrera no pub: *morno*. Não era de se reclamar — não era ruim; mas não passava disso. Agarrado às barras cilíndricas do leito como se prestes a cair da amurada de um navio, compreendi que não escaparia da voragem que me dragava desafiando velhas convicções. O acordar e o dormir sucediam-se num remoinho de reflexões sobre aqueles enigmas perenes — o sentido da vida, a beleza, a humanidade, essas coisas simples de respostas impossíveis. Sentia-me como alguém que alcança uma fronteira, mas já não sabe se carrega o passaporte.

Eu não havia avisado nenhum familiar sobre a internação — ninguém poderia mesmo se deslocar do Brasil até lá — e por mais de uma vez estive prestes a encaminhar mensagens a Lily, mas me refreei: não queria que meu novo contato com ela fosse por um problema de saúde. A mensagem, porém, veio dela, numa saudação padronizada de Natal, à qual respondi perguntando sobre onde estaria nas festas de fim de ano. A troca de mensagens prosseguiu e fracassei no propósito de manter minha saúde longe da conversa. Foi o suficiente para que Lily deixasse para mais tarde o trem que a levaria à casa dos avós.

Ela surgiu entre os batentes da porta segurando uma caixinha; vestia um casaco vermelho, que brilhava à luz fria do quarto, e tinha as pontas dos cabelos mais luminosas. O sorriso não mudara: era o mesmo da noite em que a conheci — o mesmo pelo qual me apaixonei.

— Trouxe *mince pies* — disse-me ela. — Se está na Inglaterra no Natal, tem de comer essas tortinhas.

Comecei a achar que em meu prodigioso universo de possibilidades, até uma apendicite podia ter duplo significado.

II
AS DUAS MULHERES

4

PASSEI A FREQUENTAR O THE EAGLE quase diariamente. As recomendações médicas não proibiam caminhadas pela cidade plana, e os vinte e cinco minutos que separavam meu flat do pub, andando pelas calçadas úmidas e em algumas noites muito brancas pela neve, que era pisoteada e pisoteada e pisoteada, molhando as botas, criando um rastro de gelo derretido e sujo, faziam-me bem. Às terças-feiras, após as aulas das turmas avançadas na escola de Fotografia, Lucca e os amigos reuniam-se por lá; e não era incomum encontrá-los no pub também noutros dias: Lily dizia não ter paciência para cozinhar e jantava em pubs, Lucca usava o The Eagle como escritório, onde revisava os trabalhos dos alunos, Stella e Halil eram clientes assíduos — Halil costumava chegar já bêbado de uma cerveja envasada em recipiente plástico, barata e horrível.

O mês de janeiro se foi, acabaram-se a neve, as ruas brancas de neve, as botas molhadas pela neve e as restrições para beber. Não tardou para eu descobrir que as mil e oitocentas libras que o escritório me mandava todo mês eram um ótimo orçamento se você está em Cambridge realmente para estudar, mas, se anda com boêmios, sessenta libras por dia não dão para muita coisa, e eu tinha de recorrer às minhas economias para conseguir manter-me, enquanto assistia a Lucca dissipar seu dinheiro pagando contas dos amigos — e até de desconhecidos.

    Lucca era um sujeito que viveria bem em qualquer lugar, tendo especial apreço por excêntricos, desajustados e perdidos, por todos aqueles que tentaram, mas fracassaram, que lutaram, mas perderam — a única coisa imperdoável para ele era a inércia. Um homem intrépido, cuja face num segundo cambiava entre a severidade e a alegria, como se fosse uma rotativa moeda de sonho e realidade, impulso e freio, e cujo olhar parecia nos dizer "vá em frente; você pode se despedaçar, mas vá". Possuía amigos por todo lado e envolvia-se em confusões por todo lado — às vezes com amigos. Alguns diriam que não passava de um farrista encrenqueiro; mas o fato é que ele era um catalisador de festividade, inoculando em todos a estima pelas pessoas, pela amizade, pela vida, como se cada pulsação fosse uma luta contra o fastio, e cada segundo um instante a celebrar. Nunca ficava parado — estava sempre agitando os braços, falando, levantando-se para abraçar alguém, batendo na mesa — e jamais o vi indeciso. Vestindo a habitual camiseta preta — parecia imune ao frio —, vivia cercado de mulheres, e a cada noite despedia-se de nós, caminhava até a escola, apanhava sua Triumph Bonneville prata e vermelha e desaparecia levando na garupa a fortuita acompanhante; mas não mantinha relacionamentos duradouros, e a tensão entre ele e Lily, não externada em palavras e que apenas eu percebia, demonstrava haver mesmo algo ali — um caso intermitente, um amor velado, um segredo desconcertante.

    Numa noite, assim que o pub fechou, observávamos da calçada uma moça despedir-se das amigas para ir embora com Lucca.

— Até quando vai trocar de garota toda semana? — perguntou-lhe Lily.

Ele riu e Lily continuou:

— Nunca sairá dessa imaturidade afetiva?

— Não sei o que isso significa, mas a resposta é não.

— Você é incorrigível.

— Obrigado — respondeu Lucca.

— Não foi um elogio.

— Entendo como um.

— Ridículo.

— Desista — disse Stella a Lily.

À medida que os dias passavam naquele inverno, Stella conformava-se mais e mais às minhas idealizações de mulher clássica, enquanto Lily continuava a interromper nossas conversas para falar ao telefone com "o idiota" — o namorado que trabalhava na China e adiava o momento de ir vê-la. Lily não estava feliz. Mas os olhos dela foram ficando cada vez menos marejados, e seus sorrisos para mim, dia a dia mais largos.

Lily me contou que estava compilando anotações sobre suas pacientes vítimas de agressão pelos maridos ou outros parceiros, pois pretendia publicar um livro analisando padrões de violência contra a mulher. Seria, segundo ela, uma forma de ajudar — o ponto em comum entre os casos era terem sido arquivados a pedido das próprias vítimas, e assim os agressores ainda circulavam impunemente pela multicentenária cidade.

Tratando-se de Cambridge, sei que vocês esperam que eu conte algo sobre a vida nos *colleges*, palestras em auditórios suntuosos, jantares de gala em salões com lustres de cristal. Houve um pouco disso, claro, mas não teve especial relevância em minha história e terão de ouvir de outra pessoa: como na composição fotográfica, que implica excluir tudo o que não colabora para o que se quer expressar, contarei apenas o essencial — apenas o que importou para mim.

Tornei-me muito próximo de Halil, o atropelador que me levara ao grupo, e que receava ter de voltar para a Turquia antes do planejado — com o avô doente, talvez Halil fosse obrigado a cuidar do "pequeno negócio", como ele dizia, a lojinha de tecidos que sustentava a "família S.". Meu jovem amigo carregava dois mundos em si, e vindo, como vinha, de um país distribuído em dois continentes, duvido que o fato de ter um olho de cada cor fosse apenas coincidência. Reforçava isso, aliás, usando camisetas estampadas com a face do David Bowie — o qual, embora por outra causa, possuía olhos díspares do mesmo jeito.

Por essa época, como vocês podem imaginar, eu também já me tornara amigo de Joseph Truman Baines, o Joe, um sujeito que amava ópera e sorvete, não bebia nem fumava e, qualquer que fosse o tempo, estava sempre de colete sob o paletó e carregando seu guarda-chuva com cabo de bronze. Por influência de Lucca, o quixotesco Joe tentara o boxe numa academia no Cambridge Leisure, mas logo se cansou, aquilo era muito violento, e então retornou a seus treinos de *bartitsu*, a arte marcial dos cavalheiros do século XIX. Não demorou para que eu percebesse algo que todos já sabiam: ele era apaixonado por Lily. Antes de conhecê-lo, eu imaginara Joe um sujeito alto, calvo, esquisito e, sabe-se lá por que, feioso. Não poderia estar mais enganado. Ele era alto, mas o contrário do meu estereótipo de alguém que ostentasse aquele nome: tinha olhos absurdamente azuis num rosto triangular, e um cabelo abundante todo espetado, formando uma rampa negra para o lado direito. Arrisco-me a dizer que era um dos sujeitos mais bonitos que havia por lá, e poderia até ter sido modelo — não fosse o fato de andar tão pomposamente rígido quanto uma carruagem vitoriana. Era o mais confiável dos homens, e o mais desastrado — vivia a derrubar copos e a levar tombos estúpidos. Trabalhava como economista numa consultoria, mas suas paixões eram a História, a Arte, a Filosofia. Em geral quieto, apenas observava por detrás dos óculos de aros redondos, mas, chamado a se manifestar, sempre sacava uma história notável, e percutia o dedo indicador na mesa antes de soltar um aforismo. Quem não o conhecesse bem poderia julgá-lo pedante, mas não — ele realmente habitava o mundo dos aforismos. Era também dado a afirmações controvertidas, fosse sobre questões profundas da existência, fosse sobre notícias corriqueiras divulgadas pela imprensa local.

Certa vez, estando nós na mesa do RAF Bar, Joe perguntou se alguém vira os jornais da cidade e, antes de respondermos, prosseguiu:

— Já é o quinto caso de homem espancado em menos de dois meses em circunstâncias semelhantes — disse ele. — Todos foram surpreendidos em ruas ermas, confrontados por um sujeito cujo rosto não puderam ver, agredidos. Mas nada foi dito ou roubado pelo agressor, e a polícia não conseguiu estabelecer um vínculo entre os casos. Intrigante. Parece que temos um pretenso herói byroniano na velha Cambridge. Ou só mais um louco violento.

— O agressor conhecia bem a cidade — interveio Halil. — Pelo que li, escolheu pontos não cobertos por câmeras de segurança — completou, tirando da mochila sua edição do *Cambridge News*, que jogou sobre a mesa, e apontou na capa, enquanto o jornal ainda deslizava pelo tampo, a foto de um beco escuro.

Stella e Lucca permaneceram indiferentes. Já Lily, que como de hábito se ocupava em ordenar na mesa os copos e os cinzeiros simetricamente, mostrou-se nervosa enquanto Halil falava, e mais ainda quando, ao ler para nós a matéria, ele proferiu as iniciais da nova vítima daquele que agora era chamado pelos jornais de "O Espancador de Cambridge". Ela tomou a publicação das mãos de Halil, leu em silêncio, olhou para Lucca.

Nesse instante, um ruivo bêbado se aproximou de Stella, que estava ao meu lado e acabara de se levantar, e a segurou pelo pulso. Não ouvi o gracejo, mas ela se desvencilhou, e o sujeito a xingou de "vagabunda" ou algo parecido.

— Não é assim que se faz — disse Lucca, que ficou em pé e desferiu um tapa no peito do homem, deslocando-o para trás.

Halil se levantou, tentando acalmar Lucca, e o ruivo cerrou os punhos e ergueu os braços em posição de luta, mas foi contido por outro rapaz, que lhe disse, aflito:

— Você está louco? É ele. Lucca, o fotógrafo.

Vi uma expressão de pavor se instalar no rosto do ruivo.

— Desculpe, desculpe — disse o bêbado, agitando as duas mãos, agora abertas, e se afastou como se fugisse de um espectro.

Lucca havia criado uma mitologia em torno de si. Era conhecido como um sujeito do qual melhor ser amigo do que inimigo, e muito se falava sobre ele na cidade. "Ouvi dizer que foi mercenário no Afeganistão", "Não, ele foi da Legião Estrangeira", "Não, esteve metido em brigas de rua com apostas", "Não, foi lutador profissional de boxe, banido após matar um homem no ringue" — era comum ouvir no pub conversas assim, cochichadas; mas posso adiantar a vocês que nada disso era verdade, e que sempre que Lucca entrou numa confusão o fora para proteger quem estivesse em desvantagem. Ele era divertido, afetuoso, inteligente e louco — ou seja, tinha tudo que alguém precisava para ser venerado.

— Não tenho paciência com homens desse tipo, Irmão Menor — disse-me Lucca, que ora me chamava de Theo B., ora de Irmão Menor.

Sentamo-nos novamente, e a proximidade dos corpos fez aflorar aquela desgastada, mas saudosa imagem de fogueira de acampamento, arrastando pela memória o cheiro do mato orvalhado, do pão partilhado, da madeira queimando. Havíamos pendurado nossos sobretudos nos ganchos de bronze na parede, um tanto azinhavrados nas bases, mas reluzentes nas pontas, colocado as bolsas e mochilas de equipamento fotográfico na ponta do banco e nos inclinado sobre a mesa, onde aquecíamos nossas mãos na chama da minúscula vela redonda, não sei por que abolida dias depois. Éramos seis naquele tempo, parecíamos estar juntos há anos — embora eu os conhecesse há menos de dois meses — e a sensação era de tudo vivenciado em conjunto, como se nossas vidas confluíssem de tal forma que provássemos das mesmas coisas, comungando das mesmas experiências. Éramos seis — ou muitos mais, se incluirmos na conta a "multiplicidade de eus" sobre a qual eu vinha refletindo — e tudo parecia ocorrer a *nós,* e não apenas ao meu eu insular.

Quando estamos com verdadeiros amigos, temos a ilusória impressão de que aquilo durará para sempre, e percebemo-nos agraciados com a companhia de pessoas melhores que nós. Sentia-me pequeno entre eles, e isso era bom: era como se eu estivesse no aconchego de um círculo de irmãos e irmãs mais velhos, mais sábios, mais dignos, cada qual extraindo do outro genuínas pétalas — as mais vistosas que tivéssemos. Há uma razão para isso: as vivências com amigos são uma das poucas formas de aplacar a solidão que nos rege.

Somos todos feitos de solidão.

Não à toa, conforme transcorrem os anos, passamos a contar, de maneira enfadonha para os não partícipes, as "grandes aventuras" em companhia dos amigos, e assim preenchemos, com a doçura das recordações, as fendas do tempo.

Há nuances intraduzíveis que se pode captar numa situação dessas: talvez fosse apenas efeito do ambiente povoado de fumaça, das cervejas, das fotos de aviões de guerra nas paredes, mas me pareceu que todos ali, à exceção de Lucca, almejavam algo diferente do que lhes entregava a vida comezinha. Na verdade, não sei se percebi isso naquela noite ou nas semanas seguintes, e essa é uma daquelas travessuras da memória, que tenta reconstruir o passado dando-lhe alguma lógica.

Lembro-me de que o vento sussurrava pelas frestas da janela quando alguns episódios inusitados se sucederam. Resvalei acidentalmente minha perna na de Stella sob a mesa, sentindo a malha grossa de sua meia-calça, e ela me lançou um olhar de reprovação, numa careta que denunciava estar me acusando de algo grave; pedi desculpas, mas ela pareceu não se contentar. Logo depois, Joe esbarrou na taça de *pinot noir* de Lily ao acomodar a torta que ela pedira; Lily e eu conseguimos segurar a taça a tempo — não sem lançar três pingos tintos na manga do casaco branco dela — e permanecemos estáticos, um diante do outro, com os troncos projetados à frente e as testas quase se tocando enquanto o vinho circulava pelo cristal;

um copo alto, no entanto, caíra quando do nosso movimento brusco, esparramando água e dois cubos de gelo que já se derretiam no tampo da mesa.

— Não se preocupe... — disse Lily, com um sorriso ressaltado pela luz difusa que vinha da arandela.

Houve demora para largarmos a taça. Nossos dedos haviam-se entrelaçado, roçando as macias cortinas vermelho-escuras da janela lateral. Entreolhamo-nos mudos e, capturado pelo aroma de amêndoa desprendido dos cabelos dela, mantive-me imóvel. Arrebatado. Soltamos as mãos, Lily bebeu o que restava do vinho, recostei-me na cadeira, imaginando como seria estar com ela, e apanhei meu maço. Fui trazido de volta dos meus devaneios amorosos com Lily por um inesperado ato de Stella que, ao me ver puxar do maço um cigarro, pousou a mão em meu joelho.

— Acendo para você — disse-me ela, sacando o isqueiro da bolsa e lançando uma chama alta diante dos meus olhos, através da qual me encarou.

— Obrigado.

— Não agradeça.

— Por que não?

— Saberá com o tempo. A propósito, *tempo* é algo que você parece ter de sobra nessa cidade. Como consegue?

— Sou acionado apenas esporadicamente para reuniões, e vez por outra me mandam revisar algum contrato. Trabalho pouco.

— E ainda lhe pagam por isso? — questionou Stella.

— Eles têm os próprios interesses.

— Como conseguiu essas regalias?

— Participei de um caso que angariou alguns milhões para o escritório. Minha recompensa foi a vinda para cá — disse eu, apoiando o cigarro no cinzeiro.

— Mas nem a pós-graduação lhe toma tempo?

— O programa não exige frequência às aulas; apenas relatórios periódicos.

— Parece bastante tranquilo — ironizou Stella.

— Tenho uma vida agradável.

— No Brasil não era assim?

— Eu trabalhava de doze a quatorze horas por dia.

— Por isso queria ir para Nova Iorque.

— Também. Mas não apenas. Eu estava precocemente cansado do Brasil, do noticiário sobre corrupção, violência, essas coisas, e queria conhecer outros lugares. A mudança veio na hora certa, ainda que para um país diferente do que eu planejara.

— Mas deve ter deixado pessoas queridas por lá — intercedeu Lily, inclinando-se em minha direção.

— Alguns amigos, com os quais falo esporadicamente, e minha mãe.

— Tem falado com ela? — perguntou Lily.

— Sim, mas são ligações breves: ela nunca fora de se estender ao telefone, o que se agravou depois da perda parcial da audição.

— E ela está bem?

— É impressionante... mesmo com tudo pelo que passou, ela traz sempre um sorriso e um comentário singelo sobre algo aparentemente trivial, mas que ressalta o que ela chama de "as pequenas maravilhas da vida".

— Deve ser uma pessoa fantástica. Gostaria de conhecê-la — disse Lily.

— Terá de ir ao Brasil.

— E o que faz nas horas vagas por aqui? — perguntou Stella, retomando o protagonismo na conversa.

— Não muita coisa — respondi, mexendo no maço de cigarros. — Leio algo em casa ou nos parques, às vezes gasto a tarde num café, caminho a esmo apreciando a beleza da cidade.

Joe, que só observava, bateu o indicador na mesa e interveio com uma de suas citações:

— "A Beleza salvará o mundo". Dostoiévski.

O sino tocou às quinze para as onze e pedimos a última rodada de London Pride, que tomamos às pressas. No segundo sino, dez minutos depois, já estávamos na calçada nos despedindo. Lily me beijou no rosto, espalhando os cabelos gelados pela lateral do meu pescoço, e me disse, com os lábios quase encostados à minha orelha:

— Cuidado com onde põe as mãos. Pode encontrar farpas — e se foi.

Lucca e Halil seguiram para uma festa num nightclub, Joe já nos havia deixado pouco antes — católico dedicado, ele tinha um compromisso na igreja muito cedo no dia seguinte — e eu acompanhei Stella até o carro, estacionado a algumas quadras. Na despedida houve um abraço, joelhos rasparam joelhos, passei a mão por trás do pescoço dela, sob o cabelo; encaramo-nos.

— Não — disse-me Stella, e entrou no carro.

Com as lanternas de seu Bentley prateado se afastando, caminhei sob a guarda dos velhos prédios até meu flat. Nada daquilo fazia sentido.

5

Os dias corriam e lá estava eu no meu flat, circundado de livros jurídicos que já não empolgavam, e cansado de pensar no trabalho que parecia não fazer sentido. Mas cansei de ficar cansado, ignorei o e-mail do escritório que me mandava revisar uma *legal opinion* e esbanjei a manhã estudando Fotografia. Em alguns momentos me critiquei — "inconsequente", "os prazos" —, mas, sabendo ser algo que poderia fazer depois, concedi a mim mesmo, com a alta autoridade de que não dispunha, um dia de folga.

Nessa época eu já havia comprado duas lentes e uma câmera DSLR usada, que achara a bom preço numa loja de equipamentos em Londres, do mesmo modelo usado por Lily — uma pequena Canon 400D, o que me rendeu críticas de Halil e Joe, fanáticos por Nikon. Passei a carregar também uma camerazinha no bolso da calça e, com tempo de sobra, andava pela cidade fotografando, tentando aplicar o que absorvia nas aulas e em manuais, fazendo fotos de arquitetura, de árvores, de animais. Mas não de pessoas.

Dormi com o barulho da chuva e, ao acordar, tinha o peito palpitando, assustado com o tempo que se esvaía, compelido a fazer algo. Mas limitei-me a apanhar o jornal. Senti o familiar cheiro do papel e folheei preguiçosamente, atento ao agradável som das páginas, lisas e grossas. A coluna policial trazia o sexto caso de homem espancado em uma rua escura por alguém cuja face não foi possível ver. Assim como nos anteriores, o agressor de rosto oculto pelas sombras nada roubara, e a vítima, identificada apenas pelas iniciais, declarou não imaginar o motivo do crime, nem conhecer as outras vítimas. Neste caso, porém, o agressor teria dito "Vamos ver como você se sai com alguém que bate de volta". Aquilo me intrigou. Era como presenciar uma daquelas histórias de mistério que eu tanto lia quando garoto, como se as páginas do *Cambridge News* fossem de uma edição da *Strand Magazine* do final do século XIX e eu estivesse lendo uma história de Sir Arthur Conan Doyle. Fui à livraria do quarteirão, comprei uma publicação econômica da obra completa do famoso detetive londrino e gastei o resto da tarde revivendo casos lidos há vinte anos.

Como vocês podem ver, minha vida em Cambridge, constituída de boemia, leituras descompromissadas, amizades e preguiça, não era nada ruim. Brindemos a isso, aliás. Mais uísque, por favor...

Cheguei atrasado à escola de Fotografia. As salas eram numeradas, e a minha exibia na porta um enorme "2" dourado. No quadro branco com resquícios de mensagens mal apagadas, li o aviso, escrito com hidrocor vermelha, de que a primeira parte da aula fora substituída por uma sessão de fotos no estúdio — o salão retangular do subsolo. Fui até lá e me deparei com os trabalhos em andamento: duas garotas muito maquiadas e pouco vestidas posavam sobre um fundo negro, o estúdio estava às escuras, e um aquecedor elétrico exalava aroma de café torrado, deixando o ambiente mais acolhedor; o professor Thomas, único que precisava se curvar para passar pela porta, fazia contagens regressivas, e todos disparavam suas câmeras quando ele dizia "agora" e acionava um flash-tocha. Perguntei ao professor que parâmetros devia usar. Ele me informou os valores para abertura, velocidade, essas coisas, e acrescentou:

— A parte técnica é importante. Mas tente captar a essência das pessoas que fotografa.

A cada flash os corpos das modelos surgiam do breu em posturas incomuns, dando-nos apenas um lampejo de suas expressões, que se esvaíam na escuridão. Ao final da sessão, uma das moças, de sardas leves e cabelos curtos, confundiu-me com Lucca, para quem já posara, e ganhei um abraço imerecido. Não fiquei chateado, e ela foi embora sem se dar conta de que abraçara um desconhecido.

Quando saí para o intervalo, vi alunos do curso de Design de Interiores, inaugurado naquela semana, transitando com suas enormes pastas. Por conta dessa novidade, a decoração da escola mudara, tendo sido instaladas, ao final do corredor, esculturas de metal cromado. Tomei um *espresso* curto no balcão da cantina, onde imperava o cheiro de farinha e o barulho de louças. Pensava em Lily, angustiado por não conseguir me aproximar mais dela, que me deslumbrava a cada conversa, mas se revelava inacessível — havia a barreira do tal namorado idiota.

Eu aguardava o toque indicativo do recomeço das atividades — que no segundo tempo seriam na sala de aula para analisar as fotos feitas no estúdio —, quando Stella apareceu. Não era seu dia de aula. Ao se aproximar, ela tirou o sobretudo, revelando vestir uma saia escura que limitava o andar, e disse ter-se esquecido de pagar a mensalidade — contradizendo o que me dissera tempos antes, que pagava adiantado pelo semestre todo. Sentamo-nos numa mesinha circular, junto à janela na qual crepitava uma chuva fina, bebemos seguidos cappuccinos e rimos de trivialidades enquanto Stella se acariciava com os dedos em seu típico movimento de água-viva.

— Outro capuccino? — perguntei, ainda sentindo o aroma de canela ao terminar minha xícara.

— Não, obrigada.

Colocando cada mão sobre um dos joelhos, ela se reclinou em minha direção e disse estar apreensiva.

— Pode falar — incentivei-a.

— Naquela noite no pub... você me tocou sob a mesa.

— Já me desculpei! Não foi intencional.

— Eu sei. Outra coisa me preocupa.

— O que quer dizer?

— Minha reação — disse ela, ainda hesitante.

— Sua reação?

— Não foi em repulsa ao seu toque.

— Então o quê?

— Repulsa ao que *eu* senti... — continuou ela, apertando os joelhos com as pontas dos dedos, como se sovasse uma massa.

A vida é incansável em sua tarefa de subverter nossa lógica mesquinha. Eu não conseguia entender... Stella pareceu querer prosseguir, mas abruptamente deixou o assunto e passou a falar de viagens, até que o sinal do recomeço das atividades soou. Claro que naquela noite a sala de aula não me viu. Mas outro estúdio, sim.

6

O outro estúdio não era de Fotografia. Ficava no topo de um sobrado na Cherry Hinton Road, mais precisamente no sótão do predinho de tijolos acastanhados que trazia na fachada uma simpática *bay window* — aquela típica janela saliente em formato de trapézio, tão comum na arquitetura vitoriana inglesa.

Stella subiu à minha frente a escada de madeira em formato de caracol. Notei que o térreo e o primeiro pavimento eram utilizados como depósito — havia placas de componentes eletrônicos, móveis de antiquário, quinquilharias — e quando chegamos ao último degrau fui recebido pelo cheiro de tinta a óleo. Fiquei observando os quadros que preenchiam do alto ao rodapé as paredes do sótão. Todos assinados por Stella Caulfield.

Ela atirou o sobretudo num divã bege e abriu a porta da adega elétrica. Enquanto Stella apanhava as taças, fui explorar o lugar, passando por uma cama com cabeceira acolchoada e me detendo diante de uma estante em pátina amarela, na qual repousavam um violino com seu arco e uma pilha de livros encimada por *Paraísos Artificiais*, de Baudelaire. Encostada à pilha, em pé, havia uma edição antiga e muito folheada de *Madame Bovary* e, sob ela, uma encadernação em espiral com capa de plástico — um artigo de autoria de Stella sobre a peça teatral *Um bonde chamado desejo* e sua adaptação para o cinema. Logo acima da estante, uma reprodução do quadro *Jardim das Delícias Terrenas*, de Bosch, despejava no ambiente sua profusão de corpos nus, animais fantásticos, frutas e fontes.

— Não sabia que você pintava.

— A diretoria de uma empresa de hardware em Silicon Fen pode ser o sonho de muita gente, mas não era o meu. Estudei Artes Cênicas e Pintura. Mas a família não precisava de uma artista, e sim de uma executiva que continuasse o trabalho de meu pai. Então minhas paixões foram relegadas ao sótão.

— Todo tipo de paixão?

— As que eu escolho — disse ela, trazendo as taças com vinho tinto e indicando que nos sentássemos no divã.

A primeira garrafa de vinho se foi acompanhada de sucessivas trocas de olhares, sorrisos entrecortados por toques nas mãos um do outro e frases inacabadas nas quais, partindo do título da peça teatral, pincelávamos a palavra "desejo". Stella se levantou para pegar outra garrafa, mas parou à porta da adega, girou o tronco, agachou-se, acendeu uma vela cúbica sobre a mesinha de cabeceira, baixou as luzes com um controle remoto e voltou até mim. O som de seus sapatos percutindo o chão de tábuas corridas foi substituído pelo silêncio quando ela soltou os cabelos; tirou a camisa branca, sem pressa com os botões, e deslizou o zíper da saia, deixando-a escorregar até os pés. Tirou os saltos e, com um equilíbrio impensável, ergueu a perna feito bailarina e tirou de uma perna a meia-calça e repetiu com a outra perna e subiu nos saltos e tracejou o estúdio com as longas pernas que brilhavam à luz da vela.

Na cama ela comandava, sem nada dizer: estava sobre mim e todo seu corpo se agitava, como se ela se dedicasse, ali, à tarefa mais importante do mundo. Gotículas brotavam de seus poros, dando-lhe uma coloração caramelizada, e polvilhavam o lençol branco. Sua pele parecia a de um peixe de couro, e seus cabelos escureceram com o suor. Ela fechava os olhos, beijava, movia-se, abria os olhos, encarava-me, sorria, ficava irritada, arqueava para trás, mexia as pernas como se fossem de uma tesoura, abraçava-me sem que eu pudesse ver seu rosto, erguia-se e me encarava de novo.

Quando terminou, a volúpia se decantou em fragilidade, recatada sensibilidade, num quase choro naquela mulher que, antes de adormecer, se disse constrangida, abraçou-me, era inevitável e... não completou a frase. Até então, Stella me parecera alguém que não procurasse maior profundidade nas coisas — como um lago na entrada de um restaurante japonês: belo, mas artificial; claro de propósitos, mas pouco profundo; repleto de carpas coloridas, mas carente de predadores internos. Mais uma vez eu estava enganado.

    Sentei-me sobre o tapete marrom de padrões gregos nas bordas e me recostei à parte mais baixa do sótão, próximo ao radiador de calefação, que operava silencioso. Abafado, o estúdio tinha apenas três janelas, no teto, a quarenta e cinco graus em formato de escotilha, fechadas e agora embaçadas; na janela do meio uma gota serpenteava lascivamente, abrindo caminho na palidez do vidro. Olhei à volta. As pinturas eram apenas medianas; a mulher que dormia, sublime. Sua nudez à meia-luz ganhava peso no cenário, arremessando para um fundo borrado as telas e criando contraste entre as formas triangulares das pinturas em cores frias e a sinuosidade de seu corpo bronzeado artificialmente, oferecido à chama da vela que tremeluzia cadenciada por sua respiração.

    Apanhei o artigo de Stella. Denso. Surpreendentemente denso. O frontispício destacava uma das frases da peça teatral:

    "Eu não quero realismo, eu quero magia".

7

    Nas semanas que se seguiram, encontrei Stella todas as terças-feiras com os amigos no The Eagle, logo após a aula da turma deles; mas íamos embora cada um para sua casa. Em outros dias, no entanto, Stella e eu nos abrigávamos no sótão e repetíamos a água-viva, o ritual do vinho, o rumoroso desfile sobre o chão de madeira, o silencioso despir-se assistido pela vela bruxuleante; os corpos se entrelaçavam e a tesoura voltava a funcionar. Rapidamente desenvolveríamos a linguagem muda dos amantes, estabeleceríamos códigos de desejo e comando, responderíamos ao toque como o outro esperava, fundindo-nos. O ímpeto sexual às vezes é despertado por gestos banais, e naquele caso fora por um débil toque debaixo da mesa. Eu me perguntava o que seria para Stella o adultério — se luxúria planejada, entrega aos impulsos ou apenas a reles vaidade. Impossível saber... Stella não parecia candidata a alguma espécie de Madame Bovary: era desprovida de qualquer afetação romântica, e a posição social que ocupava, os recursos de que dispunha, o trabalho que exercia, e o tempo e lugar em que vivia a impeliam para longe da figura trágica da protagonista do célebre romance. Mas, o que sabia eu, verdadeiramente, sobre ela? Tudo não passava, como sempre, de pretensiosas suposições...

— O violino. Você toca? — perguntei-lhe uma noite no sótão.

— Não mais.

— Haveria uma exceção para mim?

— Não hoje.

Havia nela um pulso, algo de paixão indomável, que ela disfarçava com o refinamento. Vez por outra me pareceu que seus modos austeros traíam um leve sorriso, com as quase imperceptíveis covinhas se pronunciando, como se, sob a pele da mulher férrea, estivesse uma garota a se deliciar com traquinagens. Mas isso ocorria com tal rapidez que eu logo me questionava se vira mesmo aquilo ou se fora algo que eu projetara, com a sensação de alguma coisa que estava, mas não estava ali; algo como entrever um retrato em óleo sobre tela — a Mona Lisa! — e ter por um segundo a certeza inarredável, que a seguir se transmuta em dúvida candente, de que um músculo da bochecha se movera no quadro, ou que uma leve oscilação nos olhos de fato ocorrera.

— Por que eu? — questionei noutra noite, enquanto acendia a luminária de prata que repousava no aparador.

— Responda-me você — disse ela, levando à boca o damasco que apanhara num pote de estanho.

— Não faço ideia.

— Pois deveria.

— O que quer dizer?

— Se não sabe, não importa. Mas passou no teste — comentou ela, olhando-me através da taça vazia, na qual deu um piparote, extraindo som do cristal e fazendo saltar uma gotícula de vinho que sobrevivera na borda.

— Teste?

— Não perguntou sobre meu casamento, marido... Bom começo.

— É um jogo?

— Sempre é.

— Xadrez?

— Pôquer. Valendo sua vida.

Não demoraria a que eu ficasse mais apaixonado por aquela mulher, cuja volúpia era sempre sucedida pela vulnerabilidade equívoca e pelo dormir. Stella era daquelas paixões que nos ficam incrustradas na carne, como se, com seus dedos pontiagudos, ela tivesse feito de mim a massa de sovar, cravado as unhas, mandado ao forno e depois exibido na vitrine a massa submissa. Ela fizera de mim algo com o que nutria não sei que desejos ou embustes, num ritual que terminava sempre da mesma forma: conferia as unhas, para ver se estavam bem lixadas, enfiava uma das mãos na meia-calça, espalmava a mão, e vinha retirando-a meticulosamente, certificando-se de não haver desfiados na meia. Só então se vestia.

Pouco a pouco, captando aqui e ali algo do que ela murmurava, e fragmentos de seus silêncios, fui percebendo-a por demais envolvida; por duas vezes insinuou estar propensa a reconsiderar seu casamento, e passei a temer que ela pudesse me cobrar algum compromisso. Eu queria estar com ela, é certo, mas, preciso admitir, apenas na comodidade do sótão, na excitação em meio aos óleos sobre tela, na penumbra com cheiro de tinta, na necessidade simbiótica inafastável como a fome, irrefreável como a sede, inevitável como a morte ou as catástrofes naturais.

Para tornar tudo ainda mais complicado, porém, mesmo nessas ocasiões eu não conseguia deixar de pensar em Lily, que me cativava dia após dia — e o envolvimento tórrido com Stella, antes de me afastar de Lily, produzia o efeito oposto, alimentando meus devaneios com a mulher que sorria mesmo quando chorava. Aflitivamente, entre o êxtase carnal no sótão com uma e o que apenas idealizava com a outra, acabava me sentindo só — e assim também me pareciam Stella e Lily.

De tantas solidões somos feitos que, deparando-nos com outras almas sós, confundimo-nos, e já não sabemos se vemos nossa própria face de decaídos, o vazio, ou a figura diáfana de um anjo.

"Minha Cambridge", como passei a chamar afetuosamente a cidade, aquela simpática e erudita personagem, revelava-se uma incansável alcoviteira.

E é claro que o que eu temia iria acontecer.

III
A DUPLA E O REFUGIADO

8

— **SABE PILOTAR UMA MOTO?** — perguntou-me Lucca no The Eagle, batendo a palma da mão na mesa e depois elevando o indicador à altura dos meus olhos.

— Conhece forma melhor de viajar?

— Finalmente!

— Finalmente? — estranhei.

— Esses dois aí não andam de moto — disse ele, erguendo o queixo em direção a Joe e Halil. — Terrível falha de caráter.

Lucca não dava aulas às sextas-feiras, quando deixava Cambridge para viagens de moto, retornando apenas no domingo à noite ou na segunda pela manhã.

— Tenho um amigo em York. Que tal irmos até lá? — perguntou-me ele.

— O detalhe é que não tenho uma moto.

— Isso se ajeita. Um amigo é dono de uma loja de usadas. Ajudei-o numa ocasião difícil e ele pode nos alugar uma por bom preço.

— Salvou-o de alguma confusão, imagino.

— Algo parecido.

Às convocações da vida, podemos responder com o assentimento entusiástico, ou com as costas ríspidas, ou com a deserção desonrosa; só no primeiro caso se dignifica a proposta.

E assim começou minha jornada acompanhando Lucca nos fins de semana. Seu mote "Tenho um amigo em..." indicava nosso próximo destino: York, Bath, Falmouth, Winchester, Liverpool, Buxton, Brighton, Dublin (fomos de avião e alugamos as motos lá), Edimburgo, Stirling, Inverness... O sujeito da loja de motos devia ser mesmo muito grato a ele, pois nunca me deixou pagar pelo uso da Triumph preta e da Harley amarela que me cedia alternadamente; ou talvez Lucca tenha pagado por mim e nada me dito.

A chegada de Lucca provocava euforia, e seus velhos conhecidos corriam para nos arrumar um lugar para pernoite. Dormimos em cabanas nas Highlands, numa pousada à beira-mar em Gales, nos fundos de um pub em Dublin (onde Lucca teve uma briga com um cliente que não queria pagar a conta), em hotéis, quartos emprestados e até num celeiro. Em todos os lugares ele induzia um alvoroço enlevado, tirando do sonambulismo cada pessoa com quem conversava. Não houve cidade em que não reencontrasse uma antiga paixão, que era reacendida por dois ou três dias, nem bar no qual não tenha feito eternos amigos de uma noite. Ao som compassado dos motores, rodávamos por estradas sinuosas, subindo e descendo montanhas, bordejando lagos gelados, atravessando campos e cidades, erguendo-nos em caminhos banhados pelo mar. Lucca parecia gostar muito de minha companhia, apresentava-me como seu "Irmão Menor", escolhia destinos que revelavam algo inusitado. Ele vivia enredado em acontecimentos inverossímeis — que são sempre os mais verdadeiros —, mas os absorvia com a tranquilidade de alguém que apenas tomasse um copo d'água.

Certa vez, depois de passarmos por Stonehenge, esperávamos para abastecer as motos num posto na estrada para Amesbury, sob um vento que fazia o pasto alto dobrar-se à nossa direita, quando presenciamos um jovem muito magro empunhando uma faca e tentando atingir o funcionário do posto; pensamos ser um assalto — só depois saberíamos que era uma briga entre irmãos — e Lucca gritou para o sujeito largar a faca. O rapaz ignorou os apelos e seguiu tentando acertar o outro. Lucca acelerou a moto, com o freio dianteiro acionado, e a roda traseira passou a girar no lugar, envolvendo-nos em fumaça e odor de borracha queimada; então avançou. A Triumph disparou certeira, derrubando o rapaz da faca, e tombou junto à bomba de gasolina, ganhando um amassado no tanque. Lucca, que conseguira afastar as pernas e não caiu com a moto, apanhou do chão a faca e atirou-a num balde que servia de lixo, enquanto o rapaz magricelo fugia. Abastecemos e seguimos.

— Tem de ser um tanto louco para fazer aquilo — disse a ele quando paramos para comer.

— Não penso assim.

— E por um acaso *pensa* antes de fazer essas coisas?

— Havia algo a ser feito. Fiz. Não há mais o que dizer.

Poucas semanas depois, rodando por uma vicinal perto de Aviemore, na Escócia, sob nuvens que pareciam sólidas, passou por nós um cavalo em disparada, arrastando um montanhês que tinha um dos pés enroscado no estribo. Lucca acelerou, emparelhou com o furioso *Clydesdale* de patas peludas, agarrou as rédeas, foram todos ao chão: moto, cavalo, Lucca, o cavaleiro, tudo rodopiando em meio às faíscas do atrito da moto com o asfalto. A esse intenso movimento, carregado de ruídos metálicos, seguiu-se um silêncio de imobilização. Apoiei minha moto no descanso e estava prestes a correr até Lucca que, sentado no asfalto ao lado de sua moto tombada, observava o montanhês se levantar; mas então, sabem o que o filho da mãe fez? Ele riu. Sim, Lucca começou a rir, no que foi seguido pelo montanhês de blusa rasgada e costas sangrando e, como não houvesse outra coisa a fazer, ri também. Segurando o cavalo, que nada sofrera, o montanhês insistiu que fôssemos à casa dele, queria nos servir algo em agradecimento; mas uma amiga de Lucca esperava por nós em Inverness, e então deixamos lá o homem, incrédulo, e só paramos dez milhas adiante, numa oficina, para desentortar o guidão da moto de Lucca.

— Precisa ser completamente louco para fazer aquilo.

— Havia algo a ser feito. Fiz.

Era como se a vida o demandasse a todo momento para que agisse — e de uma forma que ninguém pensaria ou teria coragem. Jamais encontrei alguém que se importasse tão pouco consigo quando a questão era se arrebentar para ajudar os outros. São espíritos como aquele, de atributos raros e admiráveis, os que abraçam a vida em sua integralidade, abraçam a realidade, numa renúncia a toda espécie de egoísmo, escapismo ou lassidão. Lucca bem mereceria um livro que enaltecesse não seus feitos, que eram muitos, mas ilustrasse o valor de sua amizade. Se eu fosse contar a vocês todas as peripécias que vivenciamos juntos rasgando as Ilhas Britânicas de moto, precisaria de outra tarde inteira — e duvido que iriam acreditar na maioria delas... Cada novo destino implicava desafios a serem batidos, pessoas a serem conhecidas — e fotos a serem aprimoradas.

— A bateria de minha câmera dá para umas trezentas fotos — dissera-lhe eu antes de sairmos na primeira viagem — Isso é suficiente para um dia?

— É suficiente para um mês.

— Eu...

— Essa porcaria digital leva-nos a um número absurdo de fotos.

— Não gosta de fotografia digital?

— Gosto. Agiliza o trabalho. Mas nos deixa preguiçosos com a composição.

Ele também era arredio à edição de imagens: dizia não ter paciência para aquilo, e repetia que, se tivesse de perder tempo com uma foto no computador, era porque não fora bem-feita — para ele, a fotografia tinha de preservar o que se sentiu no momento, sem adulterações.

Na véspera da viagem seguinte à do cavalo disparado, enquanto combatíamos o frio com vinho tinto na área descoberta do The Eagle, Lucca recomendou que eu deixasse minha câmera digital em casa, e repassou-me, emprestada, uma analógica e um rolo de filme de trinta e seis poses.

— Só um rolo para três dias? — perguntei.

— Por que precisaria de mais de doze fotos por dia?

— Bem...

— A única forma de fazer fotos que prestem é vivenciando o lugar. E isso você só consegue se estiver a maior parte do tempo com os olhos *fora* do visor.

— Sim, mas...

— Observe a luz, concentre-se na composição, faça três ou quatro fotos que valham a pena. Mas só depois de passar o dia conversando com um morador do local. Num pub, de preferência.

— Pode ser fácil para você, mas, para um principiante como eu, não é tão simples. O que devo fazer em cada foto?

Ele ergueu até a altura da testa a rolha do vinho, segurando-a na vertical entre o polegar e o indicador, esticou o braço, fechou um dos olhos e, usando a rolha e os dois dedos como moldura para uma composição imaginária, respondeu sem olhar para mim:

— Agarrar, por um instante, um fragmento da cortiça do tempo, e com ele contar uma boa história.

9

Na quarta-feira o vinho era branco e repartido com Stella e Lily num festival de jazz nos jardins do Wolfson College. Eu gostava daquele tipo de evento, que dispensava o formalismo dos tradicionais Bailes de Maio, deixando-nos mais à vontade. Sentamo-nos num banco duro de madeira, sob a copa de uma árvore cujas minúsculas folhas verdes alisavam nossas cabeças; dali podíamos ver o tablado, improvisado em meio aos canteiros de plantas azuis e roxas. Sete músicos barbados, vestindo camisas pretas, afinavam seus instrumentos. Conforme o arco tocava as cordas do violoncelo, a reverberação fazia tremer minha cabeça, sitiada entre o perfume amadeirado de Stella e o cheiro de amêndoa dos cabelos de Lily. Stella fingia não ter nada comigo, eu fingia não ter nada com ela, e Lily fingia acreditar no fingimento. Eu me encantara por ambas e... sabem como é... O amor dividido desafia a sanidade das flores; o amor indeciso mata o florista.

A esta altura eu julgava saber muito sobre as mazelas do namoro de Lily, e colhera de falas esparsas de Stella que ela e o marido pouco conversavam, embora costumassem viajar juntos nos fins de semana; conhecia também algo da vida de Lucca, Halil e Joe: além de estar sempre disponível para conversas, naquele tempo eu hesitava em falar, e isso inspirava neles segurança: acreditando que meu silêncio e o não desviar de olhos significassem franco interesse em seus assuntos, julgavam-me bom ouvinte, e assim me fizeram de confidente. Pelo que me relatavam — e às vezes pelo que omitiam — pude vislumbrar parte dos anseios, das frustrações, da alma daqueles cinco amigos. Mas a realidade insistia em me mostrar que eu não os conhecia tão bem assim. Especialmente Lily.

Um sujeito esguio, louro, vestindo blazer amarelo com ombreiras pronunciadas veio cumprimentá-la.

— Não esperava vê-la aqui.

Ela se levantou, apoiou uma das mãos no tronco da árvore, outra no ombro do homem, apresentou-nos ao sujeito — Willy, Billy, algo assim — e seguiu conversando com ele alegremente. A chegada daquele homem rompeu o equilíbrio tenso existente entre nós, e, talvez por isso, talvez pelo efeito do vinho, passei a transpirar, o que continuou quando o tal Billy ou coisa parecida nos deixou.

Eu apertava o assento do banco, batia os calcanhares no chão, sentia os músculos retesados. Tudo agora estava claro: apesar da paixão vivida com Stella no sótão, a mulher que eu amava era a outra. E é assim, num lampejo, que nos confrontamos com o amor: um momento, e já não estamos sozinhos; um descuido, e somos cativados; um aceno, e o coração serena no universo de possibilidades.

— Não o conheciam? É um dos homens mais ricos da cidade — disse Lily com os olhos pendulando, numa empolgação irritante.

— Isso não me interessa — retrucou Stella, com o desdém refletido em dobras na testa.

Estávamos com fome — os canapés, bons, mas frios, não deram para nada. Lily e eu queríamos ir embora para jantar, mas Stella insistiu em ficar, a próxima apresentação seria ótima.

— Talvez — disse Lily, raspando os sapatos na grama como uma menina. — Por que Archie não veio?

Pela primeira vez eu ouvia o nome do marido de Stella, que se referia ao tal Archie, nas poucas vezes em que o mencionava, apenas como "ele".

— Ele não frequenta eventos como esse, como você sabe há muito tempo — respondeu Stella.

Aguardamos até o final da apresentação que Stella queria ver — trechos do *Pithecanthropus Erectus* de Charles Mingus, pelo que me lembro — e tomamos um táxi. Assim que indicamos ao motorista que nos levasse ao The Eagle, Stella, sentada de costas para ele, voltou-se para Lily, que estava no banco traseiro ao meu lado, e disse:

— O ricaço é um antigo conhecido ou...

— Um amigo — interrompeu Lily.

Stella sorriu antes de dizer:

— Não mesmo.

10

Encontramos Lucca sozinho no RAF Bar, na mesa habitual, revisando trabalhos e resmungando sobre a falta de imaginação de seus alunos. Olhá-lo de longe, aquela figura justaposta aos quadros de aviões de guerra, fazia questionar se ele pertencia mesmo ao nosso tempo ou a uma era passada. Ele pintava todo o espaço à sua volta de luz e sombras; mas de uma luz que podíamos beber, e de sombras que não precisávamos temer. Ele era como todos nós — apenas mais intenso e, assim, mais humano.

Lucca vestia camiseta preta, como sempre, mas dessa vez com a bandeira da Itália bordada numa das mangas.

— O que significa? — perguntei a ele, enquanto me sentava.

— É uma bandeira — respondeu, irônico, com um tapa na mesa que fez pular o cinzeiro e subir o cheiro dos restos de cigarro.

Depois de uma risada, ele me explicou:

— Há muitas versões. Alguns dizem ser evolução de antigas bandeiras de guerra ou de famílias nobres, cujo sentido se perdeu no tempo; outros, que verde, branco e vermelho representam as virtudes da esperança, fé e caridade; outros, que o verde e o branco evocam a geografia italiana, e o vermelho, o sangue derramado em batalhas — fez uma pausa. — Essa é a vantagem do símbolo: tem múltiplos significados.

O assunto da bandeira pareceu tê-lo deixado nostálgico, e ele prosseguiu:

— Quando criança, eu assistia aos mais velhos se preparando dias a fio para um único fim de semana à beira do Lago Trasimeno, na Úmbria, onde acampávamos nos arredores de Castiglione del Lago, aos pés de uma enorme bandeira italiana, sempre hasteada. Meu avô adorava contar que aquele lago fora palco de eventos históricos, como a emboscada de Aníbal ao exército romano na Segunda Guerra Púnica. As imagens mais vivazes que guardo da infância são de lá, em piqueniques sobre a relva, tentando compreender o que diziam os adultos, mergulhando e emergindo para ver a bandeira a tremular, com as águas do lago inquietas quando soprava um vento sudoeste, que trazia tempestades.

— A chuva não atrapalhava o passeio? — perguntou Stella.

— Melhorava. Não gosto de águas calmas.

— Sabemos — riu Lily.

— Minhas primeiras fotos foram feitas lá.

— Como se tornou profissional? — perguntei.

— Começou como diversão, alguém gostou das fotos e resolveu me pagar.

— E o trabalho como correspondente de guerra?

— Volto já — disse ele, e foi buscar cervejas.

Alguns segundos se passaram em silêncio.

— Ele não vai falar — comentou Lily.

— Nesse tempo todo ele nunca revelou nada? — indaguei.

— Além do que eu já lhe contei, sei apenas que seus trabalhos iniciais foram de paisagens remotas e vida selvagem, como *freelancer*, atuando em diversas partes do mundo. Depois trabalhou para um jornal de Milão cobrindo conflitos no Oriente Médio. E então na revista que o mandou para Bósnia, onde parece ter ocorrido algo que mudou sua vida.

— Talvez ele tenha matado alguém lá — interferiu Stella, num tom de indiferença, como se o que ela dizia fosse algo trivial.

— Ele estava lá como fotógrafo, não como soldado — disse Lily.

— Ele estava lá como Lucca — retrucou Stella, prendendo o cabelo atrás do pescoço.

Indaguei-me se Stella, que parecia ser dentre nós a menos próxima de Lucca, sabia de algo que não soubéssemos; mas podia ser apenas mais uma provocação. Questionava-me o quanto nossa identidade é influenciada e até definida pelo papel que desempenhamos no trabalho, quando Lucca pôs na mesa as quatro cervejas. Lily se levantou para pedir uma sopa do dia; resolvi segui-la e fazer o mesmo. Quando voltamos e nos sentamos, Lucca disse, de repente:

— Estou há sete anos em Cambridge. Tempo demais para se morar num lugar só.

— Nunca se acomodará? — perguntou-lhe Lily.

— Inquietude é vida.

— E a vida de um fotógrafo que corre o mundo deve ser uma bela aventura — comentei.

Lucca tomou metade da cerveja de uma só vez antes de responder:

— A vida de um fotógrafo que "corre o mundo", como você diz, pouco tem de glamoroso, Irmão Menor. Você passa mais tempo dentro de trens, ônibus, aviões e até de escritórios governamentais cuidando da maldita burocracia do que fotografando. Tem de lidar com a angústia dos familiares, que sempre esperam as piores notícias. E "a aventura" condensada na foto não raro foi precedida por frio, calor, sede, chuva, lama e insetos, por dormir em espeluncas ou nem dormir, por confisco de equipamento, sequestros, fugas e ameaças à vida.

Apesar do que me dizia Lucca, nada conseguia desmistificar, para mim, o quanto aquilo devia ser empolgante. Todos temos a tendência, quando atraídos pelo que os outros fazem, de minimizar o que nos contam sobre o calvário de suas profissões; e então delas só enxergamos as vitórias, o prazer da celebração — e nos sentimos uns idiotas.

— Chegou a sentir medo em alguma dessas expedições fotográficas? — questionou Lily.

— Nada que não se possa superar.

Stella esticou a perna em diagonal sob a mesa e, mantendo a postura séria da primeira noite, provocou-me roçando os pés nos meus. As sopas vieram, acompanhadas de fatias de pão de alho, e Lily e eu comemos frente a frente. A comunicação no singelo triângulo foi apenas gestual: Lily sorria para mim, eu tentava retribuir-lhe sem que Stella percebesse, Stella executava seu movimento de água-viva olhando para Lily apenas de soslaio.

Joe chegou tropeçando na mesa vizinha, por sorte vazia, e deixou cair seu guarda-chuva, que emitiu um som maciço ao bater no piso; depois de se recompor, buscou uma água.

— Eu apreciaria se da próxima vez avisassem-me mais cedo — disse ele, chateado, ao se sentar. — Poderia ter chegado aqui com maior antecedência.

— E eu "apreciaria" que você não usasse "apreciaria" com a gente, amigo — retrucou Lucca, rindo. — Soa como se fôssemos estranhos.

— Sabe que sempre estamos por aqui — disse Lily a Joe, tocando-o no ombro com uma expressão protetora.

— Está bem, está bem. Chega de drama — interveio Stella. — Da próxima vez eu o avisarei quando estiver a caminho.

Passamos algum tempo nos divertindo com anedotas contadas por Joe, que transmudou sua chateação inicial em bom humor e virou o centro das atenções ao encadear uma historieta em outra, conseguindo arrancar gargalhadas até mesmo de Stella.

— Há dois Joes em você — disse ela. — Um, moldado nos romances vitorianos que leu na infância, e esse outro, capaz de transformar as histórias mais esquisitas em ótimas piadas. Adoro isso.

— Obrigado — disse Joe, maneando a cabeça com cerimônia. — Alguma preferência quanto a esses dois Joes?

— Não é preciso escolher. Fico com ambos.

Fomos gentilmente expulsos do pub às onze da noite, enquanto ouvíamos janelas baterem e observávamos dois seguranças, não tão gentis, arrancarem dali três rapazes baderneiros, que na certa estavam à procura de confusão.

Iriam encontrá-la.

11

Decidimos encerrar a noite com um lanche na Market Square. O sujeito louro que eu vira na apresentação de jazz apareceu na porta do pub; Lily se despediu de nós e se foi com ele, e vê-la se afastando pela rua, com sua sombra se mesclando à dele, foi terrível. Ela não era fiel ao namorado idiota? E, se não era, em que sua forma de encarar a traição a diferenciava de Stella? Se ela mudava assim com tanta rapidez, continuava a ser ela própria, ou era já outra? E essa outra, eu amava?

Enveredamos pela Wheeler Street. Homens trabalhavam com suas britadeiras no calçadão, espraiando odor de cimento e uma poeira que fazia as vezes de névoa na noite de céu encoberto. Sob a acanhada iluminação, os prédios surgiam amarelados entre as sombras que ocultavam portões e becos sinistros. Os três rapazes há pouco arrancados do The Eagle seguiam uns sessenta metros à nossa frente chutando lixeiras metálicas. Notei Lucca quieto, tenso, como se antevisse algo ruim. Próximo a uma galeria cujo piso superior avançava sobre parte do calçadão, na Petty Cury, vimos ao longe, sob a luz branca, dura e violenta do painel de uma loja, a figura inconfundível do refugiado, sentado sobre o *skate* e segurando seu papelão.

Um dos baderneiros que ia adiante tomou o cartaz do refugiado, que deslizou no chão com o *skate* — só então percebi que ele tinha as pernas amputadas e usava o *skate* para se locomover. Outro rapaz, o mais alto, deu nele empurrões, e o terceiro lhe arrancou a touca.

O animal mais grandioso guarda em si o mais desprezível: guarda a genialidade que cinzela o mármore e a vileza do incendiário; a compaixão samaritana e a crueldade do assassino.

O refugiado foi até o rapaz, que atirou a touca a outro, e este a outro. Chegamos a eles.

— Vocês deveriam devolver — disse Lucca, acendendo um cigarro com a chama exagerada do seu isqueiro (na verdade, um diminuto maçarico de cozinha, que ele às vezes usava como isqueiro por diversão, para surpreender quem lhe pedisse fogo).

O rapaz alto atirou o papelão no rosto do refugiado, os outros dois gargalharam, e o primeiro enrolou a touca na mão direita e posicionou-se à frente de Lucca, perguntando se ele era "pai do inútil do *skate*". Stella falou com os três encrenqueiros, pediu que fossem embora, era já tarde. Eles saíram-se com uma provocação tola, algo sobre Lucca estar se escondendo atrás de uma mulher. Lucca estampava um sorriso de concreto com lábios entreabertos, e a brasa do cigarro acendia seus dentes, fazendo-os parecer a fornalha de uma locomotiva.

— Vocês *têm* de devolver — disse ele.

O sujeito alto foi até o refugiado, enfiou-lhe a touca na cabeça até o meio do nariz e lhe deu um tapa no rosto.

A fúria eclodiu em Lucca a uma velocidade impensável: em poucos segundos havia três rapazes no chão e muito sangue escorrendo de bocas e narizes. A cada movimento em que insinuavam se levantar, Lucca os chutava, pondo-os de volta no chão. Ele não parava de chutar, não parava de socar, e seus olhos tinham se transformado em duas noites arregaladas. Não parou nem atendendo a pedidos do refugiado, de Joe, de Stella.

Da poça vermelha no chão, bem ao lado do rapaz mais alto, que gemia, brotou um fio de sangue que escorreu vagarosamente, acompanhando o rejunte entre os pisos quadrados do calçadão, até formar um "L" escarlate bem definido. Não participei da briga — nem fiz nada para impedir Lucca —, mas a tensão me fez pressionar os dentes contra o lábio inferior, perfurando-o. Stella, exasperada, confrontou Lucca: era um absurdo, por que tanta violência. Ele acendeu outro cigarro — perdera o primeiro enquanto batia nos rapazes — e, antes de virar as costas e sair andando, com os olhos avermelhados e a dança da mandíbula, disse:

— Minha cólera só atinge os que merecem.

12

Por toda parte o cheiro de fritura. A fumaça escapava pela coifa do trailer, aguçava-me a fome, ganhava o céu sem estrelas. Algumas garotas com as meias-calças furadas riam comendo seus lanches, esparramadas na sarjeta ao lado dos sapatos de salto alto, todas muito bêbadas, recém-saídas de alguma festa refinada. Sentado entre Stella e Joe num banco de alvenaria, eu mordia meu lanche e sentia o ardor da pimenta no lábio machucado.

Tendo o refugiado a seu lado, Lucca se sentara no primeiro degrau de uma escada de pedra, de cerca de um metro, que levava da calçada a uma porta que parecia não ser aberta há séculos; um tênue feixe de luz, provindo da arandela vizinha à porta, dourava-os.

Quieto, rememorei o olhar do refugiado quando os beberrões lhe tiraram a touca: o olhar de atordoante incompreensão — talvez o mesmo que ele tivera quando precisou deixar sua terra. Eu nada sabia de suas angústias, de suas bandeiras, de seu país, e a palavra *refugiado* fazia-me lembrar de imagens da tragédia de Ruanda na década anterior, sobre a qual eu lera muito nos jornais e assistira a um documentário na faculdade: ainda eram bem vivos os olhos daquelas crianças, daqueles velhos, daquelas mulheres que não podiam compreender por que lhes tomavam as casas, matavam seus parentes, submetiam-nos à fome. Por que aquilo ocorria? A História parecia uma coisa estúpida; o mundo tinha assistido à dispersão provocada pela Segunda Guerra Mundial, à fuga de milhares na Revolução Húngara, às guerras pela independência dos países africanos, aos conflitos na América Central, aos genocídios na ex-Iugoslávia e em Ruanda, às tragédias em Ossétia, Darfur, Somália, Congo, com milhões de deslocados internos e refugiados, mas nada — nada — parecia mudar. Como compreender o que sentiam aquelas pessoas? Que conchavos sórdidos levavam a tais eventos? Que interesses escusos permitiam que aquilo ocorresse como se fosse inexorável, como se aquelas vidas nada valessem — como se a vida não tivesse propósito algum, ou apenas propósitos estéreis? Mas, poderia eu compreender algo tão distante, compreender o que sentiam as pessoas que vivenciavam aquelas tragédias? Ou, justamente pela distância, seriam meras categorias abstratas para um raciocínio? Certa vez ouvi de um rapaz a proposição cretina de que odiar o diferente é a única maneira de amar a si mesmo. Estávamos na faculdade, tínhamos bebido bastante, a discussão virou uma briga, ele levou a pior. Não sei se apenas por essa razão não nos tornamos amigos, mas o rapaz deve ter achado que finalmente comprovou sua tese. Anos depois eu constatava, com pesar, que não poucos pensavam como aquele imbecil...

Lucca interrompeu minha divagação chamando-me para mais perto e apresentando-me ao refugiado como "Irmão Menor".

— Não sei de onde ele tirou isso — disse eu ao refugiado, passando por Lucca e me sentando dois degraus acima.

— Capa — respondeu Lucca.

— O quê? — perguntei, desorientado, pois nunca imaginara que ele tivesse "tirado" aquilo de algum lugar.

— Robert Capa certa vez descreveu o Vesúvio, que fumegava durante o intenso bombardeio a uma aldeia italiana na Segunda Guerra, como "um irmão menor".

Lucca então me contou a saga de David — o refugiado — que, sentado no *skate* ao pé da escada, ouviu em silêncio um resumo da própria história. Nascido na Moldávia, ele emigrara com a família quando criança, sem documentos, para a Ucrânia. Com o fim da União Soviética, tornou-se um apátrida. Trabalhando clandestinamente como jornalista, investigava um caso de corrupção de políticos numa cidadezinha na fronteira com a Romênia quando um atentado a bomba na Redação amputou suas pernas. Meses depois, ainda temendo por sua vida, com ajuda de amigos fugiu para a Hungria, e de lá foi passando de país em país até chegar à Inglaterra.

Pensei no destino daquele homem, ali, sem as pernas, longe de sua família. E então senti saudades da minha própria família, de casa, das paredes que me viram crescer, dos lençóis dobrados por minha mãe com o esmero de uma sacerdotisa a preparar seu ritual, do silêncio do quintal minúsculo com o balde transformado em vaso de bonsai, do paladar que se antecipava na língua ao vermos o que vinha à nossa humilde mesa com toalha de plástico e talheres dessemelhantes. Minha mãe ficara lá, reduzida à cadeira, aguardando as notícias. Antes mesmo do acidente ela parecia já ter aceitado, com uma serenidade contemplativa, tudo que lhe ocorreria. Sempre me perguntei sobre seus sonhos — deveria ter perguntado diretamente a ela --, e sobre que anseios teria, que aventuras almejara. Seu viver modesto escondia uma grandeza de espírito expressa mais no que não dizia do que naquilo que falava, como se observasse o mundo a partir das nuvens — não com a rebaixada soberba de um ganancioso, mas com a elevada humildade de um anjo.

— Você ficou lá parado só olhando — disse David, de repente, para mim.

— Lucca foi mais rápido e...

— E você hesitou — David me interrompeu, ajustando o corpo sobre o *skate*. — Quando chegar a hora, não hesite — completou, num tom rancoroso.

Um segundo depois começou a gargalhar e me estendeu a mão.

— Obrigado mesmo assim. Ao menos pareceu se importar — disse ele, como se houvesse tido acesso às minhas divagações.

A sensação foi ambígua — não sabia se me envergonhava por não ter entrado na briga ou se devia rir também. Logo, porém, deixei de lado essa preocupação, substituída por outra ao me lembrar de Lily: odiei vê-la indo embora acompanhada. Um ciúme bobo, é certo; mas nada atormenta tanto um bêbado num fim de noite quanto o ciúme — o que se agrava se esse bêbado é perturbado por alguém com quem se tem de medir as respostas.

— Lily se esqueceu bem rápido do namorado, não? — provocou-me Stella, tão logo retornei ao banco.

— Sim... Joe deve ter ficado arrasado — retruquei, aproveitando que o homem dos aforismos tinha se levantado para comprar um refrigerante.

— E você, ficou arrasado? — emendou ela, olhando para a parede do prédio às minhas costas.

— Lily é apenas uma amiga.

Stella me encarou. Havia ira em seus olhos. Eu não conseguiria enganar uma mulher como aquela. Teria alguma chance por telefone, talvez. Frente à frente, jamais.

— Bom fim de noite — disse-me ela.

— Amanhã...

— Se tiver vontade de ver você, amanhã *eu* ligo — completou Stella, e se foi.

Com o gosto de sangue renovado pela compressão dos lábios, enveredei pelas vielas multicentenárias, sendo interrogado sobre meus propósitos e hesitações por todos os refúgios de sombra de minha então soturna Cambridge.

IV
A MULHER QUE SOFRIA

13

STELLA CHEGOU AO THE EAGLE ACOMPANHADA de uma amiga. Anne tinha olhos verdes com pintas cinzas, usava maquiagem carregada e tentava disfarçar, com a manga esticada de sua blusinha azul, um hematoma no antebraço esquerdo. Ela se espantou com minha semelhança física com Lucca, disse-me que morava em Oxford, desculpou-se por ter algo a tratar reservadamente com Stella, e as duas foram para outra mesa, na qual Anne depositou sua gigantesca bolsa vermelha. A primeira impressão que tive dela foi a de algum parentesco com Stella: eram similares no formato do rosto, tendo o mesmo queixo afunilado e semelhantes covinhas discretas, além de serem parecidas nos trejeitos e no timbre da voz. Depois soube que eram apenas amigas.

Joe parecia especialmente tenso aquela noite, e lhe perguntei se estava bem.

— "Nada é tão penoso para a mente humana quanto uma grande e repentina mudança". Mary Shelley.

— Problemas, amigo?

— Não necessariamente. Bem, deixemos esse assunto para lá.

Lucca entrou no RAF Bar e acenou para nós de longe; cumprimentou Anne com um beijo no rosto e um abraço afetuoso, mas logo começaram a discutir. Ele apontava para o hematoma no antebraço dela e para um dos olhos de Anne, tornava ao antebraço, voltava aos olhos, indignava-se; ela pareceu lhe explicar algo, mas isso deixou Lucca ainda mais furioso, deslizando dentes com dentes e girando o tronco de um lado para o outro. Halil, Joe e eu observávamos calados — Lily não estava conosco naquela noite — até que Halil se manifestou:

— Ela deve ter apanhado do companheiro de novo.

Eu olhava aquela moça emoldurada pelos tijolos em arco da parede às suas costas; sabia pouco mais que seu nome, mas fiquei pensando em como se chegava àquilo. Um dia ela fora ainda mais frágil. Mãos protetoras acalmaram seu choro de bebê, escovaram seus cabelos de menina, acenaram em apoio a seus sonhos adolescentes. Algum dia houve carinho. Algum dia houve alguém que a tenha feito sorrir ao adormecer, zeloso em protegê-la do mundo. Algum dia ela personificara a história encantada numa canção de ninar. Mas a magia se desfez. Seus sonhos se perderam, o mundo se revelou um punho fechado, alguém raptou a princesa. A menina que brincava de bonecas virou o boneco de bater de um imbecil.

Perguntei a Halil como a conhecia.

— Anne e Lucca tiveram um breve caso, num dos intervalos do relacionamento conturbado dela — ele me respondeu, balançando-se na cadeira. — Dessa vez acho que o valentão lá de Oxford não vai escapar.

Halil e Joe se levantaram e foram tentar acalmar Lucca. Stella veio até mim, sacou da bolsa um papel dobrado e ficou segurando-o perto do meu ombro. Sua mão cheirava a creme hidratante.

— Eu precisava lhe entregar isso *hoje*, e queria que fosse em outras circunstâncias. Mas Anne, desesperada por conversar, ligou-me da estação de Cambridge quando eu estava no caminho para cá.

— Sua amiga está bem? — perguntei.

— Não.

— Posso fazer algo por ela?

— Não há muito a fazer. Tento ajudá-la há anos e nada muda.

— O que é isso? — perguntei, apontando para o papel.

— Pegue antes que eu desista — disse Stella, esticando o braço.

Apanhei o pedaço de papel. Branco, sem pauta.

— Leia depois que eu sair. Fique à vontade para não responder. Melhor, devolva.

— Quero ler.

— Já estou arrependida.

— Isso não combina com você, Stella.

—- Você não sabe nada — e partiu.

Fui até a área descoberta na lateral do pub e, sob a luz âmbar da velha lanterna de ferro forjado em formato de tocha, li os quatro parágrafos do que parecia cópia reprográfica de um bilhete manuscrito, no qual Stella dizia-se desorientada com nosso "caso de sótão", pedia que eu me afastasse, mas afirmava que talvez ela mesma não conseguisse; finalizava dizendo esperar que não fosse apenas carnal de minha parte, e pedindo que eu sinalizasse para ela "resolver a vida".

Se eu fosse um patife, naquele momento teria pensado algo como "isso está ficando sério; hora de cair fora". Nada nobre, não? Lamento admitir, mas foi exatamente o que pensei. Eu não queria ser responsável por algo que abalasse um casamento. Era covardia, claro, mas, como me disse Joe certa vez, citando Shakespeare, a consciência faz de todos nós uns covardes.

Ao retornar à área interna do pub, vi Anne chamando um táxi e se despedindo de Lucca. Quando sobramos só nós quatro, os homens, ouvi de Halil mais detalhes sobre os problemas da moça, com Lucca grunhindo ao meu lado enquanto os relatos avançavam — numa das vezes, Anne tivera o braço quebrado pelo companheiro, e noutra, um dente.

— E não se pode acionar a polícia? Ela não tem um irmão, um amigo, sei lá, alguém para ajudá-la? Alguém tem de fazer algo por essa mulher... — disse eu, sem a mínima ideia das consequências ruinosas daquilo.

14

Dias depois eu estava de volta ao The Eagle, com Joe, Lily e Stella. A mesa era outra, embora no RAF Bar, e eu me sentara junto à porta vermelha, cujo mecanismo de molas rangia quando da abertura. Stella ficara com a cadeira, Joe num banco, e Lily e eu dividíamos o pequeno sofá coberto por um xale. Era uma noite atípica, que dispensava as blusas ao menos na parte interna do pub, no qual se imiscuía, com o constante abrir e fechar da porta, uma brisa. Debatíamos calorosamente algum tema insignificante quando o celular de Stella tocou, mas dessa vez ela não recusou a ligação. Era Anne. Contava que, na véspera, descobrira mais uma das traições do companheiro, confrontara-o, e ele a agredira de novo. Agora, porém, já estava tudo certo, haviam-se reconciliado pela manhã, logo ele iria buscá-la no trabalho.

— Por que ela aceita essas coisas? — perguntou Joe.

— Carência afetiva — respondeu Stella, afagando as mãos.

— Não é só isso — contrariou Lily, empertigando-se para discutir. — Anne cresceu tentando proteger do pai alcoólatra os irmãos mais novos. Culpa-se por não ter sido bem-sucedida e tenta "salvar" o companheiro, como se assim redimisse o próprio pai e impedisse hipotéticas crianças de sofrerem como os irmãos. Por isso se ilude de que conseguirá mudar aquele homem, sentindo-se engajada nalgum tipo de missão.

— Lá vêm as teorias psicológicas... — ironizou Stella.

— Ela é sua paciente? — perguntei.

— Evidente que não. Se fosse, não poderia revelar isso a vocês. — respondeu Lily. — Mas conversei com ela uma vez, quando nos conhecemos.

— *Uma vez* e ela contou tudo isso a você? — questionou Stella, torcendo os lábios para baixo num "U" invertido. — Anne e eu somos amigas desde a adolescência, mas só recentemente ela me falou sobre o pai.

— Talvez você não tenha inspirado a necessária confiança — provocou Lily, e tomou um pouco de vinho, ocultando com a taça o leve riso.

— E você parece ter respostas perfeitas quando se trata da vida íntima *dos outros* — retrucou Stella.

— Está insinuando algo?

— Eu não insinuo. Eu falo.

— Acalmem-se — pediu Joe.

— Talvez esses conflitos de Anne com o companheiro sejam apenas o condimento para um ótimo sexo — insistiu Stella, que não iria se render.

— É só com isso que se importa? — replicou Lily.

— Acontece, não?

— Pode acontecer, mas não é o caso dela. E não estamos falando de meros "conflitos", e sim de violência doméstica. *Espancamento* — enfatizou Lily.

Um familiar aroma veio à mesa anunciando o *fish and chips* de Lily e ela parou de discutir.

— Passe-me o saleiro, por favor. Obrigada.

Lucca não apareceu no The Eagle naquela noite. Cerca de meia hora antes de o pub fechar, Stella recebeu outra ligação, e sua expressão foi de espanto, com novo retorcer de lábios. Era Anne. O companheiro dela estava no hospital: um vulto atacara-o quando ele saía de um pub em Oxford. O companheiro tivera a mandíbula e os dois braços quebrados. Stella parou de falar e olhou para o teto enfumaçado.

— Lucca... — disse ela, e saiu.

Lily se despediu de nós às pressas, deixando pela metade a taça de vinho.

— Sabem... se foi ele, admiro-o — disse Joe, devolvendo o copo d'água à mesa. — É corajoso. Pode parecer exacerbado, mas é uma forma de justiça. Primitiva, mas, ainda assim, justiça.

— Tem certeza do que está falando? — perguntei.

Joe lançou mais um de seus aforismos, enquanto batia o indicador na mesa:

— "Os homens que se encolerizam por motivos justos, com coisas ou pessoas certas e, além disso, como, quando e enquanto devem, são dignos de ser louvados". Aristóteles.

A conversa sobre coragem e o teto que nos albergava nos levou a falar sobre a Segunda Guerra, com ênfase no Dia D. Lembrei-me de um documentário, com imagens do céu nebuloso semeando homens à terra, muitos dos quais já chegavam mortos à Normandia, suspensos em seus paraquedas.

— Conheço o documentário — disse Joe. — Sabe qual é a coisa mais curiosa sobre o Dia D?

— Não.

— Que fomos nós, os ingleses, a salvar a França — respondeu, com um sorriso discreto.

— Não havia só ingleses na libertação da França.

— É verdade. Mas estávamos lá. Meu avô esteve lá.

— Deve se orgulhar. Seu avô foi um herói, presumo.

— Foi só mais um inglês tentando salvar a França — e riu, de novo com discrição, e me contou algumas peripécias do avô, que sobreviveu à guerra, mas faleceu quando Joe era ainda criança.

Saquei uma história que ele não devia conhecer. Falei sobre a 11ª Divisão da Força Expedicionária Brasileira, de seus milhares de praças, dos pilotos audazes, da cobra fumando, do combate próximo à cidade italiana chamada Lucca. Pensei naqueles pobres homens, que deixaram suas famílias e embarcaram com pouco mais que a roupa do corpo, botas erradas e parcos provimentos para enfrentar um desconhecido aterrorizante — para morrer noutras terras. Seu sangue foi regar outras poeiras. Seus corpos jamais retornaram às suas famílias. Não carregavam apenas a coragem dos que apostam algo por si, mas também a nobreza dos que arriscam tudo pelo outro.

— Conheço a história — disse Joe, e soltou outra citação, com o indicador a martelar a mesa. — "Um soldado cercado por inimigos, se quiser achar uma saída, precisa combinar um forte desejo de viver com uma estranha despreocupação com a morte", disse Chesterton — fez uma pausa. — "Deve desejar a vida como água e, no entanto, beber a morte como vinho".

Falei dos três brasileiros mortos durante a tomada de Montese, e da homenagem prestada pelos homens que os enterraram, colocando, junto à sepultura, a cruz com a inscrição DREI BRASILIANISCHE HELDEN — "três heróis brasileiros".

É provável que nesse momento eu tivesse no rosto alguma expressão triunfante por poder ensinar algo àquele sabichão.

— Conheço a história — disse ele novamente.

— Essa também?

— É um dos meus temas prediletos.

— A guerra?

— Não, a guerra não. A lealdade.

15

Na tarde seguinte eu estava na Market Square tentando fazer fotos de produtos, num exercício para o curso de Fotografia. Caminhava sobre paralelepípedos escorregadios, lavados pela chuva da manhã, e sentia os aromas das frutas e de comida de rua — predominava o de *kebab* —, ouvindo o burburinho da multidão em muitas línguas. Buscava inspiração para algo que justificasse aquela saída, algo que se destacasse do que eu vinha fazendo em minhas fotos; agachei-me diante de uma barraca de frutas, puxei a pequena câmera do bolso da calça, não fiz foto nenhuma. Era terrível. Eu desejava Stella, adorava sua companhia, o prazer, o domínio que ela exercia, adorava conversar com ela, batalhar com sua mente sagaz, ouvir suas respostas curtas e enigmáticas, embrenhar-me em seus gestos e desejos. Mas havia Lily; havia o amor pelo qual eu ansiava; havia aquela que passou a ser, para mim, *Ela*. E havia mais: eu não estava nada interessado em compromisso e no desate de um casamento; a palavra *compromisso,* aliás, fora banida da minha vida desde que eu iniciara aquela longa carreira de vadiagem em Cambridge, e o que estou tentando mostrar a vocês é quão prazerosa e fútil era minha existência por lá — uma existência guiada por mãos alheias ou pelo acaso, como se eu me movesse feito peça de um jogo de damas num sábado à tarde. E, como eu não quisesse encarar nem mesmo aquele modesto dilema, é claro que, numa cidade como Cambridge, o dilema veio até mim, nos saltos altos que deixavam uma loja de roupas.

Stella e eu acabamos dentro da Borders. O silêncio da livraria era perturbado apenas por um sujeito que, falando ao celular, revelava seus problemas no trabalho, e pelo incessante chiado da máquina de *espresso*. Jogamo-nos nas poltronas de tecido bege e áspero, um tanto incômodas, e queimei a língua com o café, o que me impediu de sentir o gosto do croissant. Stella não quis beber nem comer nada.

— Às vezes fico pensando em por onde você anda quando não está comigo — disse ela de repente, mexendo nos brincos de argola com brilhantes iguais aos do colar, e depois pousando a mão na alça da sacola acartonada que trouxera da loja de roupas.

— Viajo de moto nos fins de semana, como sabe. Nos outros dias estou em Cambridge ou Manchester. Por vezes, Londres.

— Não é a isso que me referia.

— Eu sei.

— Tem estado com outras mulheres? — perguntou Stella, sem olhar para mim, tateando o interior da sacola.

— E isso importa?

— Evidente que sim. Gosto de exclusividade.

— Isso não é lá muito justo.

— Ninguém disse que seria justo.

— Ninguém disse que haveria um interrogatório.

— Lily?

— É uma boa amiga.

— Uma boa amiga como eu?

— Aonde quer chegar?

Ela passou a mexer no celular. Cruzava e descruzava as pernas, enrolando e desenrolando os saltos nas franjas do tapete verde, que começava a desfiar numa das bordas; reclinava o tronco para a frente, enfeixava os cabelos num lado, sobre o ombro, depois no outro; depois colocou o celular no braço da poltrona e atirou a cabeça para trás, olhando para o teto; depois fechou os olhos.

— Você está bem? — perguntei.

— É possível — respondeu, sem abrir os olhos.

O silêncio se prorrogou. Ela abriu os olhos. Suas pupilas cintilavam.

— Acho que vai chover de novo — disse eu, apontando a janela.

— Quer me dizer algo?

— Eu falava do tempo.

— E eu perguntei se tem algo a me dizer.

— Eu...

— Sobre o bilhete.

— Na verdade...

—- Não diga mais nada.

Ela me olhou com desdém, levantou-se, apanhou a sacola, foi embora.

Dê a um homem tempo para que ele tome decisões que impliquem assumir responsabilidades. É salutar — é o melhor caminho para que ele nada decida. Gire a chave, tranque a caixa, passe mais uma corrente, jogue nas corredeiras — e só então ele se liberta.

Eu queria saber o que ela pensava, que sentimentos carregava, se tinha inquietações, e naquele momento invejei os escritores de ficção, que podem perscrutar a mente de seus personagens e desenhar suas expressões. Mas eu não era um ficcionista. Não era um desenhista. Não era um bom fotógrafo, como meu amigo, e não andava prestando muito como advogado. Eu não estava fazendo nada direito, e minha confortável vida inglesa parecia carecer de sentido.

V
REVELAÇÕES DE LILY

16

SE HAVIA ALGO QUE NÃO FAZIA sentido, eram as tardes que eu passava na Squire Law Library. Observava as encurvadas armações de aço do prédio da biblioteca, cujos vidros formavam as facetas de um gigantesco poliedro, e olhava para as pessoas nas mesinhas enfileiradas, que remetiam à monotonia dos contratos que eu precisava revisar — tarefa até o ano anterior executada com prazer, mas que agora só me aborrecia. Distraía-me com a arquitetura em sua multiplicidade de triângulos, com o barulho dos passos que vinham do hall e dos corredores, com tudo que me afastasse dos livros; às vezes, arriscava alguma reflexão, mas logo me dava conta de jamais ter compreendido qualquer coisa das grandes questões da existência, e a ideia, que me sitiava com a sagacidade de uma raposa, de que tudo estava sem sentido, era pior do que a pior das respostas. Só muito tempo depois eu perceberia que algum significado belo da vida pode ser revelado até num fragmento de rolha, bastando que ele nos remeta a uma boa história.

Naquela época, eu já ignorava a maioria dos compromissos de meu programa de estudos, limitando-me a comparecer às esparsas reuniões com o supervisor Peter Duke, um inglês de cinquenta anos, sempre esmeradamente vestido. Atlético, ele rodopiava uma caneta de prata entre os longos dedos negros enquanto lia meus relatórios. Preciso, de inteligência veloz, mas fala pausada, o tal Peter Duke era um bom sujeito. Uma pena que tenha perdido seu tempo comigo.

O trabalho também me tomava cada vez menos tempo. Eu pouco era acionado para ir ao escritório de Manchester, onde me limitava a apanhar algum documento para levar a Londres — um serviço que poderia ser feito via correios ou por um estagiário —, e já percebera que o que meus chefes queriam era pagar alguém para apenas estar lá — para poderem cobrar do cliente os honorários internacionais; alguém que não trabalhasse muito nem fizesse perguntas. Bem, com minha propensão à preguiça e coisas mais interessantes para fazer em Cambridge, eles conseguiram o funcionário ideal: eu não trabalhava nem fazia perguntas, e não ficava chateado de ganhar bem por isso.

Era enfim uma vida tranquila, mas já não satisfazia e, embora tivesse a companhia dos cinco amigos, eu não conseguia partilhar com eles tal angústia: Stella seria esnobe demais para minhas preocupações com vocação e trabalho; Halil, jovem demais para algum aconselhamento; Joe, comedido demais; Lucca, bruto demais; e Lily... bem, eu não arrumei uma justificativa boa o bastante para não falar com Lily, mas ainda assim não falei.

Lembro-me de que lavava as mãos, que ainda retinham o cheiro da maçã que eu acabara de comer — não me perguntem por que me lembro desse detalhe —, quando Lily me telefonou, numa tarde, surpreendendo-me com um convite:

— A turma do módulo intermediário fará um passeio fotográfico amanhã. Castelo de Leeds e Catedral de Canterbury. Como eu sabia que vocês não viajariam de moto neste fim de semana, reservei para nós.

— Bem...

— Você vai.

— Eu ia perguntar sobre quanto lhe devo.

— Muito.

Entusiasmado com a perspectiva de passar o dia seguinte ao lado de Lily, e munindo-me da conveniente desculpa de ter de preparar o equipamento para a viagem, abandonei a biblioteca, passei em meu flat, formatei os cartões de memória das câmeras, deixei as baterias carregando e gastei o fim de tarde bebendo com Halil "algo de bom virá" no Osborne Arms, um pub que foi demolido alguns anos depois. Uma pena.

À noite, Joe e Lucca se juntaram a nós na mesa de madeira maciça que ficava colada à fachada do Osborne Arms, a céu aberto, de onde observávamos as pessoas que passavam pela calçada e os carros que se cruzavam na Hills Road. Exaltados, Joe e Halil debatiam algo sobre o sentido de um filme, pelo que me lembro.

— "Os sentimentos extremos estão todos aliados à loucura". Virginia Woolf — disse Joe. — E como escreveu o filósofo...

— Pare de perder tempo nessas discussões com Halil, que só quer provocá-lo — interrompeu-o Lucca. — E trate de arrumar logo uma namorada.

— Quando chegar o momento certo — retrucou Joe.

— Não se pode adiar a vida, amigo.

— Não o vejo com nenhuma namorada.

— Isso não quer dizer nada — comentou Lucca, olhando para a rua.

— Nunca se apaixonou? — provocou Joe.

— Muitas vezes — disse Lucca, batendo o fundo do isqueiro na mesa antes de acender o cigarro. — Em geral por algo que pensei que a pessoa fosse, mas não era. Por isso nunca durou.

— Acredita mesmo no que está dizendo?

— Acredito. E por isso suspeito. Sempre devemos suspeitar de nossas convicções mais arraigadas. Carregamos o germe da mudança.

— Finalmente diz algo lúcido. "Trago em mim o germe, o início, a possibilidade para todas as capacidades e confirmações do mundo", como escreveu Thomas Mann.

— O que você traz em si é um dicionário de citações, isso sim — disse Lucca.

Joe riu e tirou do colete seu relógio de bolso; abriu a tampa prateada, consultou as horas.

— Você é o único sujeito no mundo que ainda usa um desses — disse-lhe Halil, apontando o relógio, mas sem tirar os olhos da tela do próprio celular. — Por que insiste em ser antiquado?

— A melhor maneira de enxergar o futuro é olhando para trás.

— O que pretende com essa bobagem?

— Às vezes penso se não é justamente por sermos tão tecnológicos que nos tornamos tão vazios — disse Joe, erguendo as sobrancelhas em indicação ao celular de Halil.

— Além de antiquado, você é tecnofóbico — provocou Halil.

— Não sou. Apenas vejo o humano sendo esquecido em cada ato, em cada invenção moderna, em cada inovação supostamente voltada ao humano, mas que o diminui em sua humanidade.

17

No sábado de manhã, na cozinha do flat, eu via meu rosto refletido na *moka* enquanto enchia a quinta xícara de café à espera de Lily. Não, ela não se atrasou; eu é que, ansioso, acordara ainda na madrugada, antes do despertador.

Lily me avisou por mensagem de texto que estava à porta do prédio. Desci e me deparei com ela encostada no carro, de cabelos molhados que exalavam o característico aroma de amêndoa, e com o bom humor de alguém que houvesse dormido cedo e acordado cedo, alegre para se arrumar. Ela me saudou com um beijo no rosto e entramos em seu MINI Hatch azul. Deixamos o centro histórico, dirigindo-nos para o norte, e depois de uma corrida curta, de poucos minutos — apenas o suficiente para tocar no rádio uma música do Queen com David Bowie e duas dos Beatles —, cruzamos uma alameda arborizada e ingressamos num amplo estacionamento, onde já nos aguardava o ônibus laranja. Lily estacionou sob uma árvore coberta de musgo e fomos para o ônibus. Não conhecíamos ninguém naquela turma, e era como se jamais tivéssemos ido à escola de Fotografia. Lily apanhou minha mochila de equipamento fotográfico, colocando-a junto da dela no guarda-volumes, e nos sentamos lado a lado nos bancos de camurça azul. O ônibus partiu.

Naquelas duas horas tomadas pelo trajeto, foi como se sempre soubéssemos que um dia estaríamos ali, juntos: cada frase de Lily encontrava eco no que eu dizia, nós nos entendíamos em tudo, ríamos, nossos braços se tocavam, ela apoiava a mão em meu ombro ao falar, tornávamos a rir.

O Castelo de Leeds se revelou uma fortaleza de torres octogonais na fachada simétrica, com uma parte do edifício avançando sobre o lago que refletia as paredes de pedra e o céu salpicado de nuvens. Seis aves, de algum parentesco com patos selvagens, voavam em formação triangular, desenhando borrões sombreados na água ondulada pela brisa. Assim que descemos do ônibus, fomos nos afastamos da multidão que seguia o fluxo para a ponte e enveredamos por outro caminho, contornando parte do lago. Minutos depois, a súbita ausência de ventos fez serenar o lago, até suas águas ficarem estáticas, tornando o espelho ainda mais definido, com o castelo, ao fundo, duplicado sob si. Lembro-me da foto que fiz, a pedido de Lily, posicionando-a na extremidade esquerda do visor e preenchendo a metade direita com a fortaleza, tendo no centro do quadro um arbusto piramidal que dava à composição ares de gangorra, e a certeza de que Lily, com sua leveza, podia equilibrar até mesmo um castelo de pedras.

Cruzamos a ponte, passamos por um lunático que se dizia rei destronado, divertimo-nos no labirinto de cerca-viva em formato de coroa, encontramos juntos a saída do labirinto, e depois tomamos a passagem subterrânea cujas paredes revestidas de conchas, madeiras e pedrinhas forneciam texturas interessantes para as fotos. De volta à superfície, assistimos à apresentação de aves de rapina: falcões ganhavam altitude e mergulhavam em direção ao alvo. Troquei a lente para uma teleobjetiva, recém-comprada, e acompanhei o voo com a câmera, fazendo *panning*. Finalmente conseguia fotos que prestavam.

Terminada a visita guiada, restava ainda uma hora até que o ônibus partisse, e ficamos num café na lateral do castelo. Lily pediu água, eu, um *espresso* curto e, como estávamos perto do horário de almoço, dividimos a *shepherd pie* que ela queria — não tenham dúvidas de que Lily adorava tortas. Retive o cheiro daquele *espresso*; posso senti-lo agora; sei sua cor e sua consistência; posso *ver* Lily e o castelo e a mesinha quadrada e até os falcões quando tomo um bom *espresso*. Há memórias etéreas que pesam mais na existência que todo um porão atulhado de papéis.

Enquanto Lily ordenava os sachês de adoçante na cestinha sobre a mesa, falava-me das agruras com o distante namorado:

— Nas raras vezes que ele vem, exige que eu me desloque a Londres, pois não gosta de Cambridge.

— Não é lá muito cortês — ironizei.

— É falta de interesse mesmo.

— Não quero me meter, mas... por que ainda estão juntos?

— Há coisas que você não sabe — disse ela, enquanto desdobrava a ponta de um sachê.

— E eu deveria saber?

— Não. Sim. Bem, não sei.

— Assim fica complicado.

— Não importa.

— Quer me contar?

— Discutimos outra vez. É triste, mas, por um bom tempo, pretendo não falar com ele.

— Sinto muito — menti.

Se todo o exercício de virilidade tinha lugar algumas vezes por semana no sótão em meio às pinturas abstratas de Stella, o exercício de amizade e amor pulsava quando eu estava com Lily, com quem falava diariamente — além de nos vermos no The Eagle, sempre que havia um intervalo em suas consultas, nós nos encontrávamos nalgum café. Ante a confiança que ela depositava em mim ao expor algo tão íntimo, tive o ímpeto de lhe contar sobre meu caso com Stella — para ver como reagiria. Mas me refreei.

Passando os dedos pela borda da xícara, que eu não percebera trincada, sofri um pequenino corte na polpa do indicador. Lily soltou seu "ri, ri, ri" habitual.

— Você nunca aprende onde deve e onde *não deve* pôr as mãos — disse-me ela, apressando-se para apanhar um guardanapo de papel e conter o sangue.

Pouco ouvi do que ela falou depois — uma metáfora sobre abrir as portas da fortaleza na qual nos escondemos do mundo, algo assim — mas guardei a imagem. Aquilo jamais vai acontecer de novo do mesmo jeito, claro, mas há o registro do momento, como numa fotografia de rua que capta o essencial em pequenos gestos.

Começou a ventar. Intensamente.

— Vamos.

18

Chegando a Canterbury, saltamos do ônibus bem perto da catedral, cujas torres recortavam um céu azul-rutilo, dando a impressão de que dos pináculos se poderia tocá-lo. Agachando-me, pus a câmera com a grande angular quase rente ao solo para captar a dramaticidade da arquitetura, de forma que, de onde eu estava, com a alteração de perspectiva, as torres mais distantes pareciam bem menores que as mais próximas, criando uma escada para o céu. Ao me levantar, pensei na resiliência dos homens que construíam e reconstruíam prédios como aquele, tantas vezes danificados por fogo, terremotos, ambições. A força daqueles prédios não estava em serem invulneráveis — a força não reside em ser indestrutível, mas em, reconhecendo-se vulnerável, reconstruir-se sobre si mesmo.

À sombra da catedral, próximo à entrada, um homem em trajes pitorescos havia feito de um caixote de madeira seu púlpito, e algumas pessoas se reuniam em torno dele, em meia-lua; no chão, um chapéu amarelo recebia as moedas, e um cartaz branco indicava se tratar de uma declamação de trechos dos *Contos de Canterbury*. Lily fez várias fotos do declamador e dos espectadores; eu, nenhuma.

Entrei na catedral e me detive para fotografar os arcos góticos do transepto. Ali a Arquitetura se revelava uma ciência de homens e uma arte de anjos, elevando os olhos, o pensamento e a alma, arrebatando com os arcos projetados para suportar os séculos, cultivando a ideia de uma ordem cósmica que o homem pode apenas intuir. Ali as pedras exultavam em sua circunspecção comunicativa. Ali as pedras nos tocavam.

Fui ler uma placa verde com inscrições em dourado e vermelho, ao lado da qual repousava uma coroa de flores da Associação dos Veteranos da Normandia. O cheiro das flores se misturava ao da parafina da vela apoiada no suporte abaixo da placa, e um fio de fumaça se desprendia da chama estática no ambiente sem vento. Tempos depois eu descobriria que placas como aquela existiam em profusão por toda a Inglaterra. Tenho aqui uma foto da placa. Vejam o que diz. Algo como "Lembre-se: os milhares das Forças Aliadas que perderam suas vidas durante a invasão da Europa ocidental no dia 6 de junho de 1944. O assalto à Normandia foi lançado nas praias Sword, Juno, Gold, Omaha e Utah, e teve início o retorno da liberdade à Europa. Ninguém tem amor maior que esse de um homem que sacrifica a vida por seus amigos".

Lily se juntou a mim e leu também. Depois caminhamos pelo interior da catedral, sob a guarda dos arcos, com a luz do sol trespassando os vitrais obliquamente, criando uma cascata de feixes coloridos, intercalados pelas linhas de sombra das colunas. Percebi que ela fez uma discreta genuflexão diante do altar.

— Não sabia que era religiosa — cochichei.

— Anglicana. Mas não entrava numa igreja há anos — e seu tom de voz foi ainda mais baixo que o meu.

— Sabe, aqueles sujeitos... todos aqueles mortos a que se refere a placa... foram corajosos de uma maneira impensável — prossegui, à meia-voz.

— Sim, foram. E felizmente nossa vida moderna tem-nos poupado da guerra, pelo menos em casa.

— É um avanço. Nas guerras o...

— Verdade — interrompeu-me ela, claramente querendo falar de outro assunto.

— Não gosta desse tema?

— Apenas não quero falar disso.

— Mas é História e é importante.

— É importante e é violência — aumentou o tom de voz.

— Acha que eles poderiam ter procedido de outra forma?

— Não. Mas...

— Algo a incomoda?

— Estou aflita — e parou de andar.

— Quer conversar sobre isso?

— É algo ruim. De certa forma relacionado a meu trabalho.

— Problemas no consultório? — perguntei, fazendo meia-volta diante dela, de modo a ficarmos frente a frente.

— Quase — disse ela, pestanejando.

— Sabe que pode me contar o que quiser.

— Melhor aproveitarmos o resto do passeio para as fotos.

— Se você não quisesse falar, não teria tocado no assunto.

— Está bem, está bem.

— Então fale.

Ela inspirou, puxou-me para perto de uma coluna e contou:

— Certa noite, no ano passado, saí do consultório direto para pub, onde encontrei Lucca, Halil, Joe e Stella. Levava comigo um esboço do livro e as fichas das minhas pacientes vítimas de violência doméstica. Obviamente não permiti que ninguém lesse o material, mas apontei para o calhamaço e desabafei: dedicava-me àqueles casos há anos, mas as pacientes não conseguiam se desvencilhar dos agressores.

"'Isso se resolve fácil: basta alguém dar uma lição nesses caras', dissera Joe.

"'*Você* dizendo isso?', provocara Stella.

"'Todos carregamos algo da vítima, um pouco do condenado, e muito do verdugo', respondera Joe.

"'Dê-me os nomes dos sujeitos', dissera Lucca olhando para o teto."

Lily contou que naquela noite houve uma confusão no pub — uma briga na qual Lucca se meteu apenas por conhecer um dos envolvidos.

Seguiu-se uma correria e todos foram colocados para fora. O arquivo com os nomes das pacientes e agressores, no entanto, se perdeu em meio ao caos.

— E? — perguntei.

— O problema é que as iniciais das vítimas do Espancador de Cambridge coincidem com as de agressores que constavam das minhas fichas... — disse ela, segurando meu pulso. — E minhas pacientes revelaram-me que seus companheiros foram mesmo vítimas do Espancador.

— Parece sério.

— Temo que algum dos amigos tenha apanhado as fichas. Halil certa vez me disse ter somente parcas lembranças da infância, e eram do pai agredindo a mãe. Talvez isso lhe desse um motivo. Mas ele não tem perfil agressivo. Tanto menos Joe.

— Bem, Joe faria qualquer coisa para impressionar você. Lembre-se de que ele treina *bartitsu*, o que significa que sabe usar bem os punhos e as pernas. E aquele guarda-chuva do qual não desgruda, nas mãos de alguém que, como ele, saiba o que fazer, vira uma bela arma.

— Meu Deus!

— Desconfia de Joe?

— Agora sim! Embora até há pouco achasse improvável que ele fosse se arriscar por becos escuros...

— E quanto a Lucca? — perguntei.

— Seria mais crível — disse ela, e retomamos a caminhada. — Mas naquela noite ele foi posto para fora, e duvido que fosse se preocupar com papéis em meio a uma briga.

— Bem, pelo que você diz, poderia ser qualquer pessoa. Até eu, que nem a conhecia ainda, poderia ter encontrado os documentos e me transformado no Espancador de Cambridge. Que tal?

Ela apertou os lábios em desaprovação ao gracejo.

— Não percebe a gravidade disso? — questionou. — Se for Lucca, alguma vítima poderia até confundi-lo com *você*.

— Os jornais dizem que as vítimas nunca viram o rosto do Espancador. Então não tenho por que me preocupar — retruquei, e tentei mudar um pouco o rumo da conversa. — No caso do companheiro de Anne, as circunstâncias não são semelhantes?

— Anne não é minha paciente. E o companheiro dela foi agredido em Oxford, não em Cambridge.

— Talvez isso tudo seja apenas coincidência. Essas pacientes haviam registrado queixa contra os agressores?

— Sim.

— Então alguém que tivesse acesso aos registros policiais saberia dos casos. Essa coisa de Espancador pode não ter nada que ver com as fichas que perdeu.

— É uma ideia. Mas continuo suspeitando de Lucca. E agora também de Joe.

Apesar da curiosidade aguçada pela hipótese de algum de meus amigos ser o misterioso homem do qual tratavam os jornais, eu havia me preparado para fazer daquele passeio uma escalada ao coração de Lily, e assim que saímos da catedral perguntei se ela se sentia melhor agora que estava afastada do namorado. Quis saber se ela estava feliz.

— Posso estar quase solteira, posso ser amiga de homens sem dormir com eles, e posso ficar bastante feliz assim. Talvez algum dia ainda me case com algum de vocês — disse ela, e sorriu. — Uma amizade pode... — não completou a frase.

No retorno a Cambridge, de ombros colados dada a estreiteza dos bancos do ônibus, analisamos nossas fotos. Lily me mostrou a fotografia que eu fizera dela equilibrando o castelo, além da foto do falcão e a que um turista se oferecera para tirar de nós abraçados; depois foi indicando uma a uma as minhas outras fotos, todas de arquitetura.

— Por que não fotografa pessoas? — perguntou.

— Fotografei você em Leeds.

— Depois de eu implorar.

— Você apenas pediu.

— O simples fato de eu ter de pedir já prova meu argumento.

— Faço fotos de modelos no estúdio.

— Garotas seminuas não contam. Falo sério. Por que evita retratar pessoas? Tem receio de olhar para elas *de verdade*?

Eu não gostava de expor aspectos de minha vida que poderiam soar a sentimentalismo, mas a serenidade da companhia me incentivou a falar:

— Quando eu tinha três anos, meu pai, que se definia, segundo minha mãe, como "um aventureiro", partiu em busca de fortuna em Serra Pelada, um garimpo de ouro situado no norte do Brasil, onde se envolveu numa troca de tiros com um ex-parceiro comercial e foi ferido, mas sobreviveu e continuou garimpando. Creio que ele não tenha ficado rico, mas constituiu nova família por lá e jamais voltou. Assim, com exceção do período em que eu era muito pequeno, minhas fotos de infância foram sempre o retrato de uma ausência.

— Triste.

— Doze anos depois veio o acidente da minha mãe. Por conta das cicatrizes no rosto, ela nunca mais quis ser fotografada, e minhas fotos de família passaram a registrar *duas* ausências...

— Entendo. E lamento.

— Você não tem, às vezes, a sensação de estar só, mesmo quando rodeada por uma multidão? Nunca me senti ligado às pessoas, e meu distanciamento, acredito, vem desses episódios que relatei.

— Deve vir também daí sua recusa inconsciente a fotografar pessoas.

— Pode ser.

— Mas terá de superar isso — disse ela, pousando a mão em meu ombro esquerdo delicadamente. — Você só conseguirá entender a si mesmo quando enxergar melhor os outros. Talvez, sem que se tenha dado conta, seja por isso que se mudou para cá: talvez tenha vindo conhecer outro país para um dia conhecer melhor seu próprio país; e então poderá rever coisas dolorosas que vivenciou lá.

Eu não consegui argumentos e ela prosseguiu:

— Pelo que vi de suas fotos de arquitetura, você dominou bem as técnicas de composição, é criativo, usa com habilidade a regra dos terços e a razão áurea. Mas é hora de passar da razão áurea para a *regra áurea*: a empatia.

Antes que eu perguntasse o que ela queria dizer com aquilo, Lily se adiantou:

— Passamos ao largo do outro sem nos darmos conta de que poderíamos ser nós, ali, com as mais simples ou mais dramáticas carências. Precisamos enxergar as pessoas.

— Eu enxergo.

— Mas não expressa.

— Fala como amiga ou como psicóloga?

— Falo como alguém que gosta muito de você. Dê a isso o nome que quiser.

Deixamos o ônibus, entramos no carro de Lily e ela dirigiu até meu prédio. Na despedida, ainda dentro do carro, achei que devíamos nos abraçar e, encorajado por tudo que vira, lera e ouvira durante o dia, pensei nas hesitações da vida moderna, tão despropositadas; aproximei-me; mas Lily me barrou, pondo uma das mãos em meu peito e revelando a faceta perspicaz de sua personalidade dócil, ao dizer:

— Stella.

VI

SOB ANÁLISE

19

NUM INÍCIO DE TARDE MUITO FRIA de maio, perdido na imensidão da biblioteca, eu questionava o que estaria acontecendo no "mundo real", "lá fora", e contrastava esse universo de possibilidades com o documento que tinha diante de mim, pensando no quanto aqueles termos jurídicos espalhados em cláusulas pareciam desvinculados da realidade, como se *cláusula* e *realidade* fossem antônimos; como se minha vida tivesse sido enredada num contrato que assinei sem ler e cujas cláusulas me esgarçassem até o ponto de começar a reclamar. Mas eu tinha bem pouco a reclamar. "Ingrato", disse a mim mesmo. Recompus-me em ideias. Sim, estava tudo bem. Não, nada estava bem. O tédio corrói o homem — e contra ele se deve lutar. Nunca entendi esses cultores do tédio, para os quais a vida não passa de algo estúpido, e que se conformam em rastejar na orla, quando o mar tem tanto a oferecer...

Por uns minutos divaguei sobre como estaria minha vida se estivesse advogando naquelas causas nobres que me motivaram a escolher a profissão; mas não consegui me fixar nisso por muito tempo: não havia aconchego na biblioteca, como se ela me expulsasse, e os estranhos ruídos que provinham do hall, com portas se fechando, passos arrastados e barulho de movimentação da ferragem do prédio me arrancaram dos meus devaneios.

Apanhei o jornal, que trazia um novo caso do Espancador de Cambridge, e o abri na mesa gelada de metal. Eu, que havia me tornado leitor atento de todas as notícias sobre o criminoso sem nome, que seguia seus passos, e que despertara, a partir do que me dissera Lily, para uma hipótese que mais ninguém parecia perceber — a de que as vítimas do Espancador eram-no por serem algozes das próprias mulheres — tinha na leitura dos jornais um distinto prazer, tal qual se participasse daquelas histórias. Era como se eu mesmo escolhesse os algozes que seriam tornados vítimas, fosse com antecedência àqueles becos planejar os ataques, batesse, apagasse os rastros e sorrisse com a identidade oculta por aquele formidável epíteto: "O Espancador de Cambridge".

Li a matéria. Mais uma vez a vítima era homem, e fora surpreendido por um sujeito cuja face não foi possível ver. O Espancador repetira o que dissera à vítima anterior, e a polícia resolveu reinquirir as primeiras vítimas, que admitiram ter ocultado o detalhe: também a elas o sujeito dissera que queria ver como se sairiam com alguém que bate de volta — e exatamente com a mesma frase. Mesmo com essas novas informações, porém, que estabeleciam um liame entre os casos, a polícia nada sabia sobre a identidade do justiceiro, o que tornava ainda mais fantástica a ideia de que algum de meus amigos — Lucca, Halil, ou até mesmo o cordial Joe, com seu majestoso guarda-chuva de cabo de bronze — pudesse estar envolvido naqueles eventos misteriosos.

Terminada a leitura, passei os olhos por outras notícias, sem me interessar, e resolvi bisbilhotar uma das aulas de meu amigo fotógrafo — uma boa desculpa para abandonar o contrato cujas cláusulas me pareciam tão irreais. Como, no entanto, faltavam algumas horas para o início da aula, fui perambular pelos *Backs*, os amplos jardins de alguns dos mais tradicionais *colleges*, situados na porção voltada para o rio Cam.

Uma vantagem de se morar num lugar frio é estar quase sempre de casaco, e assim eu podia carregar comigo ao menos uma câmera pequena ou, a depender do casaco, mesmo o corpo da câmera DSLR num bolso e uma lente curta no outro. Fiz composições usando troncos e galhos de árvores como moldura para os prédios multicentenários, e uma foto da capela do King's College refletida nas águas calmas do rio; depois vieram fotos de cerejas e amoras ansiosas, que não quiseram aguardar a chegada do verão, de um pato marrom que desafiava as águas geladas, de um cão latindo para sombras, dos barquinhos que deslizavam no espelho líquido. Troquei de margem mais de uma vez em busca dos melhores ângulos, parei nas pontes, refiz caminhos, abaixei-me com a câmera colada ao rosto, me levantei. Após me desvencilhar de um sujeito que me confundira com Lucca e viera me cumprimentar (isso ocorreria ainda algumas vezes no tempo em que morei lá), sentei-me num banco de madeira perto da Mathematical Bridge, inspirei o cheiro da folhagem à volta, contemplei os prédios e os bosques. Levantei-me e, inclinando a câmera para baixo, enquadrei três faixas paralelas, posicionando-as verticalmente no visor: o rio verde-escuro, a tarja de grama pálida, e o passeio feito com pedrinhas de um cinza-alaranjado. Lembrei-me da primeira foto que fizera ali, ainda em janeiro, ainda na neve, naquela mesma posição, mas com outras cores: o rio tinha então um verde brilhante, a grama estava coberta de neve, formando uma faixa branca, e as pedrinhas do passeio, molhadas pela neve pisoteada e derretida, chegavam quase ao vermelho, tudo formando, com algum esforço imaginativo, uma bandeira — italiana ou irlandesa, conforme o gosto e a incidência da luz.

Meu exercício fotográfico, agora focado nas árvores, era atrapalhado pela dificuldade de acionar o obturador da câmera usando luvas: eu tirava a luva da mão direita, os dedos congelavam; voltava a luva, o botão do obturador não respondia. Cansei-me das árvores e das luvas, guardei a câmera, e passei o fim de tarde com o café triplo que comprei no trailer de *hot dog* na ponte da Silver Street. Debruçado no guarda-corpo de concreto, onde apoiava o copo alto de café, fiquei observando o embarcadouro e os pequenos barcos, achatados e vazios, que colidiam brandamente uns com os outros ao sabor da imperceptível correnteza. Fiz uma foto e fui para a escola.

A escola de Fotografia era a mesma, mas parecia outra: as paredes internas brancas com tubulação elétrica aparente eram familiares para mim, mas, sob a luz dura das luminárias fluorescentes, senti-me um estranho ante os olhares curiosos dos alunos da turma avançada, que na certa se perguntavam se eu era um Lucca que havia diminuído uns centímetros e rejuvenescido um pouco, ou algum irmão mais jovem. Ao entrar na sala, fui saudado por Lily, Stella, Joe e Halil, todos já sentados em cadeiras azuis, nos fundos. Um rapaz fez questão de me fotografar ao lado de Lucca, que já se cansara de ter de explicar que não éramos parentes, e disse logo ao garoto que eu era seu "irmão menor". Seguiram-se duas horas de análise das fotografias feitas pelos alunos. Lucca apertava a tecla no computador, fazendo avançarem as fotos projetadas no telão, e balançava a cabeça murmurando "não, não, não"; vez ou outra detinha-se para explicar falhas na composição ou na exposição, mostrava aos alunos o historiograma, sugeria mudanças nos parâmetros. Ao final da aula, repassei a Lucca minha câmera, esperando que ele fosse olhar as fotos apenas pelo LCD; mas ele sacou o cartão de memória, inseriu-o no drive do computador e projetou as fotos no telão. Raspou os dentes uns nos outros, deslizando a mandíbula, como de costume.

— Barquinhos em águas calmas... Péssima influência do grandalhão! — disse ele, rindo, referindo-se ao professor Thomas. — Mas a do cachorro latindo para a sombra da árvore ficou interessante. Mesmo sendo um dia ruim para fotos... — e então se voltou para os alunos. — Nada mais tedioso do que fotografar sob céu limpo. Porque não é real. A vida é um dia cinza, de muito vento, à beira do precipício. Dias ensolarados são fábulas para adultos, quase sempre mentirosas. Experimentem esses mesmos cenários com uma tempestade se aproximando.

Fez uma pausa e se virou para mim.

— Mas você tem algum talento, Irmão Menor.

Eu começava a me animar com o elogio quando ele completou:

— Porém, precisa melhorar. E muito. Ainda falta.

— O quê?

— Seu sonho, seu sangue, sua alma.

20

Deixamos a escola lá pelas nove e meia da noite. Enquanto caminhávamos enfileirados pela estreita calçada de pedras, perguntei a Lucca sobre suas expedições aos vulcões — queria saber quando seria a próxima, e insinuei que gostaria de ir junto, apenas como observador.

— Fotografar vulcões exige condicionamento físico, equipamento adequado e disposição para se arriscar. Não é para amadores — respondeu ele. — Talvez a expedição seja no final deste ano. Ou no início do próximo — completou, e gentilmente nada disse sobre minha pretensiosa ideia de que conseguiria enfrentar uma empreitada daquelas.

— E como é ficar tão perto?

— Estar na borda de um lago de lava, aproximar-se de um vulcão em erupção, é observar a força em estado bruto. Aquela massa fundida e vermelha, os estrondos, a vibração do solo, o cheiro dos gases mortíferos, a nuvem negra, tudo nos faz lembrar de que há potências incomensuráveis, muito maiores que nós, e de quão frágil é nossa vida; curiosamente, faz lembrar também que nós mesmos possuímos certas forças internas, complexas e desmedidas, que procuramos, sem sucesso, conter. Por isso, onde quer que haja uma cratera surgem, na cultura local, mitos e lendas ressaltando as potestades do planeta, o espírito do vulcão, e a paradoxal condição humana de pretenso senhor da Natureza e, ao mesmo tempo, seu servo. É impossível estar à beira de uma coisa daquelas e não ser lembrado a todo momento de que somos perenes mortais.

— E você diz que é um trabalho como qualquer outro...

— Isso mesmo.

A rua estava vazia e ouvíamos nossos passos cadenciados. Lucca ia na dianteira, seguido por Halil e Joe, e Stella ficara para trás, na certa para evitar que escutássemos o que falava ao telefone. Único a andar no asfalto, eu tinha ao meu lado Lily, que reclamou do frio e, como não tive a prontidão de lhe oferecer meu casaco, ela se abrigou sob meu braço direito, puxando-me para a calçada e me xingando pela falta de cavalheirismo. Seu cabelo gelado roçou meu rosto, pincelando o cheiro de amêndoa, e alguns fios do cabelo se enroscaram em minha barba espetada. Sorrindo, ela disse "Devolva!", e deslizou o indicador pelos fios. Abraçado a Lily, completei o curto trajeto até o The Eagle. Joe pareceu não ter gostado nem um pouco daquilo.

Na porta cumprimentamos Arthur, o sexagenário magricelo, autointitulado gerente, mas que possuía função meramente decorativa — alguns afirmavam ser ele, e não a menina da lenda local, o fantasma do pub. Sim, dizia-se que o lugar possuía um inquilino permanente, um fantasma (ou três fantasmas, conforme a versão) por obra de quem certa janela do pavimento superior, nos fundos, jamais podia ser fechada, nem era permitido dar corda no relógio do RAF Bar. Na verdade, talvez Arthur tivesse uma função não tão decorativa, e era a de me expulsar do pub quando estavam fechando e eu insistia, diante do caixa, que queria mais uma cerveja; ele me mandava ir para casa, e eu reiterava o pedido em tom de súplica, mas criticando a irritante propensão inglesa a cumprir as leis; então ouvia de novo do impassível gerente seu lacônico "*Go home!*".

Outra possível função de Arthur era a de ser perturbado por Halil, que sempre o enredava nalguma piada sobre a sua idade.

— Arthur, um sorvete para meu amigo Joe, por favor — pediu Halil, escorando-se no balcão do RAF Bar assim que lá chegamos seguidos pelo gerente.

— Você bem sabe que não temos sorvetes — respondeu Arthur, irritado.

— Ora, por isso esse lugar não vai durar muito.

— Estamos aqui há séculos.

— Desculpe! Não sabia que você era tão velho.

— Vá pro inferno!

— Vendem sorvete lá? Então vai durar mais que aqui.

Todas as mesas de dentro estavam ocupadas, e tivemos de nos contentar com uma mesinha na área externa, onde o vento fazia a pele do rosto esfarelar. Pedimos uma garrafa de Jameson e cinco copos para combater o frio, enquanto Joe se contentou com sua água, sem gás e sem graça. Ele tamborilava a mesa e balançava os joelhos pontiagudos, sem esconder a irritação pelo fato de Lily ter feito parte do trajeto colada a mim. É claro que nós o perturbamos, mais uma vez, pela chatice de ser abstêmio, e insistimos que ele devia conhecer mais coisas, se aventurar.

— O máximo de aventuras que me permito é andar de bicicleta — disse Joe.

— Então ande por lugares que ao menos tragam algum desafio — provoquei, algo de que me arrependeria depois.

— Aventuras não são para mim.

— E fica bem?

— Como escreveu Erasmo de Roterdã — respondeu ele — "ninguém é infeliz quando está em harmonia com sua natureza, a menos que se tenha pena do homem por não poder voar como os pássaros, nem andar de quatro patas como os outros mamíferos ou porque, ao contrário dos touros, não tenha chifres".

Começávamos a rir quando Joe completou a citação, percutindo o tampo da mesa com o indicador, como num telégrafo:

— "Desse ponto de vista, chamaríamos infeliz também um belíssimo cavalo por não saber gramática e não comer doces, infeliz o touro por não fazer ginástica". Pois bem: eu não gosto de beber, nem de me aventurar; nada disso faz parte da minha natureza. Por que deveria ficar infeliz com isso?

Desistimos de perturbá-lo.

Creio que Joe nos olhasse com uma mescla de crítica e admiração. Cada um de nós violávamos de alguma forma sua visão solene de como alguém havia de se comportar, e isso o deixava perplexo e ainda mais atrapalhado, pois se a quebra de protocolos representava para ele algo grave, era também coisa que tentava vencer. Joe era um excepcional ator, não há dúvida — e não quero com isso dizer que houvesse falsidade em suas maneiras, mas apenas reconhecer que ele se saía muito melhor do que a maioria interpretando aqueles papéis que cada um de nós, em silêncio e no escuro, confere a si mesmo.

Joe deu o troco com uma provocação, sabedor de que iria gerar contenda: falou algo banal sobre a aula, para logo emendar que Henri Cartier-Bresson era o maior fotógrafo de todos os tempos.

— Ninguém supera a fotografia de guerra de Robert Capa — disse Lucca, com um tapa na mesa.

— Prefiro o McCullin — contrariou Halil, com uma baforada de cigarro pelo canto da boca, parecendo um capitão da Marinha Mercante fumando cachimbo.

— Excelente. Mas Capa é Capa — decretou Lucca, enquanto depositava uma pasta sobre as mochilas de equipamento fotográfico que se amontoavam no chão.

E seguiram os dois beligerantes, contando os méritos de cada fotógrafo, falando alto na tentativa de encobrir o barulho de uma britadeira que trabalhava na rua, cada qual se inclinando mais e mais para trás, enquanto Joe se divertia assistindo a tudo. Lily nada disse sobre suas preferências naquele momento; eu, um principiante, só podia me calar; já Stella, depois de falar das fotos de paisagens de Ansel Adams, das composições com arquitetura de Simon Norfolk, da *Paris de nuit* de Brassaï e dos horrores retratados por James Nachtwey, mostrou-se em dúvida se seu preferido seria algum desses, ou ainda Dorothea Lange, Sebastião Salgado ou Margaret Bourke-White — ela não conseguia se decidir.

— Quem diz gostar de tudo, na verdade não gosta de nada — disse Lucca, olhando para o copo de cerveja.

Stella levantou as sobrancelhas, com empáfia. Só então Lily se manifestou:

— Para mim, a mais fascinante é a fotografia de rua de Doisneau.

— Por quê? — perguntei.

— Porque retratou, a partir dos parisienses, o ser humano em toda sua variedade e complexidade: pessoas de todos os tipos e idades, alegres ou desoladas, maltrapilhas, bem-vestidas ou não vestidas, fartando-se num restaurante ou remexendo o lixo; seres afortunados ou desvalidos produzindo arte, dormindo, dançando, trabalhando, brincando, sofrendo, correndo, temendo, protestando, amando, chorando, beijando-se.

Às vezes, confrontados com algo maior que nós, com aquelas verdades inacessíveis e, mesmo se resvaladas, inconfessáveis, apequenamo-nos não por humildade, mas pelo próprio receio de enxergar o quão pequenos somos. E assim ficamos entorpecidos ante os contrastes da existência.

— Não é pouca coisa — disse eu, bobamente, depois de alguns segundos de silêncio.

— Uma fotografia que pesquisa os anseios humanos, como nas pinturas de Rembrandt — concluiu ela.

A torta que Lily pedira — sua preferida, de cogumelos da floresta, a tal *woodland mushroom pie* — chegou e ela começou a comer, mastigando depressa, reclamando estar com não sei quantos quilos a mais do que devia, e irritada com o rosto que, segundo ela, ia perdendo as formas anguladas e se tornando circular.

Sentada a meu lado, Stella, com irreconhecível bom humor, ofereceu-me um de seus cigarros mentolados. Lucca me pediu para ver de novo a foto do cachorro, e sob a parca iluminação, filtrada pelo guarda-sol estupidamente aberto naquela noite, indicou-me a ponta de uma grade na lateral da foto:

— Esse é um elemento de distúrbio que lhe passou despercebido. Deveria ter cortado.

— Chega de fotografia por hoje — disse Lily, tomando a câmera das mãos dele e desligando-a.

Logo depois, voltando-se para mim, Lily perguntou sobre minha semana de trabalho. Falei de um interessante caso tributário do qual tinha cuidado em Manchester dias antes.

— Você pode se enganar o quanto quiser — interrompeu-me ela. — Mas não a mim.

— Não?

— Lembre-se de que em meu consultório ouço pessoas o dia todo mentindo para si mesmas. Nada disso que falou é verdade.

— Como pode saber?

— Onde estão as causas nobres que o levaram à profissão? Lá reside seu coração, aquilo que faria você se tornar o que verdadeiramente é. Mas está muito distante delas.

— Está enganada.

— Você não enganaria ninguém.

— Não é polido acusar um amigo de mentiroso.

— Então não minta. Ou ao menos controle sua mão.

— Minha mão?

— Cofiou o cavanhaque que não tem.

— O quê?

— Afagou o queixo enquanto falava do seu caso interessante.

— Isso não prova nada.

— Já lhe disse para tomar cuidado com onde coloca as mãos.

Fui para casa assim que o The Eagle fechou — uma vez mais, tive de ser expulso por Arthur. *"Go home!"*. A acusação feita por Lily, que me analisara de maneira tão acertada, fora um golpe, causando-me novamente a vertigem ao pensar que minha confortável felicidade inglesa talvez estivesse indo para o lado errado.

VII
AS LUTAS

21

— **VOCÊ SE SAIU MELHOR DO** que eu imaginava, Irmão Menor — disse-me Lucca.

Em pé, Lily segurava uma pedra de gelo envolta num guardanapo de pano, pressionando-o contra meu nariz, que sangrava. Eu estava sentado na mureta na entrada do Laundress Green, um dos mais bucólicos parques da cidade, onde o gramado era compartido por leitores solitários, famílias em piqueniques e amistosas vacas malhadas de marrom e branco. A luz do sol se despedia em feixes diagonais que, peneirados pela copa de uma árvore alta, deixavam o chão de paralelepípedos também malhado.

— Sei me virar — respondi a Lucca, que se sentara ao meu lado.

Havíamos sido expulsos do The Mill, um pub de esquina com paredes interiores brancas revestidas até um metro de altura por lambri azul. Lucca e eu ficáramos no balcão, também azul, com tampo de madeira. Um balcão azul! Por que é que me lembro desse detalhe, não sei dizer. Uma daquelas travessuras da memória, talvez. Lily acabara de colocar um vinil do B. B. King na vitrola que ficava apoiada num tonel de cerveja, quando dois rapazes entraram no pub; vestiam camisas do Chelsea, que mais cedo batera o Manchester United por 1 a 0 na prorrogação, vencendo a Copa da Inglaterra; alguns sujeitos não gostaram e foram discutir com eles; ouvi o barulho de uma cadeira caindo e a briga começou ao som de "Help the poor", que não era propriamente a trilha sonora de uma briga. Embora não conhecesse nenhum dos contendores, Lucca tentou apartá-los e colocá-los para fora; mas um dos homens de vermelho empurrou a moça que nos servia atrás do balcão, Lucca se descontrolou, e eu acabei no meio da briga. Lucca acertou um soco nas costelas de um grandalhão, e depois um gancho no queixo, que derrubou o homem. Um sujeito mais baixo, mas bastante forte, correu em direção a Lucca, tentando acertá-lo com um chute; meu amigo se esquivou, e com um cruzado pôs este no chão também. Eu estava em pé, ao lado de uma banqueta, quando levei um soco no nariz. O rapaz, um pouco mais alto e mais pesado que eu, deu-me outro soco de direita, que aparei com uma das mãos, ainda zonzo, apoiando-me com a outra na parede manchada pelo sangue que espirrara do meu nariz; o rapaz tentou um chute, mas consegui barrá-lo com a sola da bota; esquivei-me de mais dois socos e, recuperado, desferi um em seu estômago. O rapaz era forte; não cairia fácil. Tentei apanhá-lo pela gola da camisa, mas ele escapou e soltou um murro de esquerda, do qual escapei me abaixando. Deu-me um chute de meia altura, que travei com as duas mãos, virando um pouco o corpo. Consegui encaixar uma cotovelada em suas costelas. Ele recuou uns três passos, xingando, e apanhou a banqueta, mas tive espaço para saltar, acertando seu queixo com um chute. O rapaz caiu no assoalho de tábuas corridas e ficou desacordado por alguns segundos. Lucca se postava diante de mim — vinha em meu auxílio, mas não foi necessário. Os torcedores do Chelsea, bastante machucados, foram enfiados num táxi por funcionários do pub. Certificando-nos de que Lily estava a salvo,

Lucca e eu nos posicionamos lado a lado para recomeçar; mas não houve mais briga: os cinco rapazes sangravam e, praguejando, cruzaram a rua, transpuseram a ponte sobre o rio Cam e sumiram entre as árvores no parque. Só então Lucca e eu fomos postos para fora. Lily permaneceu no pub por mais uns minutos, pedindo desculpas pelo ocorrido e implorando por gelo; depois atravessou a rua e veio até nós.

— Onde aprendeu a lutar? — perguntou-me Lucca.

— Por aí.

— Vi alguma técnica.

— Artes marciais, quando era mais novo. Sempre ajuda.

— Não impediu que levasse um belo soco no nariz — disse ele, rindo.

— Bem, eu não caí; o sujeito, sim.

Lucca me deu um tapa nas costas, e emendou:

— Você devia tentar o boxe.

— Gosto de usar as pernas.

— Você dois são ridículos — interrompeu-nos Lily, tirando o guardanapo do meu rosto e me mostrando que uma de minhas narinas ainda sangrava. — Dois homens com mais de trinta anos brigando com garotos... Por que tinham de se meter?

— Eram cinco contra dois — disse Lucca. — Isso não era justo e...

— Deixassem que o pessoal do pub resolvesse. Bastava chamar a polícia. Pelo menos *você* deveria acreditar na lei — disse ela, olhando para mim. — Afinal, é advogado.

— Mais um motivo para não se acreditar na lei — retruquei, rindo.

Ela jogou o gelo no chão e atirou o guardanapo no meu rosto:

— *Odeio* violência — disse ela, e nos deixou.

— Talvez não tenha sido uma boa ideia perturbá-la — disse-me Lucca. Ele se levantou e me estendeu a mão como para uma queda de braços; depois me puxou, para que eu me levantasse.

— Lutamos lado a lado, ainda que numa briga idiota de bar — disse ele. — Agora somos irmãos de verdade.

— Eu não sinto nenhum prazer em sair por aí espancando pessoas — provoquei.

— Nem eu.

22

Passei a semana seguinte em enfadonhas reuniões em Londres, e foi mais prático pernoitar por lá do que ir e voltar de trem todos os dias. Só fui retornar a Cambridge no sábado à tarde, tendo cancelado minha viagem de moto com Lucca. Deixei a mala no flat, tomei um banho, desci e, faminto, segui pela Hills Road, por calçadas que alternavam pisos quadrados com paralelepípedos bem assentados, andando devagar, mas ainda assim mais ligeiro que os carros e sua fila irritante. A ideia era comer algo num dos dois pubs próximo de casa, o Osborne Arms ou o Flying Pig, onde conseguia uma tranquilidade já muito rara de se encontrar no The Eagle que, como todo lugar icônico, vivia atulhado de curiosos transitando de um lado para o outro pelo que consideravam mera atração turística.

Vi estacionada na lateral do Flying Pig a moto de Lucca — o centro de Cambridge é mesmo uma caixa de encontros com amigos. Ao entrar naquele pub, deparei-me com Lucca sentado numa banqueta junto ao balcão; em pé e com o dedo em riste, estava Anne.

— Desgraçado! Você deveria ser preso! — gritou ela, movendo o corpo de forma que sua descomunal bolsa, atada ao ombro pela alça, balançou como um pêndulo. — Sou uma *mulher*, não uma garotinha que precise de proteção. Deixe que *eu* cuide de minha vida.

Eu nunca tinha visto Lucca encurralado, mas dessa vez ele não reagia. Ele tentou falar algo, mas foi interrompido.

— E pare de tentar salvar a droga da garota da Bósnia! — completou Anne, estampando na face uma zanga misturada àquela inexplicável piedade, comum a tantas pessoas: a piedade do amor que sofre, da mente que se engana, do corpo que padece em resposta.

Então se virou, passando por mim.

— E você, convença esse idiota a parar com isso! — disse-me, e saiu.

Acenei para Lucca e ele me apontou uma banqueta. Sentei-me de frente para o exército de torneiras de cerveja e pedi uma que não conhecia, algo apimentada e de aroma azedo, e um prato de costelinha com purê de abóbora. Num canto, de costas para a janela, três rapazes de uma banda de blues, cada qual numa cadeira, tocavam baixinho, ensaiando para a apresentação da noite; a vocalista estava em pé e tinha a voz de Nina Simone; um dos rapazes se levantou e tocou algo de Muddy Waters.

— Foi mesmo você quem acertou o companheiro dela? — perguntei a Lucca.

— Não quero falar sobre isso — disse ele, atirando o maço de cigarros em meu peito.

— Curioso. O caso parece não ser tão diferente dos que ocorrem aqui em Cambridge.

— Você não sabe de nada.

Passamos cerca de uma hora em assuntos triviais. Terminei meu prato, troquei a cerveja desconhecida e ruim por uma Old Speckled, depois pedi uma Guinness, depois uma London Pride. A luz do sol em retirada fez com que alguém acendesse as lâmpadas amarelas; a banda começou a tocar num volume que não atrapalhava a conversa, enquanto os tipos mais variados iam ingressando no pub: funcionários da consultoria vizinha, com seus crachás, na certa contentes por trabalharem até a noite num sábado; uma senhora com um livro roto; três operários com roupas sujas vindos de algum edifício em construção, que agora jogavam sinuca; quatro garotas que pediram Jack Daniels com Coca-Cola e precisaram mostrar documentos provando terem idade para beber.

Quando já estávamos bastante alegres pelas cervejas, perguntei a Lucca o que o motivara a ir para a Bósnia, um cenário de guerra.

— O espírito humano só se realiza nos desafios: vivendo o paradoxo de dispor de apenas uma vida enquanto almeja muitas, encontra-se fraturado entre o que se é e o que se poderia ser, e apenas na aventura alcança a plenitude.

— Não sabia que era dado a esse tipo de reflexão — provoquei.

— Não sou.

— O que Anne quis dizer ao se referir à "garota da Bósnia"?

Ele deslizou a mandíbula no típico cacoete, raspando dentes com dentes, e finalmente me contou a história. Sua narrativa foi tão vivaz que jamais me abandonou, como se eu lesse e relesse um texto com aquele relato, ilustrado por fotos. Havia mesmo algo de fotográfico em suas descrições — não uma foto realista e tediosa, mas alguma coisa feroz, e até exagerada, como numa foto feita de muito perto com grande angular e cores quentes.

A garota da Bósnia era revelada.

23

— Fotografar na Bósnia foi um desastre para mim... — disse-me Lucca, iniciando o longo relato sobre sua trágica experiência.

"Estive lá no final de 1995, nos últimos dias da guerra. Os recursos da revista não eram grande coisa e, ao contrário dos concorrentes, que mandavam uma dupla — um jornalista e um fotógrafo —, a empresa tinha apenas jornalistas com mínimos conhecimentos de fotografia, e fotógrafos, como eu, que podiam escrever umas linhas aceitáveis. Por isso fui sozinho. Os correspondentes estavam concentrados em Sarajevo, e percebi que se quisesse algo inédito teria de ir ao interior do país. O que vi em Zepa, Srebrenica e Gorazde foi desolador: casas destruídas, carros carbonizados, campos reduzidos a cinzas, cadáveres a céu aberto, pessoas expulsas de suas casas e fugindo pelas estradas com os poucos pertences que podiam carregar. Seus lares transformados em inferno. Tive ali a sensação de que tudo estava fora do lugar, de que não havia mais nada em que acreditar. Mas veja, não falo de algo como "perder a fé na humanidade", como alguns repórteres me disseram na capital. Não gosto dessas generalizações. A humanidade continua admirável. Mas alguns assassinos, disfarçados ou não de líderes, foram responsáveis por aquilo, sacrificando a vida de milhares...

"Vaguei por oito dias em meio ao rescaldo da tragédia, sendo espectador dos horrores que já estavam em todos os jornais. No nono dia, sim, lembro perfeitamente, era o nono dia, eu percorria uma área rural, próximo a Srebrenica, quando avistei um casebre de pedra, com portas e janelas caiadas de azul, ao lado um celeiro de tábuas, defronte ao qual estava estacionada uma charrete com o cavalo aparelhado. O som dos meus passos atraiu as duas únicas moradoras, que surgiram à porta da casa: a adolescente, de queixo pontiagudo e cabelos castanhos, com afilados olhos azul-acinzentados, vestindo uma blusa listrada e saia até os pés, serviu-me água, enquanto a menininha de uns sete anos, que parecia miniatura da outra, com traços e vestimenta idênticos, espiava-me semioculta atrás da que devia ser a irmã mais velha. Não havia sinal de adultos, as garotas não entendiam nenhuma língua que eu falasse, nem eu a delas, e então tudo foi gestual, incluindo o agradecimento e a despedida. Lembro-me do aceno, sim, do aceno que a garota mais velha me fez: um aceno acanhado, com o cotovelo junto ao tronco, e a mão, espalmada na altura do queixo como numa imagem sacra, balançando, tímida. Eu queria recuperar aquele gesto. Tive a estranha impressão de que era de agradecimento, como se eu é que lhe tivesse feito algum favor tomando a água e indo embora. Por um instante me pareceu que ela murmurava algo, como numa reza ou numa benção. Não pude compreender. Os lábios, os olhos tristes, toda sua postura, trazendo, com o outro braço, a irmãzinha para junto de si, como se o murmúrio não fosse para a menininha, mas para mim. Quiçá para seu Deus... Sabe-se lá...

"Subi a colina pela trilha poeirenta que cortava um mato baixo, e ao chegar ao topo a paisagem se revelou uma repetição da que acabara de ver. Mais alguns minutos de caminhada e ouvi tiros — mas isso nada tinha de incomum por lá. Segui para o lugar de onde os estampidos pareciam provir e, uns duzentos metros adiante, em um vale, deparei-me com um sujeito fardado, faixa de identificação das forças de segurança no braço. Ele me apontou uma pistola. Pedi-lhe calma, enquanto exibia numa das mãos a credencial de imprensa e, na outra, minha câmera fotográfica. O fardado baixou a arma e, com a voz pastosa, pediu-me cigarros. Estava completamente bêbado. Num inglês de sotaque esquisito, o sujeito disse que seu pelotão seguia adiante, mas ele voltara para "pegar umas coisas". Havia algo de muito errado com aquele sujeito: o uniforme estava amarfanhado, parecendo de numeração maior, e o rosto possuía uma torção denunciadora. Eu olhava de través para a pistola que ele recolocara no coldre, e para a mão trêmula com a qual ele acariciava o cabo da arma. Acendi um cigarro para mim, outro para o homem, e segui em direção a umas árvores, tendo a certeza de que era observado pelo soldado, que percebi também se afastar, no sentido oposto, andando de costas. Quando perdi o homem de vista, corri para a faixa arborizada e, atravessando-a, dei com uma clareira, em meio à qual encontrei carcaças retorcidas de blindados. Gastei alguns minutos fotografando destroços, até que, num espaço entre dois blindados, deparei-me com um corpo. A cabeça arrebentada. O sangue ainda escorria. Era o dono do uniforme. O cadáver estava apenas de cueca e meias, e a seu lado via-se uma calça marrom e uma blusa que, pelo tamanho, menor, com certeza não lhe pertenciam. Cinco metros para a direita, outro cadáver — este de uniforme, com perfurações por tiros nas costas. As imagens evocadas por *pegar umas coisas, completamente bêbado, pistola* e *meninas* se entrelaçaram, e pensei se algo podia não andar bem com as garotas que me haviam servido água. Mas talvez fosse apenas a imaginação, sugestionada pelas atrocidades que eu lia nos jornais, e cujas provas via todos os dias...

"Distanciei-me dos corpos — não quis fotografar os rostos — e fiz uma foto, de longe, dos cadáveres no chão. Tentei fazer outra foto, com a câmera rente ao solo, mas ao afastar uns ramos espinhosos, feri o dedo. A gota vermelha manchou o pensamento: as garotas! Refiz o caminho no sentido inverso, correndo. Creio nunca ter corrido tanto na vida. Assim que cheguei ao topo da colina, vi lá embaixo a menininha, do lado de fora da casa, alternando-se entre esmurrar a porta e disparar até a janela, defronte à qual se erguia na ponta dos pés. Desci em direção a ela, e ao aproximar-me percebi que a menininha soluçava. Acheguei-me à janela e pude ouvir, mesmo com o choro da menina, o som de coturnos raspando no chão. Então vi. O sujeito de farda estava de calças arriadas, sobre a adolescente, e comprimia o pescoço dela com as duas mãos. Saltei para dentro da casa, e antes que o desgraçado pudesse apanhar a pistola, que estava no chão a seu lado, arranquei-o de cima da garota, jogando-o para longe. Vislumbrei um buraco no assoalho de tábuas, e com um dos pés empurrei para dentro a pistola, que desapareceu com o barulho seco da queda. O sujeito veio em minha direção, e não foi difícil derrubá-lo com alguns socos; depois pulei sobre ele, bati com as mãos e os cotovelos até que ele ficasse inconsciente, e creio que teria continuado, não fosse um grito da menininha, que espiava pela janela. Só então me lembrei da adolescente e da própria menina. Levantei-me. A jovem estava morta, esticada aos pés do armário. O sujeito despertou praguejando e se arrastou até o buraco, tentando enfiar o braço para apanhar a arma.

Peguei minha câmera, que havia largado no chão quando pulara a janela, e com a base dela bati na cabeça do homem até que ele apagasse de novo. Olhando à volta, vi no topo do armário uma coronha de arma longa. O estuprador começava a recobrar os sentidos quando apanhei o rifle, um Remington, e fiz mira. A garota morrera lutando — estou certo de que ela correra até o armário na tentativa de pegar o rifle. Não havia muito o que pensar: se houvesse mais soldados nas adjacências, o som de tiros os atrairia, e seria difícil explicar-lhes toda aquela situação sem antes ser baleado; mas se eu desse alguns golpes com a coronha da arma, não. Em pé, ao lado do corpo da garota que morrera enquanto era estuprada, diante dos olhos da menininha, fiz da coronha do rifle um pilão, e da cabeça do sujeito, um amálgama de horrendas tonalidades de vermelho. As pernas da minha calça ficaram empapadas de sangue. O sujeito já devia estar morto, mas a fúria obscurece o raciocínio: inverti os lados do Remington e disparei no peito do homem, pouco me importando agora com alguma patrulha que estivesse por perto...

"Só depois, quando me havia tornado uma ilha esfalfada e banhada por sangue, é que abri a porta. A menininha correu até a irmã, tomou o pescoço dela nas mãos, abraçou-a em desespero, e se pôs a chorar sem som, olhando para o teto — para seu céu imaginário — com a boquinha escancarada e muda. Enfiei o rifle no mesmo buraco no qual jogara a pistola, enquanto a menina cuidava de puxar para baixo a saia da irmã, recobrindo sua nudez. Peguei a menininha no colo, carreguei-a até a charrete e rumamos para a estrada, apressando o cavalo. Percorridos alguns quilômetros, a menininha, que permanecera ao meu lado o tempo todo soluçando e com o rosto sepultado nos joelhos, apontou-me umas edificações ao longe, no alto de uma colina. Na entrada do vilarejo, tudo que pude fazer foi deixá-la aos cuidados de uma mulher que vestia jaleco de enfermeira..."

Lembro-me de que Lucca parou a narrativa neste ponto, e era como se eu não estivesse ali; como se ele houvesse retornado ao local, vivido tudo de novo, e contasse a história a si mesmo diante de um espelho.

— Você fez o que podia — disse eu.

— Não. Se eu não tivesse hesitado em retornar, a irmã estaria viva, e a menina não teria vivenciado aquele horror.

Ficamos em silêncio. Pedi duas cervejas.

— Não quero — disse ele.

— Essa história parece lhe fazer muito mal.

— Por isso nunca falo disso. Mas precisava contar a alguém.

— Obrigado pela confiança.

— Sabe, Irmão Menor, tenho tido um sonho recorrente, no qual volto àquela casa. É a única coisa que sonho há anos. No sonho a menininha já cresceu e não me reconhece, mas entende o que lhe falo em italiano. Explico-lhe ser o homem que a deixou com a enfermeira. Ela ouve, calada, e sorri. Peço-lhe desculpas por ter falhado com a irmã. Ela troca o sorriso por uma expressão grave, e aponta a estrada com aquela mão de criança, a mesma com que me apontara o vilarejo anos antes. Despeço-me e subo na moto, essa moto que está aí fora. Estou de costas para a menina crescida, prestes a dar partida, e então ouço barulho do ferrolho do Remington.

— E?

— Sempre acordo antes de saber se a menina atirou ou não em mim.

— O que isso significa?

— Provavelmente nada. Ou que eu merecia o tiro. Afinal, não salvei a irmã.

— Mas a menininha sobreviveu — ponderei.

— A outra não.

— Nunca ouvi história mais triste.

— Essas coisas nos fazem sangrar.

— Como continuou o trabalho depois disso?

— Não continuei. Eu acabara de interferir no cenário que deveria apenas retratar, violando uma regra básica da profissão. E uma coisa é intervir para salvar uma pessoa, sem ferir ninguém; outra é matar alguém. Mas que se danem as regras: a fúria despertada numa situação dessas nos obriga a tomar partido.

— Tornou a fotografar conflitos?

— Jamais. Sei que ainda posso ir a uma guerra, sei que posso abater alguém a tiros se achar que é a coisa certa a fazer, e sei que posso esmagar o crânio de um homem com o que tiver à mão. Mas cada um tem suas limitações, e não pude mais fotografar aquele tipo de tragédia.

Lucca tinha uma réstia de água nos olhos. Toda sua alegria de viver parecia justificada, como um brado contra as monstruosidades que presenciara.

— Você deveria ter continuado. Poderia ajudar e...

— Quantos fotógrafos de guerra já não perderam a vida retratando os horrores? E, no entanto, temos guerras em curso ainda hoje, algumas delas há anos — disse ele, pesaroso. — Não adianta nada.

Quando, porém, perguntei se ele ainda permaneceu na Bósnia por mais algum tempo, Lucca recobrou seu habitual tom mordaz:

— Percebi que aquele era um lugar no qual ou você atira em alguém, ou ajuda alguém, ou dá o fora. As duas primeiras coisas eu já havia feito. Era hora de dar o fora.

Lucca se levantou. Seus olhos estavam mais apertados. Ele disse que aquela conversa tinha terminado e foi em direção à porta; mas fez meia-volta, deu uns passos e me cutucou no peito com o indicador.

— Sempre se pode fazer algo mais.

— Você salvou a menininha — insisti.

— Não a salvei do que viu.

— Mas a salvou de ter o mesmo destino da irmã. Deu-lhe uma chance de vida e...

Ele me interrompeu com um gesto de mão espalmada. Parecia ter sido atingido por um petardo na cabeça; ficou imóvel, com o olhar extraviado nas sombras que as garrafas projetavam no balcão, e tive de chacoalhá-lo para que saísse do torpor.

— Ninguém jamais me disse algo assim...

— Contou essa história a mais alguém? — indaguei.

— Apenas a dois primos. Mas ambos estavam preocupados demais em falar sobre a garota maior, e a menininha ficou em segundo plano... — voltou ao torpor.

Quanto mais ouvia as histórias de Lucca, mais pareciam se assemelhar ao que eu lera em biografias de antigos correspondentes de guerra. E isso me fez pensar que ou bem a vida de todos os fotógrafos de guerra era muito parecida, ou meu amigo estava reinterpretando suas experiências pelas lentes de outros. Afinal, é isso que fazemos: filtramos nossas vidas pelos livros, filmes, músicas, mitos, numa releitura em busca de novos significados.

Lucca ia deixando o pub, e quando ele estava próximo à saída, de costas para mim, o provoquei:

— Lamento pelas garotas. E lamento por você também. Mas, se isso da Bósnia o perturba tanto, por que não resolve esse assunto de uma vez por todas?

Ele girou o pescoço, fitou-me com expressão sombria — a mesma expressão que eu vira antes da briga com os três baderneiros — e saiu para a noite.

Os músicos guardaram seus instrumentos. No pub predominava o silêncio quando ouvi o estrondo da moto.

VIII
INFERNOS

24

ERA UM MÊS DE JUNHO CHUVOSO e estávamos no final do *Easter*, terceiro e último período do ano letivo inglês, quando Lucca nos informou que tomaria um trem para Stansted, e de lá seguiria num voo para a Itália. Apenas duas semanas, dizia ele na mensagem de texto do celular, para rever parentes que haviam partido do pequeno *comune* no qual ele crescera e tinham-se mudado para Milão.

Olhei para o relógio da parede do meu flat, consultei alguns contratos, corri para terminar um parecer sobre tributação em transporte naval da Inglaterra para o Brasil. Os documentos reforçavam minhas suspeitas de remessa de lixo tóxico, pois o cliente não produzia nada daquilo que supostamente seria despachado. E isso só acentuou meus conflitos profissionais: eu, que havia cursado Direito com um ideal de justiça, e que me encantara, ainda na juventude, com conceitos como o de solidariedade para com as gerações futuras, às quais deveríamos legar um meio ambiente equilibrado, confrontava-me agora com a possibilidade, nada remota, de estar fazendo parte de uma fraude, com a qual eram acobertadas pessoas e empresas que não guardavam responsabilidade nem sequer com o presente e que provavelmente iriam enviar resíduos contaminados para poluir meu próprio país. Irritado, finalizei o tal parecer — não tinha ainda *provas* daquilo que suspeitava, embora as coisas estivessem cada vez mais evidentes —, mandei o e-mail para o escritório, fechei o *laptop*.

Fui o único desocupado que pôde ir à estação ferroviária, o prédio de tijolinhos cor de palha sustentado por arcos romanos, com luzes douradas acesas mesmo durante o dia. O vento varria o piso, provocando franjas numa poça d'água; a chuva dera uma trégua, mas o cheiro da umidade subsistia no ar. O céu escurecera mais cedo, o que avivou as pinceladas que as lâmpadas davam nos tijolinhos. Um trem se alongou em alta velocidade do outro lado, assoviou, diminuiu de tamanho, reduziu-se a duas lanternas, desapareceu.

Lucca e eu tivemos uma despedida lacônica sob o teto metálico. A faixa amarela de segurança pintada no chão nos dividia como se a conversa no Flying Pig tivesse criado uma fenda entre o "eu" que eu de fato era e a imagem de homem de aventuras que se postava diante de mim. Ao menos agora eu o compreendia um pouco melhor.

— Sabe... essas coisas que têm acontecido em Cambridge... — comecei.

— Do que está falando?

— Isso que sai nos jornais e...

— De novo essa bobagem? Já insinuou isso há alguns dias.

— E você não respondeu.

— Aliás, fez a mesma coisa em Dublin, depois daquela briga no pub em que dormimos — disse ele, apalpando a lateral da mala de mão, feita de couro cru, com correia e alças desgastadas.

— E lá você respondeu que "seria divertido".

— Acho uma boa resposta — ironizou Lucca.

— Isso não responde nada.

— Ora, deixe de ser ridículo. Tenho coisas mais importantes a fazer do que sair por aí espancando desconhecidos.

— Mesmo? O quê, por exemplo?

— Tomar aquele trem. Preciso ir. E você, pare de pensar besteira, arranje-se logo com Lily e continue com as fotos.

— Deixe Lily fora disso.

— Se você é estúpido o bastante para deixá-la fora de qualquer coisa, é mesmo um caso perdido. Então apenas continue com as fotos. Como já lhe falei, tem talento, Irmão Menor.

Gostei do elogio renovado, mas não entendi por que era feito na despedida para uma viagem curta. Havia uma mudez tristonha em Lucca; algo parecido acontecia comigo.

Despedir-se de um amigo é dar por uns instantes as mãos à morte.

— Talvez algum dia eu tenha essa sua vida boa de nômade — disse eu.

Olhando-me bem de frente, ele apoiou cada mão em um de meus ombros antes de falar:

— E talvez seja hora de eu me mudar de novo. Ainda nos veremos, Irmão Menor — e me intrigou ver Lucca de olhos marejados, sem que sua voz expressasse confiança no que dizia.

Então ele entrou no trem e se sentou nalgum lugar que minha visão não alcançou através das janelas. O som das rodas metálicas aumentou, depois baixou e evanesceu.

25

À noite refugiei-me no sótão com Stella. De costas para mim, em pé, nua, ela fazia deslizar o arco pelas cordas do violino, dele tirando uma música que não chegava a ser melancólica, embora fosse um tanto nostálgica. Ela fizera o mesmo no início da noite, quando ainda vestida, com a mesma melodia, e não pareceu impressionada com meus aplausos. Agora repetia tudo, mas de repente parou de tocar, antes de concluir a música, e não olhou para mim.

Enquanto eu abria outra garrafa de vinho, comecei a falar sobre a estranha despedida de Lucca na estação.

— Muito interessante... — disse ela, o que, eu bem sabia, significava que ela não estava nem um pouco interessada.

Enchi as taças, que apoiei na mesinha de cabeceira, e me sentei na cama. De uma lamparina aromatizante, repleta de óleo cor de mel, desprendia-se um agradável odor de tabaco adocicado. Stella permanecia no mesmo lugar, ainda de costas.

— O que acha de ficarmos juntos de verdade? — disse ela, sem se virar.

Sorri, tentando escapar à seriedade da pergunta. Ela, porém, não se deixaria dobrar e, ao se voltar para mim, sua sisudez sequestrou meu sorriso. Insistiu na pergunta.

— Não sei — respondi, jogando-me de costas na cama. — O que espera que eu responda?

— A verdade — disse ela, abandonando o violino no divã.

— Eu quero ficar com você e...

— Fez aquilo de novo — ela me interrompeu.

— O quê?

— Aquilo da mão no queixo. O que faz quando mente.

Nenhuma discussão amorosa é mais séria do que quando se está nu. Stella pegou sua taça de vinho tinto, tomou uma quantidade considerável, voltou para cama, recomeçou. Mas dessa vez o sexo foi mudo e seco e rápido. Quando ela dormiu, arrastei-me para meu canto, sentando-me sobre o tapete e recostando-me na parte baixa do forro.

Perguntei-me o que era aquele corpo nu ali, deitado; quantas memórias, sonhos, angústias haveria naquela mulher. Quantas perdas, quedas, lágrimas; quantas cicatrizes; quantos olhares desejosos, quantos sorrisos trágicos; quantas velhas surpresas daquelas que nos lançam ao vislumbre do eterno; quantas esperanças esmaecidas pelo tempo — o tempo ao qual por teimosia tentamos escapar, incrédulos da ideia de fim. Apanhei minha câmera de bolso e fotografei Stella pela primeira vez — apenas o rosto, na parte que ia dos olhos cerrados ao queixo, de forma que não se poderia saber quem era, mas apenas ser alguém com memórias, sonhos, angústias.

Ataquei os damascos que estavam no pote de estanho sobre a mesa de centro, bebi o resto do vinho, um tanto oxidado, acendi o cigarro. Questionei-me por que estava ali com ela, e não com Lily, a quem eu apenas assistia deslizar por minha existência, sem conseguir tocar.

26

Paguei a corrida ao taxista, caminhei sem pressa sob a chuva até a entrada do prédio, subi os três lances de escada até meu flat. Aquela fora a acomodação que o escritório se dispusera a custear, pois não havia vagas na moradia do meu *college* quando cheguei à cidade. O Coleridge Serviced Apartments não ficava na Coleridge Road, que estava a cerca de dez minutos de caminhada a leste, perto do estúdio de Stella, mas num complexo de predinhos beges situados próximo de onde a Hills Road transpõe a linha férrea. As janelas de armação metálica eram voltadas para a face sul, e dali eu podia ver os trens chegando de Londres, o prédio da Cambridge University Press, as obras do Cambridge Guided Busway, que apenas começavam, e as fundações dos edifícios de escritórios que seriam erguidos em breve. O quarto era conjugado com a diminuta sala, e da cama eu enxergava a estante de madeira na qual dormiam livros jurídicos ordenados, raras vezes abertos nos últimos meses. Já no chão acarpetado, que cheirava a cobertor limpo, próximo à cabeceira de minha cama, crescia a pilha de livros de Fotografia. Na sala havia uma pequena TV, nunca ligada, e o único adorno era uma gravura abstrata feiosa, parecida com outras fixadas nos corredores do prédio. A cozinha tinha uma geladeira barulhenta, quase sempre vazia, e um balcão que se abria para a sala. Minha moradia era completada pelo banheiro de tamanho razoável, exceto pelo box, que limitava os movimentos.

Mais um trem trouxe seu zunido enquanto eu olhava para o teto amarelo-claro, deitado na cama, sem ter me secado direito depois do banho, com a mente pendulando entre Stella e Lily. Se vocês me perguntarem por que, no universo de possibilidades, fui-me interessar por duas mulheres comprometidas, não saberia responder. Não foi, por certo, pelo fato de serem comprometidas, mas por serem quem eram — e minha percepção em relação a ambas era a de que tudo fora obra de um descompasso, de um encontro tardio, de uma diabrura da vida; a sensação de atraso, ou melhor, o desejo, imaturo talvez, mas franco, de tê-las conhecido antes — antes que enveredassem, cada qual, por uma das tantas trilhas em seus próprios universos de possibilidades. E não é assim a vida de quase toda a gente? Quantos de nós já não perdemos um grande amor, antes mesmo de tê-lo conhecido, por um mero desajuste temporal — simplesmente por outra pessoa tê-lo encontrado antes? Você também? Vejam só...

Vesti-me e saí. A chuva cessara. Queria comer um *calzone* de almôndegas no Frankie & Benny's, mas o excesso de pessoas defronte ao Cambridge Leisure, com centenas de cabeças formando um tapete ondulado, deu-me a certeza de que o restaurante também estaria cheio. Cruzei a rua e, na esquina com a Homerton Street, entrei na Thackeray Beverages and Vanity — curioso nome para uma loja de conveniência, não? Bem, como questionava o escritor que dava nome ao local, "não há pequenos capítulos na vida de todo mundo, que parecem ser nada, mas ainda assim afetam todo o restante da história?" (mais uma que aprendi com Joe). Dada a abundância de frutas e legumes expostos, o lugar tinha um agradável cheiro de feira matinal. Eu estava defronte à prateleira de vinhos quando ouvi vozes se elevarem. Diante do caixa, um jovem casal discutia com o funcionário que se apoiava na gaveta de dinheiro.

— Isso é roubo! — disse a moça. — Entreguei-lhe uma nota de cinquenta libras. Exijo o restante do troco!

O sujeito atrás do balcão era um baixotinho bem moreno de expressão amistosa, e ninguém jamais poderia dizer já ter visto alguém de olhos esbugalhados até conhecê-lo; ele se mantinha calmo e asseverava ter recebido apenas uma nota de vinte libras, não de cinquenta. A moça tirou o celular do bolso, acionaria a polícia; seu namorado começou a gritar com o funcionário. Percebi que a mulher não fazia nada no celular, apenas fingia. Ela chamou o funcionário de desonesto e emendou que a Inglaterra iria acabar por conta da invasão dos desprezíveis estrangeiros.

— Acha que a polícia vai acreditar em nós ou em um maldito imigrante do seu tipo? — provocou o rapaz.

— O que quer dizer com "tipo", senhor? Fala das minhas origens, da cor da minha pele, do quê? — perguntou o homenzinho, consternado.

— Isso tudo junto. O tipo que vem aqui estragar meu país — retrucou o rapaz.

O homenzinho agora lacrimejava, pedia para não chamarem a polícia, podiam olhar as câmeras de segurança, tinha certeza de que a nota era de vinte. Ele se dirigiu até o computador, um metro à esquerda, enquanto a moça dizia já estar ligando para a polícia. O funcionário ficou com os olhos rubros e ainda mais projetados para fora — as câmeras estavam inoperantes, disse ele, pondo-se a chorar e abandonando-se na cadeira de plástico que ficava apoiada na parede, sob um extintor vermelho. Com as palmas das mãos indo e voltando à testa, ele repetia:

— Minha família, minha família...

Aproximei-me. Lembrei-me do que Lily me dissera sobre enxergar as pessoas. Lembrei-me do refugiado em seu *skate*. Lembrei-me do meu fim de ano sozinho no hospital. Percebi quão grave era a situação daquele homem, tão estrangeiro quanto eu. Ali pude ver um homem em desalento. Ali pude ver alguém que vislumbrava despedaçados seus sonhos. Ali pude ver a mim mesmo — e a todos nós. Num ato irrefletido, dirigi-me ao casal:

— Desculpem-me a intromissão, mas vocês devem ter-se confundido. Eu olhava de longe as revistas aí ao lado do caixa e vi quando pagaram. Foi mesmo uma nota de vinte.

O rapaz e a moça se entreolharam atônitos. Depois pegaram do balcão o troco e as quatro cervejas que haviam comprado, e saíram aos risos.

— Obrigado, meu senhor — disse-me o homenzinho, que se levantou e fez uma reverência, enquanto enxugava o rosto com a manga puída da camisa roxa. — O senhor sabe, meu senhor. Minhas palavras, seriam apenas elas contra as deles. O rapaz e a moça, eles, eles são daqui. Eu, eu não teria chances... Muito prazer, meu senhor. Sou Amit. O senhor?

Disse-lhe meu nome, e ele me perguntou de onde eu vinha, abrindo um largo sorriso ao me ouvir dizer "Brasil".

— Ah, e eu... eu venho da Índia, meu senhor — disse ele, com orgulho. — Ainda bem que o senhor os viu entregando a nota de vinte, meu senhor.

— Não vi. Apenas achei que você falava a verdade.

— Obrigado, meu senhor.

— Lamento que tenha passado por isso... Eu devia era ter esmurrado aquele estúpido pelo que ele lhe disse.

— Creio que esse não seja o melhor caminho, meu senhor.

O homem então me agradeceu novamente e, chamando-me a todo momento de "meu senhor", disse que, se eu não estivesse lá, seus extenuantes oito anos de trabalho longe da família teriam sido em vão — ele seria deportado.

Embora eu estivesse sentindo pena do homem, sua insistência em repetir "meu senhor, meu senhor" foi se tornando irritante, parecendo-me algum resquício de neocolonialismo com devoção ao "senhor" trocado. O sujeito me ajudou a escolher um Rioja "bom e barato" segundo ele, e saí com a garrafa de vinho de quatro libras e um sanduíche de atum, enquanto ele ficou lá, acenando sorridente, e dizendo "Até logo, meu senhor".

27

Halil havia depositado sua dissertação de mestrado e conseguira uma semana de folga do restaurante. Resgatando-me de meu flat, de onde eu não saía há dois dias, afundado que estava numa letargia vagabunda, ele me convidou para uma viagem, à qual logo recusei — não desejava fazer nada que não fosse "grandioso", e um passeio em correria por mais algumas cidades europeias não me empolgava nem um pouco. Fomos ao The Eagle naquela tarde, e pela primeira vez em meses eu podia andar pelas ruas só de camiseta, sem a parafernália de casacos. Depois de uma daquelas conversas de bêbado, comprometi-me a viajar e na manhã seguinte ele fez as reservas. De ressaca, perguntei-me por que eu não aprendia a ficar calado quando surgiam propostas de boteco, e por qual razão insistia em fazer promessas que depois me custariam caro cumprir.

Num voo barato partindo de Stansted fomos para Cracóvia. A ideia era conhecer um pouco da cidade e então dirigir um carro alugado até Praga, de onde sairia nosso voo de volta. No terceiro dia, depois de visitarmos o Castelo de Cracóvia, paramos numa igreja, onde três sujeitos faziam uma breve apresentação de música clássica. Ao entrarmos, vi que Halil fez o sinal da cruz, começando pela testa, tocando o peito, depois o ombro direito, e ao final o esquerdo; fiz o mesmo, mas, lembrando-me do que aprendera quando criança com minha mãe, segui da esquerda para a direita. Deixamos uma contribuição na entrada, Halil fotografou o teto, e então fomos a Rynek Glówny — a praça central povoada de carruagens de faz de conta. Sentamo-nos num dos muitos bares que funcionavam sob arcos suntuosos, com mesas na esplanada entremeadas por guarda-sóis alinhados. O espaço das mesas ao ar livre era delimitado por um gradil recoberto de trepadeiras vermelhas, despontado aqui e ali algumas lanternas para iluminação noturna. O relógio da torre da prefeitura — a construção retangular em tijolos ocres com detalhes brancos, bem à nossa frente — marcava três da tarde, e o termômetro afixado num dos pilares do bar saudava-nos com 23°C.

— Uma *tagliata di cavallo* para meu amigo, por favor — disse Halil, que parecia ter especial apreço em perturbar funcionários de bar, como se ele também não o fosse.

— Creio não ter entendido, senhor — disse polidamente o garçom, um pouco mais velho que eu.

— *Tagliata di cavallo* — repetiu Halil, falando alto.

— Não temos isso no cardápio, senhor. Do que se trata?

— Um prato feito com carne de cavalo fatiada, obviamente. Meu amigo é italiano e gosta que cortem o cavalo ainda vivo.

Vendo o garçom aflito, intercedi:

— Desculpe-me pela rispidez de meu amigo. Ele toma um remédio que o deixa ainda mais tonto e se põe a dizer bobagens. Não sou italiano, nem desejo esse prato. Apenas uma cerveja local, por favor. A que o senhor sugerir. Sim, essa. Ótimo. Dois copos. Obrigado.

O garçom se retirou resmungando algo em polonês.

— Por que faz isso? — perguntei.

— Não comem carne de cavalo no Brasil?

— Não temos esse hábito.

— Não gosta de cavalos?

— Gosto. Mas não no meu estômago.

— Queria conhecer seu país. Já estou me convidando para visitá-lo assim que você voltar para lá.

— Espero que não esteja indo pela carne de cavalo.

— Já foi à Amazônia? — perguntou Halil, parecendo muito entusiasmado ao pronunciar "Amazônia".

— Estive lá uma vez, a trabalho. Mas fiquei numa cidade grande, Manaus, e foram apenas três dias, a maior parte do tempo dentro de um escritório. Vi pouco da floresta, se é o que quer saber.

— Se eu morasse na sua cidade iria a essa tal de Manaus toda semana.

— Por terra, fica a quase quatro mil quilômetros da minha casa. Mesmo de avião, em linha reta, são mais de dois mil e seiscentos. Moro em São Paulo.

— Quatro mil quilômetros? Nada é desse tamanho. Acho que você mora em São Paulo, na floresta — provocou ele, rindo.

— Meu Deus... Não estudam Geografia lá na sua terra?

— Estudam. Mas nunca fui um aluno exemplar — e riu novamente. — E como é?

— A floresta?

— Não. Onde mora.

— São Paulo não é muito diferente de qualquer outra metrópole. Prédios e mais prédios, vida cultural intensa, trânsito, pessoas apressadas, todos os lugares-comuns das cidades grandes.

— Bem, eu viveria no carnaval.

— Sinto lhe informar, mas não há carnaval toda semana. São apenas quatro dias no ano. Um pouco mais, em algumas regiões.

— Deve ser ótimo.

— Sim, é. Gostava mais quando era bem jovem, mas é bom.

— E futebol? Deve ser fanático por futebol.

— Não sou.

— Não acredito.

— Pelo visto decorou a lista de clichês sobre meu país.

— Como?

— Bem, o que acharia se lhe dissessem que os turcos se alimentam apenas de *kebab* ou que todos os ingleses tomam chá da tarde?

— Estereótipo!

— Você é mesmo um gênio.

Aquela viagem, que até então me parecera desproposital, iria ganhar contornos que eu não poderia ter imaginado. Serviria para preencher o tempo, claro, como pensei: estávamos num entre períodos escolares, não longo o bastante para que pudéssemos voltar a nossos países; Joe fora visitar familiares em York, Lily fizera o mesmo indo para Winchester, Lucca estava na Itália, e Stella, na Espanha com o marido; para mim seria dispendioso voltar ao Brasil, e, para Halil, a simples ideia de ir à Turquia trazia temor de não conseguir o reingresso na Inglaterra. No entanto, haveria mais que apenas isso de nos livrar do ócio circunstancial. Halil se mostrou perturbado quando perguntei sobre sua família, como se eu o tivesse obrigado a enfrentar assuntos que andava evitando.

— Desculpe. Era apenas por curiosidade — disse eu.

— Não tem problema. Eu é que ando um tanto estranho.

— Você sempre foi estranho.

— Acredita em algo disso tudo?

— Disso tudo o quê? — perguntei.

— Essa suntuosidade dos prédios à volta, das igrejas, da religião, da arte, essas coisas.

— É muita coisa para uma pergunta só.

— Acha que existe um Deus ao qual devemos prestar contas?

— Acho que você precisa beber algo que preste. Aquela sua cerveja de garrafa plástica deve estar prejudicando seu cérebro.

— É sério. O destino, por exemplo. Existe destino? Estamos determinados a passar por algo? — perguntou-me, com uma seriedade incomum para ele.

— Não sei.

— Se eu não o tivesse atropelado naquela noite, não estaríamos aqui. Ou estaríamos? O que me pergunto é se algumas coisas vão acontecer de um jeito ou de outro.

— Seríamos títeres desse tal destino, então.

— Ou de um Deus que brinca com nossa paciência... Minha família é cristã ortodoxa, e minha mãe me bateria, mesmo sendo adulto, se me ouvisse falar essas coisas; mas são indagações que me atormentam. Acredita em Deus?

— Venho de uma família católica — disse eu. — Sabe como é... A crença se torna algo que faz parte de você, ainda que não a entenda e nem ao menos a pratique.

— Isso não responde à minha pergunta.

— Não podemos apenas beber?

— Não. Você reza?

— Às vezes, quando estou em dificuldades.

— Não parece muito legítimo.

— Acho que não.

— Mas pelo visto acredita em algo.

— Acredito que existe um Deus, se é a isso que se refere. Só não me peça para ir muito além. Nunca consegui racionalizar essa crença.

— Perguntei as mesmas coisas a Lucca certa vez — comentou Halil.

— Anda perturbando toda a gente com esse assunto?

— Sim.

— E o que ele lhe disse?

— Que pelas coisas que já viu no mundo, era mais fácil acreditar no diabo. Mas que, se um existia, o outro havia de existir também.

— Não tenho dúvidas de que ele é melhor como fotógrafo do que como teólogo.

— É estranho pensar que haja alguém lendo nossos pensamentos, julgando tudo o que fazemos — disse Halil, segurando o copo de cerveja na altura do peito.

— Lamento não poder ajudar. Já gastei algum tempo refletindo sobre esses temas, e descobri que não sou bom em Teologia.

— Ora, você não é bom em nada.

— Obrigado.

— Pensar nessas coisas me angustia.

— Então não pense.

— Acha que devemos algo à nossa família?

— Não devemos nada a ninguém. E, no entanto, devemos tudo.

— Você é um péssimo teólogo e um péssimo filósofo também. Falo da família. Das expectativas que criam, que depositam em nós. E se falharmos e... — ele se interrompeu. Depois de um longo silêncio prosseguiu, como se falasse a si mesmo. — Sabe... Afastei-me demais do que me ensinaram em casa... Acho que ferrei com tudo.

— Ferrou?

— Ferrei.

— Quer me contar?

— Não.

Ele olhava para além da torre, para a silhueta dos últimos prédios visíveis no horizonte, mas parecendo não enxergar, e penso que naquele momento submergiu em memórias longínquas, revisitando seus familiares, rememorando a voz da mãe exortando-o a algo, algum ensinamento do sábio avô, as dificuldades que superaram para vê-lo crescer, estudar, para custear sua primeira jornada no exterior. Não o perturbei até que tivesse certeza de que estava de volta — quando pousou na mesa o copo e levantou a gola dupla da camisa polo, cobrindo a nuca (creio que isso fosse moda entre os mais jovens naquela época).

— Quando quiser falar...

— Não se preocupe. Eu mesmo não me preocupo — disse Halil, desconversando. — Algo de bom virá — arrematou, desta vez sem a costumeira convicção.

28

Saímos bem cedo na manhã seguinte, num minúsculo Citroën alugado, orientando-nos pelo mapa que compramos numa banca de jornais — havíamos esquecido de reservar um aparelho GPS, e a locadora não tinha mais nenhum disponível. Tomamos a estrada, e uns quilômetros adiante paramos num dos locais mais horripilantes em que já estive: o campo de concentração de Auschwitz-Birkenau.

Assim que estacionamos, vimos descer de um ônibus três dúzias de crianças polonesas, num silêncio e sisudez que não combinavam com infância; eram quase todas muito loiras, e guiadas por uma professora também muito loira. Logo estávamos sob o arco do portão com a frase "O trabalho liberta", em alemão — versão moderna do "Perdei toda a esperança, vós que entrais" do Inferno de Dante. O sol brilhava num céu azul magnífico, contrariando a ideia de que só seria possível descrever aquele lugar tenebroso com a falácia patética de nuvens desesperadas.

No hall de entrada, perdemo-nos entre fotos da guerra e Halil chorou, encarando-me com aqueles seus olhos ainda mais díspares, como se fossem mesmo dois continentes. Eu, porém, mantive-me impassível — ao menos até me deparar com uma sequência de fotografias em preto e branco num painel escuro. Na primeira foto, a mãe cingia ao peito uma menininha de cabelos lisos; a garota cingia a seu peitinho uma boneca, e o nazista empunhava o fuzil 7.62 e fazia mira, despreocupado, como se cumprisse só mais uma tarefa como lustrar as botas ou arrumar a cama no quartel. Na segunda foto a mãe dá as costas ao tiro para proteger a filha, e a filha protege a boneca. Então na terceira foto a arma é disparada e o projétil transfixa a mãe, a menina, a boneca. Ainda hoje a imagem me assombra. "Quem mata um inocente, é como se tivesse assassinado toda a humanidade...", dissera-me certa vez um saudita que conheci no Wordsworth College.

Veríamos ainda o amontoado de sapatos e todas as outras provas das atrocidades, mas, para mim, a imagem perene é a daquela mãe com a menina e a boneca. Aquele tiro não foi apenas contra a mãe judia; aquele tiro foi disparado contra todas as mães, todas as filhas e todas as bonecas; contra todo amor, toda inocência, toda doçura. Aquele tiro não cessa. É atemporal. O chumbo sem espírito contra a carne. A alma deserta contra a ternura. O homem-máquina matando a boneca. Fora do tempo, fora da fictícia reta seccionada em presente, passado e futuro, fora do relógio de ponteiros, aquela mãe e aquela menina e aquela boneca estão morrendo *agora*.

Lembro-me dos prédios circunspectos, do silêncio agourento, da torre negra num telhado vermelho, das cercas eletrificadas, dos postes e barras de trilho ferroviário, do muro das execuções polvilhado de buracos de tiros, do horrendo "hospital" no qual se fazia eutanásia dos prisioneiros doentes e esterilização das mulheres, das construções em madeira, das celas. Num mural lemos sobre o caso de amor entre um polonês e uma judia-polonesa, com relatos de fuga, recaptura e morte (a dele por enforcamento, a dela por suicídio), e sobre o padre que tomou o lugar de um dos quinze escolhidos para morrer de fome. Vimos a câmara de gás, o crematório com trilhos para levar os corpos aos fornos, as calhas externas, as janelas quadradas, as ruas de pedregulho e terra fina. Aquele lugar fora um monumento à perversão total, disfarçada em propostas de "purificação da raça", "destruição dos seres inferiores", "segurança do Estado"... Só um reinado de razão isolada, convolada em estupidez absoluta por se ter corrompido todo o resto, é que pode ter permitido aquilo.

Anos depois eu tornaria a ver, noutros lugares, alarmantes tragédias — e a única coisa traduzível disso tudo é que não aprendemos *nada* com os horrores daquela guerra. Nada. O passado parecia não ter nenhuma lógica, o tempo parecia não existir ou ao menos não ter lógica, e não havia travessura da memória que me pudesse fazer compreender aqueles absurdos. Quando crianças, disseram-nos que o que nos diferencia dos animais é nossa racionalidade e capacidade de amar. Mentiram para nós: o que nos diferencia dos animais é nossa propensão a sermos *apenas* racionais e, com isso, nos entregarmos à crueldade. Uma águia destroça um filhote de coelho em segundos; penso que ela não reza a nenhuma divindade, como faziam os povos ancestrais antes de abaterem um bisão; mas, se vocês a olharem depois do ataque, verão que a águia não está rindo; e parece triste.

Só os humanos são capazes de se regozijar diante da morte de indefesos.

29

Foram quase seis horas até Praga. Ambos quietos e de estômagos revoltos. No trajeto paramos apenas duas vezes: uma para abastecer e pedir informações sobre o caminho, e outra na fronteira com a República Tcheca, onde nosso carro foi revistado e tivemos de aguardar em pé, por cerca de vinte minutos, enquanto os guardas armados procuravam sabe-se lá o quê.

Embora a fronteira sempre evoque mistérios, o que raramente notamos é que os mistérios maiores não estão do outro lado, mas aqui dentro; não estão no que se supõe estar além, mas no que fica para trás. Transpor o muro do jardim quando criança, o da escola quando adolescente, o da cidade ou do país quando adulto — todos passamos por isso. Mas o homem não teme o que está por vir; teme apenas que, no momento decisivo, não faça jus à melhor imagem que faz de si mesmo.

Somente eu dirigi — Halil preferia olhar a paisagem e consultar o mapa rodoviário —, e o único barulho a violar a monotonia era o da troca de marchas no câmbio mecânico. O silêncio foi substituído por grunhidos enquanto fazíamos o *check-in* no moderno hotel em Praga; depois, banho e cama. Não consegui dormir.

No dia seguinte tentamos apagar da memória os fantasmas do campo de concentração e andamos por Praga como turistas. Apesar da beleza da cidade, com suas vielas medievais e horizonte recortado por torres de agulha, não funcionou; nada fazia sentido. No meio da tarde nos cansamos de andar como turistas e resolvemos que era melhor ficar sentados como turistas, e então nos estabelecendo num dos bares defronte ao relógio astronômico na praça da Cidade Velha. Era também uma esplanada, mas o que delimitava o espaço para as mesas não eram flores como em Cracóvia, e sim chapas plásticas, translúcidas na base e transparentes na parte superior.

Um rapaz maltrapilho, de cabelo tingido de cobre, entrou pisoteando a rampa metálica de acesso ao bar, sentou-se na mesa ao lado da nossa e tirou do bolso algumas moedas e uma cédula amarrotada. O garçom o expulsou. Fiquei indignado com aquilo, mas nada disse; já Halil confrontou o garçom e decidiu que iríamos nos mudar para o bar vizinho — meu jovem e brincalhão amigo me mostrava ali a diferença entre se indignar com algo e *fazer* algo.

No outro bar, cujo interior diferia do primeiro apenas pelas cadeiras — neste de madeira, naquele de vime —, Halil pagou ao sujeito expulso uma cerveja e lhe deu uma cédula de não sei quantas coroas tchecas. O rapaz agradeceu e se pôs a tagarelar, numa fala assoviada em que tentava, sem sucesso, esconder a falta de alguns dentes; ele disse que vivia nas ruas desde que perdera a família, que usava crack há três anos — dois a mais do que os médicos estimaram que iria sobreviver —, e que não era muito querido nas imediações — os garçons achavam que ele perturbava os turistas e não era digno de se sentar ali. Então se foi, dizendo, num inglês perfeito, que gastaria metade do dinheiro com cervejas e drogas, e a outra metade, também.

Halil parecia ter reservado aquela viagem para fazer — ou tentar fazer — algumas confissões.

— Você é um dos melhores amigos que já tive — disse ele de supetão, quando eu ainda observava o rapaz se afastar. — E sei o quanto gosta de Lily. Desculpe. Não pude evitar.

— Do que você está falando? — perguntei, receoso da resposta.

— É evidente que está apaixonado por ela. Todos percebem. E, mesmo sabendo disso, tentei.

— E?

— Fique tranquilo. Não houve nada.

— Ela é fiel ao idiota do namorado.

— Talvez.

— Não diga bobagens.

— Não seja ingênuo.

Bebemos tudo o que podíamos. Halil desmaiou no quarto de hotel.

À noite saí sozinho. Uma viela soturna levou-me a outra e a outra e a outra, todas marcadas por uma escuridão fosca, aqui e ali interrompida pela brasa de um cigarro ilhado. Ao receber o panfleto de um bar subterrâneo, segui a bela moça de roupas curtas. No portal, ainda à superfície, no começo da escadaria, um cão cinza me fitava. Passei por ele, e ele virou o pescoço como se fosse uma coruja. Não tornei a olhá-lo. Desci.

O bar se revelou um submundo em claro e escuro recortado pelas arestas afiadas de seus móveis, parecendo uma catacumba revestida de cetim e veludo, com cores quentes que iam do vermelho ao bordô. Os clientes estavam elegantemente vestidos, mas o constante circular de mulheres trajando apenas lingerie indicava a verdadeira natureza do lugar. Havia fumaça e cheiro doce de narguilé por toda parte, e me lembro de ter notado, logo que cheguei, o palco vazio e a mesa de som ladeada por caixas acústicas, que tocavam trilhas sonoras de filmes antigos. Um casal me convidou para me sentar num sofá estreito e beber com eles; aceitei sem relutar, arrastado pela beleza voluptuosa da esposa do sujeitinho de cavanhaque embranquecido, e em poucos minutos gargalhávamos enquanto tomávamos absinto. Cada vez que o marido nos deixava para ir ao banheiro ou pegar mais bebidas, a mulher de cabelos castanhos e olhos circundados por linhas espessas flertava comigo.

De repente percebi algo pestilento a me atacar o estômago, o que foi seguido de uma sede atroz, e em instantes estava batendo os dentes como se estivesse com muito frio. As pernas tremiam, eu enxergava apenas vultos, e um som repetitivo e irreproduzível dominava minha mente, fazendo-me sentir como o velho cavaleiro que joga xadrez com a morte.

30

Acordei com o chão frio a me amassar o rosto. Tentei abrir os olhos, mas mesmo a tênue iluminação incandescente me aturdiu e tive de fechá-los. Apenas pouco a pouco, movendo com cautela as pálpebras, consegui enxergar. Estava de volta a uma daquelas vielas sinistras.

Sentei-me. As pernas ainda tremiam. Sentia minha pulsação em todas as juntas. A cabeça latejava. O coração trepidava feito um náufrago a se debater contra o afogamento. Percebi vômito ao meu lado, e uma lata de lixo, que exalava cheiro de enxofre, a meus pés. O homem e a mulher que me haviam pagado bebidas se atracavam com alguém que se empenhava em tomar-lhes algo. Parecia um assalto. Tentei me erguer para ajudá-los; não consegui. A voz não saía. Eu ouvia gritos naquela língua incompreensível. O casal fugiu. Fiquei a sós com o roubador. Ele vinha em minha direção. Eu continuava não conseguindo me levantar. Aniquilado. O roubador se achegou e estendeu sua mão imunda. Agarrou-me por debaixo dos braços e me pôs em pé.

— Você precisa tomar água.

O roubador não era roubador. Era o sujeito de cabelo de cobre que à tarde fora expulso do bar. Entregou-me minha carteira e meu passaporte — era por isso que ele lutara com o simpático casal. "O amigo certo se reconhece numa situação incerta", dissera-me Joe, certa vez, mencionando uma passagem de Cícero. O novo amigo me escorou, e começamos a andar.

Nas vielas, as gárgulas de concreto abriam suas bocarras e eu tinha certeza de que me iam mastigar. Formas etéreas, retorcidas em pavorosos suplícios, insinuavam-se nos becos, mas se recolhiam à escuridão como cucos de relógios lúgubres. Depois vieram mais gárgulas que se moviam, e rolos de fiação elétrica, espalhados diante de um edifício em obras, transformaram-se em serpentes mortíferas quando tropecei. Passamos por bêbados barulhentos, cavalos exaustos e cães silenciosos, e era impossível dizer quais deles estavam em maior número. Vagávamos por um despenhadeiro intangível, eu não me recordava do nome do meu hotel, e o centro velho parecia um labirinto de infinitas ladeiras que íamos descendo e descendo e descendo — embora eu soubesse que o centro de Praga fosse plano —, numa travessia infernal, tendo como guia nada animador um viciado em crack.

Chegamos a um café ou algo parecido e ele pediu minha carteira; desconfiado, titubeei.

— Se eu quisesse ficar com sua carteira teria deixado você lá no chão.

Entreguei a carteira e o rapaz me comprou uma garrafinha d'água e enfiou o troco de volta na carteira e a carteira em meu bolso.

— Beba devagar — disse ele, segurando a garrafa com uma das mãos e apoiando minha nuca com a outra. — Não sei o que lhe deram. Algo muito, muito forte. Cristais, talvez. Você poderia ter morrido desidratado. Ou de ataque cardíaco.

O sol despontava quando passamos por uma velha que, recurvada, de costas para o nascente, pedia dinheiro. Ela trazia pendurada no pescoço uma enorme ametista refletindo alguma luz — a luz do poste, uma brasa de cigarro, o lusco-fusco da memória, não sei dizer. Enfim o sujeito me deixou na entrada do hotel. Não sei como chegamos lá, quantas quadras andei, como me lembrei do nome do lugar, ou mesmo se o rapaz, a velha com a pedra e as gárgulas em movimento que vi pelo caminho eram reais ou alucinações. Lembro-me apenas de o sujeito dizer, na porta do hotel:

— Da próxima vez que quiser se arriscar a morrer na noite, certifique-se de que seja por algo que valha à pena.

A tremedeira diminuíra, a frequência cardíaca também. No quarto conferi os bolsos da calça que atirara no chão: passaporte e carteira em ordem. Halil roncava na cama ao lado, ainda vestido com a roupa de ontem. Revelaria eu a trapalhada? Seria capaz de admitir aquela estupidez? Desde logo instituí contra mim um julgamento como o de Galileu: não me comuniquei das acusações, perguntando ao réu, antes, se sabia por que fora intimado; supunha-me culpado até que se provasse o contrário; relutei em confessar; confessei ao espelho. Ao final do julgamento, Halil ainda dormia. E então, contaria a ele? "Abaixo tua vaidade; tu és um cão surrado e largado ao granizo" — Joe advertia-me com versos de Ezra Pound. "Nunca conheci quem tivesse levado porrada. Todos os meus conhecidos têm sido campeões em tudo" — Álvaro de Campos estendia-me a mão. *"Go home!"* — o velho Arthur vociferava ternamente.

Não sei se pensei tudo isso naquele momento, o que a memória evocou e o que foi releitura feita na manhã seguinte com o corpo febril e a certeza de ser um idiota. Nada disse a Halil sobre o ocorrido, e tampouco encontrei pelas ruas, em nosso último dia em Praga, o sujeito que me guiara pelo inferno até o hotel.

IX
É PRECISO

31

QUASE UM MÊS HAVIA SE PASSADO desde que eu retornara de Praga. Lily, Stella e eu bebíamos em silêncio em nossa mesa no The Eagle, preocupados com Lucca, que não voltava da Itália nem respondia às mensagens. Halil conseguira contatar um familiar dele, e sim, Lucca estivera em Milão, mas apenas por alguns dias e logo partira, provavelmente para alguma expedição fotográfica. Não conseguíamos entender por que ele não nos dissera nada.

A chuva cessou e abrimos a janela. O *Health Act* acabara de entrar em vigor e os cigarros estavam banidos da parte interna dos pubs. Alguns frequentadores fumavam do lado de fora e a fumaça entrava pela janela como se o velho pub tragasse aquela bruma de tabaco exilado.

— Temo que Lucca tenha ido fazer alguma besteira — disse Lily.

— Não acho que ele vá se meter de novo na Bósnia — retrucou Stella.

— Do que está falando? Nem há mais guerra lá — disse Lily, impaciente, como se a ideia de Stella fosse um despropósito. — Que bobagem...

Eu não entendia por que aquelas duas mulheres pareciam sempre dispostas a se agredirem, mas sabia ao que Lily se referia: ela se apavorava com a ideia de Lucca ser o Espancador, e que tivesse confrontado mais algum agressor de mulheres e se dado mal. Eu, porém, formulava outra hipótese:

— Talvez haja algo de Bósnia nisso...

— O que quer dizer? — perguntou-me Lily.

— Tive uma conversa com ele sobre o ocorrido lá.

— E o que foi?! Conte logo! — empertigou-se Lily.

— Prefiro que ele o faça. Afinal, conhece vocês há mais tempo, e nunca quis falar. Mas acredito que ele possa estar tentando superar o que viu na guerra.

— E como faria isso? — questionou-me Stella.

— Fotografando outra. Talvez nosso amigo tenha voltado a cobrir conflitos...

— Ele pode acabar ferido ou coisa pior... — disse Lily.

Eu não carregava o mesmo temor de Lily — achava Lucca invulnerável —, mas amargava uma decepção com meus devaneios: desde que ouvira de Lucca o que ele vivenciara na Bósnia, a tal "vida de aventuras" do correspondente de guerra havia desbotado para mim, sendo despojada de qualquer ilusório romantismo. Achava pouco provável que ele estivesse na Inglaterra espancando alguém, e intuía que algo ao menos relacionado à Bósnia era aposta mais acurada.

Halil chegou esbaforido, a água em micropartículas nos cabelos espetados. Sua roupa cheirava a cerveja e ele trazia nas mãos um envelope branco, que jogou sobre a mesa. No campo do destinatário lia-se "Caros Amigos" e, logo abaixo, "Aos cuidados de Theo B.". Estava, porém, com o endereço de Halil — a carta chegara a seu prédio, mas, por não encontrarem lá ninguém com o meu nome, ficara durante semanas na portaria, até que acharam Halil, que me conhecia. O remetente era Lucca Merisi, e o envelope trazia o carimbo do aeroporto de Stansted. Não foi difícil deduzir que Lucca quisera confiar a mim a divulgação da mensagem aos amigos, mas, não tendo de memória meu endereço, encaminhara-a ao quarto de Halil, que todos sabíamos ficar na Frank Young House, um dos prédios pertencentes ao Darwin College.

— Não leia ainda — disse Lily. — Devemos aguardar Joe.

A ansiedade, no entanto, impediu-me de fazer essa deferência. Joe se afastava de nós, evitando os encontros em que Lily e eu estivéssemos presentes, e eu bem sabia o motivo. Nominei-o "o inglês mais impontual da História", o que era quase uma injustiça, e abri o envelope. Para nossa surpresa, antes de alguma justificativa para o desaparecimento de Lucca, o que encontramos foi uma declaração manuscrita numa velha folha pautada, com marcas de dobras. Comecei a ler em voz alta o texto que trazia em maiúsculas um título — "É preciso" — e prossegui:

— "É preciso abandonar as hesitações, partir as amarras, ser desmoderado".

A carta parecia ter sido confeccionada antes do embarque, na típica solidão que nos toma em momentos de espera, a sós, no saguão do aeroporto, no cais, na plataforma da estação de trem. Como se todo universo houvesse se comprimido e emudecido em nosso entorno, cada um de nós só conseguia ouvir a própria respiração e minha voz. Retomando do início a leitura, tentei, forçando uma rouquidão, resgatar o modo pelo qual Lucca se expressaria. Tenho aqui uma foto da carta. Está sempre comigo. Vejam:

É preciso

É preciso abandonar as hesitações, partir as amarras, ser desmoderado.

É preciso sair a ver a luz dos tempos, mesmo numa terra devastada.

É preciso expor-se às corredeiras dos sentimentos mais profundos, e persistir, ainda que a embarcação seja arremessada contra o rochedo logo na primeira tentativa.

É preciso navegar em sonhos, porque o simples ato de arriscar-se já é toda a recompensa.

É preciso lançar-se das escarpas da inação, pois entre o momento do salto e o impacto contra a água pode-se reconhecer, na vertigem da brisa, o sopro da fúria.

É preciso cruzar essa amplidão desértica do conformismo: o oásis existe, mas só se revela aos impetuosos.

É preciso afrontar os mais terríveis chacais opressores, pois a justiça cavalga com os destemidos.

É preciso galgar o cume da montanha, de modo a ver a perenidade do mundo abraçar a trágica fugacidade da existência humana.

E é preciso ser candente como as entranhas do vulcão, e gélido como as fossas abissais, porque os mornos serão mesmo vomitados.

Somente assim, ainda que com o tronco estraçalhado e os membros dilacerados, o humano pode proclamar aos ventos que não se dobrou, que tem vivido.

Aqueles que vivem sem paixão passam por este mundo como meros espectros, tristes esboços do que poderiam ter sido.

32

Arthur havia se achegado sem que eu percebesse, e ao final da leitura notei sua figura espectral se retirar resmungando:

— Agora o brigão deu para escrever tolices.

Antes, porém, que pudéssemos dizer qualquer coisa sobre a carta, Halil se levantou abruptamente e nos indicou um homem de paletó claro, vasta compleição e espesso bigode nevado, aparentando pouco mais de sessenta anos, que se aproximava com a preguiça de um hipopótamo, mas, perdido naquele emaranhado de pelos e cabelos, mais parecia um urso polar. Qual não foi nossa surpresa quando Arthur se lançou sobre o tal homem, vociferando que ele tinha de ir embora, que estava proibido de entrar ali. Os dois senhores se atracaram sob nossos olhares incrédulos e tivemos de intervir: funcionários do pub seguraram Arthur, enquanto Halil e eu nos encarregamos de tirar o urso de lá.

Saímos para a área descoberta do pub, esgueirando-nos por entre as mesas que ainda ostentavam gotas d'água nos tampos. Acompanhamos o homem pelo caminho de paralelepípedos e cruzamos o portão lateral, grande e vermelho como o de um celeiro, que dava para a calçada da Bene't Street. O homem nos pediu desculpas pelo entrevero e disse ter urgência em falar com Halil. Encostei-me na parede de pedras da fachada do pub, que com a umidade parecia uma lixa molhada, enquanto os dois se afastaram pela rua desabitada. Vi Halil levar as mãos ao rosto e o homem balançar a cabeça negativamente; então o urso se despediu e se foi com seu passo moroso. Corri até Halil esperando pelo pior — alguma pavorosa notícia sobre Lucca. Mas não era nada disso: o urso, supervisor de Halil na universidade, viera comunicá-lo de uma suspeita de plágio em sua dissertação de mestrado — um software identificara que dois terços da monografia de Halil eram reprodução de um trabalho apresentado anos antes a uma universidade espanhola. O caso já fora reportado ao Comitê, e o supervisor estava furioso por ter sido enganado por seu orientando, que poderia ser reprovado e excluído dos quadros da universidade.

— Posso ser deportado.

— Não é possível! — disse eu, com espanto.

— Sim, é.

Voltamos para dentro do pub e encontramos Lily lendo para Joe, recém-chegado, a carta de Lucca. Ao terminar, Lily aproveitou que uma infiltração desbotara quase por completo a foto de um bombardeiro e, retirando da parede o quadro, cobriu a foto com a carta, dando-lhe uma moldura e um vidro protetor. Até onde sei, a "Carta de Lucca" — ou o "É Preciso", como também a chamamos — está pendurada na parede do The Eagle até hoje.

— Que sujeito invulgar — disse Joe, martelando com o indicador a mesa.

Joe então voltou os olhos para as inscrições no teto do RAF Bar, movendo-os feito um pêndulo, como se procurasse alguma coisa, e depois, fixando-os em algo que não identifiquei, liberou um discreto sorriso de satisfação, juntou as pontas dos dedos, fechou os olhos.

— *Do or die* — disse ele.

— Outro aforismo? — perguntei.

— O mote de um conto de Joseph Conrad, *Mocidade*. Ah, a juventude destemida, intrépida...

— Lucca tem quase quarenta anos. Do que está falando?

— Disso aí que está na carta dele. O espírito audaz da juventude. Algo que jamais tive, mas que subsiste nele. Creio que Lucca a tenha escrito há muitos anos — comentou Joe.

— Por que diz isso?

— Falou-me algo certa vez. Escrevera às pressas na estação de trem para entregar a uma garota que se iria mudar da cidade; mas houve lá um desencontro, a garota embarcou noutro horário, eles jamais tornaram a se ver, e a mensagem nunca foi entregue. Contou-me que a guardava com ele, para não se esquecer de como reverenciava a vida na juventude. Não sei se essa aí é a original ou apenas uma transcrição. E não fazia ideia do conteúdo.

— Então deve haver uma razão para ele tê-la mandado para nós — disse eu.

— Evidente que sim.

— E qual seria?

— Ele não voltará.

Eu tentava entender o significado da carta de Lucca, da briga entre Arthur e o urso e, igualmente sem sucesso, arrancar de Halil algo sobre aquela história de plágio e deportação. Halil se recusava a responder, mas agora eu tinha um palpite sobre o que significava o "ferrar com tudo" que ele mencionara em Cracóvia, e pareceu-me que seu esperançoso "algo de bom virá" não estava surtindo muito efeito.

Vocês podem imaginar o que foi uma noite como aquela: havíamos cultivado a amizade ao longo de meses, mas agora tínhamos um amigo com paradeiro incerto e outro que poderia ser mandado embora do país. Era algo inconcebível para mim; o laço formado ao redor daquela mesa não deveria ser desfeito. Segundo uma lenda local, aliás, amizades nascidas em pubs têm a mesma relação temporal das idades de cães e homens — um para sete, como se diz — e, se é que isso é verdade, minha amizade de nove meses com eles equivaleria a mais de cinco anos. Mas boa parte desse laço escapava-me de uma só vez.

33

No dia seguinte, vestindo-me da maneira mais formal que consegui — terno preto completo, camisa branca com abotoaduras prateadas (as únicas que eu tinha) e gravata azul-marinho — fui falar com o supervisor de Halil. A amizade faz dessas maravilhas — sentir-se responsável pelo amigo, resgatá-lo de problemas, amenizar suas aflições. Não encontrei o supervisor no moderno prédio da Faculdade de História, de estilo arquitetônico oposto ao que se poderia imaginar para uma faculdade daquelas, e que estava repleto de alunos de um curso de verão; mas a secretária acadêmica me disse que talvez o professor estivesse no King's College, e para lá me dirigi. Antes de entrar, deparei-me com um aglomerado de curiosos que olhavam para cima — uma vez mais, na madrugada, alguém havia colocado um cone de trânsito num dos pináculos da capela do King's College, tendo escalado o prédio sabe-se lá como, e agora um andaime era montado para alcançar o cone e retirá-lo. Era a terceira vez que faziam aquilo desde que eu chegara à cidade, e já tinha perdido a graça.

Entrei. Uma coisa é ir ao King's College, e outra coisa é ir ao King's College tratar de algo grave com um "Don", como era chamado um sujeito daqueles. Eu já havia estado lá um punhado de vezes fotografando o prédio, mas naquele dia tudo era diferente, dada a seriedade da missão à qual me incumbira sem autorização ou ciência do possível beneficiário. Pensei que não seria mau exercitar algum dote argumentativo com o supervisor, e a estratégia era apelar para algo sentimental. Passando pelo pórtico, pela primeira vez estremeci num daqueles antiquíssimos *colleges* e, depois de perguntar a um funcionário, tive a confirmação de que quem eu procurava estava num dos escritórios tutoriais no Gibbs Building.

Outra funcionária me pôs sentado numa sala retangular, cujas paredes eram recobertas por estantes com portas opacas, na certa abrigando livros. Ela me disse para ficar à vontade, informando-me que o professor demoraria cerca de meia hora para me atender, pois eu não tinha horário marcado. Havia na sala uma escrivaninha de ébano, mas sobre ela nenhum computador, nenhum papel, nenhuma caneta. Defronte à minha cadeira de estofado verde macio repousavam, numa mesa de centro, três livros empilhados do maior para o menor em sentido ascendente, formando uma pirâmide escalonada. As lombadas estavam voltadas para mim e memorizei os títulos, com a atenção despertada pelo fato de não conseguir estabelecer nenhum vínculo entre eles, nenhuma razão que não um possível senso ordeiro, mas não biblioteconômico, de algum funcionário da limpeza. Desfiz a pilha, acomodando os livros lado a lado. O primeiro era uma publicação ilustrada sobre as obras de Caravaggio, lendo-se na introdução seu nome de batismo, Michelangelo Merisi — e não era nenhuma grande coincidência Lucca ter o mesmo sobrenome do famoso pintor, pois meu amigo também provinha da Lombardia, região de nascimento de Caravaggio quatrocentos anos antes; a breve biografia mencionava as peripécias do pintor, a boemia, os duelos em que se metera e o refúgio que buscou numa ilha, onde recebeu a cruz de cavaleiro da Ordem de Malta. O segundo livro era um estudo sobre a mitologia das Fúrias ou Erínias, deusas vingadoras dos crimes de sangue, comparando as versões nas quais elas abandonam o ciclo de vingança e se tornam benevolentes. Eu acabava de apanhar o terceiro livro — um compêndio de biografias de personalidades da Universidade de Cambridge — quando o urso que atendia pelo nome de Don Gilbert Clark saiu de uma porta oculta em meio às estantes. Levantei-me para cumprimentá-lo. O homem de terno cinza xadrez me recebeu cordialmente, sugeriu que me sentasse, e se postou defronte à janela, à contraluz, com os raios solares purificados pela vidraça multissecular formando um halo. Com seu gigantismo bonachão eclipsava o sol, e os feixes luminosos ornamentavam seus ombros como jatos de pó de ouro. Ou talvez fosse apenas caspa.

Sentando-me na mesma cadeira de antes, expliquei ao professor, que se manteve em pé, que eu era amigo de Halil; contei-lhe as dificuldades da família do jovem e disse que a universidade estava sendo por demais severa com um aluno esforçado. O urso me interrompeu para perguntar de onde eu vinha, ouviu a resposta, e depois pareceu não escutar meu discurso sobre a necessidade de não ser tão rigoroso com Halil. Mas ele estava escutando muito bem.

— Sabe, não há glória em defender um amigo que está fazendo a coisa errada — disse ele. — Embora eu reconheça o valor do seu empenho em prol da amizade.

Apoiando as duas mãos na escrivaninha, prosseguiu:

— Alertei Halil de que poucos conseguiriam conciliar trabalho diário, bebedeiras infindáveis e estudos para esta universidade.

Eu disse ao urso que num caso desses havia-se de ser mais flexível. Ele deu as costas para mim, pousou as mãos no parapeito da janela e, olhando para fora, em direção ao gramado, tornou a falar:

— Quando esta universidade foi fundada, Gengis Khan e seus cavaleiros expandiam o império Mongol. Esta universidade já existia em 1215, quando João II assinou a Magna Carta. Esta universidade viu o nascimento da Inquisição, a chegada de Marco Polo à China, o Cativeiro de Avignon. Assistiu a cento e dezoito anos de uma guerra com a França, passou pela Guerra das Duas Rosas, viu a chegada da peste à Europa. Assistiu ao Cisma do Ocidente, viu brotar o Renascimento, acompanhou a Queda de Constantinopla. E isso para nos atermos apenas aos fatos mais longínquos, anteriores mesmo à chegada dos navegadores portugueses às terras que são hoje o seu país. Tivemos a Revolução Gloriosa, a Guerra dos Sete Anos, a Revolução Industrial; vimos o Império Napoleônico, a Revolução Francesa, a Independência Americana, a Guerra do Ópio com a China, a Guerra dos Bôeres; lutamos em duas Guerras Mundiais. O mundo mudou uma miríade de vezes, mas a universidade aqui permanece, ensinando há oito séculos, incólume. E você acha mesmo que essa longevidade foi alcançada por termos sido *flexíveis*?

— Mas... Halil não poderia ser perdoado? — perguntei, levantando-me.

— Se me permite dizer, seu conceito está equivocado, meu jovem — disse ele, virando o tronco agigantado e olhando para mim. — Perdão significa não guardar rancor. Nada tem que ver com leniência.

— Mas... — e resolvi ser insolente. — Ontem o senhor brigava em um pub. Não o vi ser assim tão severo consigo mesmo. Houve um bocado de xingamento lá. Parecia que o senhor e o velho Arthur iam se matar.

— Você não sabe de alguns detalhes, meu jovem — disse ele, num tom afável, que nada tinha de superior ou agressivo, e muito de um avô explicando obviedades ao neto.

— Por que aquilo tudo?

— É uma velha e tola história. Não é segredo em Cambridge, e por isso posso contá-la.

Então o velho urso, de novo dando-me as costas e olhando para o gramado, pôs-se a contar. Arthur e ele haviam nascido e crescido na cidade. Em 1957 Arthur foi chamado para o serviço militar, mas, tendo ele perdido familiares na Guerra da Coreia, apavorou-se, simulou um problema de saúde e escapou da convocação. Porém foi incauto a ponto de relatar tudo aos rapazes da turma, e eles o destruíram. No bairro morava uma bela garota da qual todos gostavam, e claro que o humilharam, rotulando-o de covarde e embaraçando-o na frente dela. Naquele tempo, a coragem era enaltecida, e "covarde", uma nódoa terrível. Arthur nunca mais quis falar com os amigos, afastando-se do grupo e nutrindo raiva por eles. Por essa época ele começou a trabalhar no The Eagle, que foi palco, logo no seu primeiro mês de serviço, de uma briga de Arthur com o amigo de infância Gilbert, com mesas se espatifando. Arthur então "proibiu" Gilbert de voltar ao pub, imposição essa que durara décadas, e até a véspera havia sido respeitada.

Depois de lamentar que ainda remanescesse tanto rancor mesmo passados mais de quarenta anos, Don Gilbert Clark se calou, pesaroso, e percebi que era hora de me mandar. Despedi-me, mas, ao chegar à porta, aproveitei-me do jeito amistoso do homem e disse que gostaria de fazer mais uma pergunta. Ele questionou se era sobre o processo interno contra Halil pelo plágio e respondi que não — estava curioso era com a história que levara à briga de um gerente de pub com um catedrático de Cambridge. Ele assentiu e perguntei-lhe sobre algo que já intuíra: queria saber o que sucedera à garota do bairro, pela qual Arthur e, presumia eu, também o velho professor, haviam sido apaixonados.

— Bem, se você for à Faculdade de Economia, encontrará "a garota" dando aulas de segunda a sexta-feira. Já nos finais de semana poderá encontrá-la em casa, cuidando da nossa neta.

Eu não portava notícias animadoras para Halil, e ao deixar o King's College detive-me na livraria da esquina, na qual procurei pelos três livros que vira na sala do professor. Depois fui parar no Elm Tree, um diminuto pub verde e branco, com a fachada repleta de folhas e flores, onde finalizei a noite com a pilha de livros sobre o balcão, bebendo com desconhecidos que de modo algum se convenceram de que eu não era Lucca, e me pagaram seguidas cervejas em agradecimento a alguma ocasião na qual meu amigo os ajudou.

Na madrugada, já em meu flat, tentei estabelecer alguma ligação entre as obras. Não cheguei a nenhuma conclusão triunfante, mas a leitura daqueles três livros me ajudaria, anos depois, a contar esta história do jeito que a conto hoje — do jeito que é preciso contá-la.

Antes de adormecer, pensei no velho urso. Apesar da minha petulância, o "Don" tratara a mim, um estranho, como um igual. Ele estampava a sabedoria dos cultos e bem-vividos, que provém tanto das amadas bibliotecas quanto das escarificações deixadas pela vida. Na solidão de seus gabinetes, homens como aquele podem formular teorias que mudariam os rumos da Humanidade e, mesmo que sejam ignorados pela eternidade, seguem impassíveis, pois, vitoriosos ou derrotados, têm igual destino ao final da tarde: bater os copos, no pub mais próximo, com outro catedrático ou com um simplório maltrapilho. Porque homens como aquele, na sua compenetrada sabedoria, vivem tão humildemente bem nas entrelinhas das teses doutorais quanto num copo de cerveja.

X
DILEMAS

34

AO ENTRAR NO THE EAGLE NA noite seguinte, passei por uma mesa de turistas que cantavam em espanhol e faziam múltiplas fotos, preenchendo o RAF Bar com flashes rebatidos nos vidros das janelas e no espelho atrás do balcão. A balbúrdia permitiu-me chegar sem ser percebido, e surpreendi Joe e Lily conversando em pé, em torno de uma mesa de dois lugares — a mesa que seria "do fantasma" do pub. Eles ainda não tinham me visto, e por uns instantes mantive-me oculto.

— Você não deveria perder seu tempo com ele — dizia Joe, com o guarda-chuva encaixado no antebraço, e segurando as mãos dela. — É um bruto. Um bom amigo, mas não serve para você.

Fiquei irritado ao vê-lo falar assim de Lucca.

— Ele não está à sua altura, intelectual e culturalmente — continuou Joe. — Sabe algo de Direito, talvez, e não muito mais — completou, e só então percebi que era a mim que menosprezava.

Visto por trás, Joe parecia um manequim de loja ao qual o terno fora ajustado por alfinetes.

— E você não deveria desdenhar de um amigo — retrucou ela, desvencilhando-se das mãos de Joe. — Ainda mais pelas costas. É covardia.

— Mas... e se nós ao menos tentássemos e...

— Não haverá nada entre nós.

Desloquei-me para mais perto deles, mostrando-me.

— Preciso ir — disse Joe ao me ver. — Tenho um compromisso — emendou, consultando seu relógio de bolso, e então tropeçou na ponta do próprio guarda-chuva, quase caindo.

Não gostei do que acabara de ouvir, mas devia haver jeito melhor de resolver aquilo do que com socos. Deixei-o passar por mim, sem nada lhe dizer, e ele se afastou arrastando o inútil guarda-chuva. Eu disse a Lily que Joe era um típico janota medroso, cujo apego ao mundo da razão poderia levar à loucura. Ela sorriu, constrangida, mencionou também ter compromissos e saiu enquanto eu pedia duas cervejas, que tive de tomar sozinho.

Por esse episódio vocês poderiam pensar que Joe era um dissimulado, mas, posso lhes garantir, foi o único deslize que cometeu na vida. Que coisa é isso... a pessoa é apanhada *uma vez* e sua reputação desaba. Não deveria ser assim. Todos fazemos bobagens — eu mesmo já fui mais leviano, mais vil, e talvez venha daí certa complacência: saber que cometi erros piores, sem ser apanhado, enquanto o pobre coitado foi pego no único.

O que dizer de alguém como Joe... Era um sujeito dotado de inteligência aguçada, e um comedimento que, embora para alguns pudesse remeter a fraqueza, era em verdade sua forma de ser, cerimoniosa, como se ele estivesse sempre abrigado numa casa de campo, em preparativos para uma caçada, conversando com lordes sobre algum delicado assunto que poderia levar à glória ou à desgraça de uma família atendida por mordomos. E o mais surpreendente é que ele havia "se inventado assim":

contrariando o que se poderia esperar, seus pais — com os quais conversei num encontro fortuito no trem voltando de Londres, quando Joe nos apresentou — eram, embora de origem rica, despojados de formalismos: o pai, um sujeito ainda mais alto do que Joe, mas de mesmos cabelos espetados, cumprimentou-me com um abraço caloroso, e me contou, nos cerca de cinquenta minutos do trajeto, piadas de todo tipo; a mãe, que emprestara a Joe os olhos azuis, falava desbragadamente, e em duas oportunidades zombou do formalismo do filho — foi ela, aliás, quem me disse que Joe havia "se inventado assim".

É curioso como um homem, sentindo-se ameaçado, pode se valer de artimanhas que contrariam toda a ética por ele defendida ao longo da vida. Mais curioso ainda quando um erudito abandona seus argumentos lustrosos e recorre a um expediente pueril como aquele. Joe era um erudito. Era um bom amigo. Mas estava apaixonado e se sentira ameaçado. Transformara-se num tolo. Um divertido e inofensivo tolo. Era um grande sujeito, não há dúvida, mas como todos tinha sua vertente ridícula, e eu deveria tê-lo perdoado no mesmo momento; infelizmente, porém, não tendo poderes divinatórios, eu não podia imaginar o que ocorreria com ele pouco tempo depois.

35

Acordei cedo no dia seguinte e, antes das oito da manhã, com apenas uma baldeação já me encontrava no trem para Manchester, onde apanharia documentos para entregar em Londres.

Estava muito animado — e pela primeira vez em meses. Na véspera, ao telefone, cogitara com um de meus chefes a possibilidade de mudança de setor e, ao contrário do que eu supunha, isso não foi mal recebido. Mencionei que tão logo voltasse ao Brasil gostaria de atuar no braço *pro bono* — um departamento repleto de recém-formados, que atendia casos de pessoas necessitadas, alinhando-se ao discurso de responsabilidade social do escritório. "Você prestou bons serviços aqui", disse-me ele — com o que concordei — "e continua prestando aí" — do que eu tinha sérias dúvidas; "na próxima reunião de sócios, proporei que chefie o setor". Que belo presente! Aquilo transformou minha viagem a Manchester, tão enfadonha nos últimos tempos, num deleite, e com a boa sensação de que minha vida não estava mais indo para o lado errado, as pessoas, os vagões, as paisagens que corriam pela janela, tudo ganhou leveza e alegria, como se comungassem de meu contentamento. Uma prazerosa sensação de plenitude se espraiava, preenchendo o vagão, e era como se eu levitasse.

Claro que eu ia cair.

Na sala de reuniões do escritório, tendo o barulho da incansável impressora como ruído de fundo, eu aguardava diante da mesa oval de aço escovado. Não se sentia cheiro nenhum ali, e a luz fria das luminárias não deixava ponto de sombra ou penumbra. Havia muita luz; mas era uma luz sem nuances, sem contrastes, asséptica e monótona como uma folha de sulfite. Questionei-me por que disparate o homem se enfiava em ambientes como aquele. Por qual estúpida convenção o "moderno local de trabalho" tinha de ser sinônimo de uma sala de esterilização, e não de um pequeno jardim? O escritório era como todos os escritórios, ganhava vida própria e pensava ser o centro do mundo. Era o paradoxo dos sonhos de modernidade. Eu já vira aquilo no escritório em São Paulo:

todos muito afetados, ciosos de celebrarem grandes ajustes, convictos de que os milhões ganhos para o cliente justificavam o trabalho nos fins de semana, as poucas horas de sono, a exploração dos funcionários. Tudo de uma beleza burocrática e aparentemente inofensiva: aparentemente, nada de mau poderia advir da aplicação de conhecimentos angariados ao longo de anos em Harvard, Cambridge ou na Sorbonne, de mentes brilhantes e lógicas e precisas produzindo e produzindo e produzindo; aparentemente, a cafeteira moderna, a impressora ainda mais moderna, os formulários on-line, a mesa de seis mil libras, o prédio de arquitetura igual a todos os prédios de todos os escritórios de todos os países, a secretária que falava sete línguas, o *scotch* trinta e seis anos sobre o frigobar, as gravatas caras e as abotoaduras ainda mais caras, estavam a muitas constelações de distância do mundo dos desvalidos — sobre os quais logo falarei a vocês. Aparentemente.

Após quarenta e dois minutos bem contados no relógio de pulso prateado, que eu comprara há poucos dias, irrompeu na sala a advogada japonesa, chefe do setor de comércio internacional. A mulher de terninho entregou-me dois envelopes, um dos quais acabara de lacrar diante de mim.

— Isso é confidencial — advertiu-me ela, como se não fosse suficiente a etiqueta do envelope, que já dizia o mesmo.

O outro envelope conteria o contrato que eu devia revisar no trem a caminho de Londres. A advogada não me dispensou mais que quarenta e duas palavras, incluídas aí a saudação e a despedida. Fechei o paletó do terno chumbo, desci os três lances de escada para não ter de esperar o elevador, sempre saturado e, na calçada, sob a luz verdadeira do sol, com as nuances, sombras e penumbras com que eram polvilhados os cantos da cidade, a luz dobrando-se em becos e janelas, caminhei duas quadras até o ponto de táxi.

Comi um *cheese macaroni* apimentado na estação Manchester Piccadilly, desci à plataforma coberta pela estrutura metálica que lembrava gigantescos cabides alinhados, tomei o trem para Londres. Os sons da composição em movimento me puseram a dormir nos minutos iniciais, mas o falatório de três garotos, sentados alguns bancos à frente, despertou-me e, sem muito ânimo, fui analisar o conteúdo do envelope aberto. Logo percebi que a mulher de terninho se equivocara, trocando os envelopes, e o que eu tinha em mãos era na verdade o documento confidencial, alusivo a uma remessa, da Inglaterra para o Brasil, de resíduos perigosos disfarçados de produtos inertes: quarenta toneladas de lixo hospitalar, incluindo lençóis, seringas e agulhas, despachado como se fosse insumo para a indústria têxtil, e quinhentas e sessenta toneladas de resíduos industriais repletos de contaminantes cancerígenos, falsamente identificados como matéria-prima para fertilizantes. Uma burla, muito bem dissimulada, à Convenção de Basileia sobre resíduos perigosos. Tudo como eu já vinha desconfiando. O relatório era de autoria dos chefes ingleses do meu escritório, e informava a data da chegada ao Brasil — o navio atracaria no porto de Santos em menos de um mês.

É a velha história: pisoteamos o jardim e o enchemos de lixo; depois reclamamos quando não dá flores ou a lama invade a sala. Nossa civilização, que fez e faz tantas maravilhas, infelizmente também se especializou em degradar o meio ambiente, produzindo um lixo com o qual não pode ou não quer lidar, e que então é enviado às escondidas para longe, não raro para as localidades mais pobres.

E claro, inocentes iriam sofrer pela ganância de alguns e, como sempre, os mais afetados seriam os desvalidos. Chamo de "desvalidos", à falta de expressão melhor, àqueles que vivem em elevado grau de alheamento quanto ao que lhes acontece, alheamento esse devido não à ignorância ou a alguma incapacidade, mas a um estado de exorbitante privação — de comida, de água, de sono — que lhes subtrai a compreensão do mal que lhes aflige e das razões desse mal. Uma garota de Ruanda, expulsa de sua casa e depois de seu país, privada de alimentos, dos familiares, da liberdade sexual; um velho ao qual, por desídia, ministram remédios vencidos, ou a quem, por ganância, negam um remédio custoso, já que o prolongamento de sua vida não valeria algumas cédulas; um sujeito que, saindo de casa para o trabalho, é alvejado pelas costas pelo vizinho em razão de sua etnia; crianças que, designadas pelos pais, procuram alimentos no lixão mais próximo e ingerem mercúrio; o refugiado que, sem pernas, é agredido pelo simples fato de provir de outro país. Em suma, todos os que, em graus os mais diversos, sofrem com guerras, desmoronamentos, enchentes, xenofobia, fome ou sede, sofrem pela ganância ou desídia daqueles para os quais tais palavras — *ganância* e *desídia* — são meros vocábulos, sem nota de significação real. Sofrem. Os desvalidos, vítimas desprotegidas do cinismo, esse mal tão cultuado em nosso tempo. Jamais gostei de política internacional, dos arranjos, intervenções ou não intervenções noutros países; tudo isso sempre soou para mim como palavrório distante dos dramas individuais, questiúnculas que "líderes", com não rara indigência moral, debatem numa mesa com displicência, alheios ao sofrimento real, de cada humano. A categoria dos desvalidos se expande dia a dia, e a marcha do progresso, que já teve por metáfora a ferrovia, mas agora simbolizada pela vida on-line, nada significa de progressivo para eles, que permanecem como se instalados à beira de uma muralha, padecendo de sede, sem saber que a muralha é uma represa, com milhões de metros cúbicos de água do outro lado. Naquele dia, saindo de Manchester, mais um breve capítulo da história universal dos desvalidos se delineava diante de mim; mais um capítulo da história dos que, no campo de possibilidades, parecem não ter nenhuma opção que não a de viver e morrer sob o império da dor.

Fotografei com a câmera de bolso todas as páginas do relatório. Abri com cuidado o outro envelope, revisei a minuta do contrato, corrigindo à caneta dois erros de digitação, coloquei os papéis nos envelopes certos, lacrando-os com saliva, e entreguei tudo no escritório de Londres, situado perto da estação Knightsbridge. Sempre gostei desse nome — *Knightsbridge*, "a ponte dos cavaleiros". Porque evocava uma ponte e cavaleiros, convidando ao devaneio. Aquilo devia ter algum significado — lendas locais falam da travessia da ponte para receber bênçãos antes de ir a guerras, e até de um combate mortal entre dois cavaleiros.

Dali fui a King's Cross e tomei o trem das 18h14 para Cambridge. A viagem, tão corriqueira, me fez recordar minha chegada à Inglaterra no ano anterior. Lembrei-me de todo o imaginário que me envolvia na ocasião — antes de sair do Brasil, sempre sonhara com aventuras, navios, ilhas. Rememorei cada ponto da primeira ida de trem de Londres a Cambridge. Ainda hoje me lembro dos detalhes... A parede do trem então revelava dois anúncios eletrônicos que se alternavam: venda de ingressos da London Eye e uma campanha de doação para alimentar cachorros. Uma garrafa plástica vazia rolou e papéis de bala se agitaram no corredor do vagão quando o trem saiu de King's Cross; passamos pelo túnel, e depois veio a sucessão de pequenos prédios, barracões, casas suburbanas e agressivos pinheiros secos. Um campo de golfe, depois o gado, cavalos. E um susto ao cruzar com outro trem. Campos de futebol com crianças. Pequenas plantações. Terras desnudas. A ansiedade. Uma estrada corria paralela, aparecendo e desaparecendo entre o arvoredo. O desconhecido. O trajeto de pouco menos de uma hora alternou bucólicas pastagens e cidadelas muito próximas umas das outras, entre as quais se deslocavam, naquele horário, adolescentes com multicoloridos cabelos. Stevenage. Hitchin. O entusiasmo com novidade. Mais das mesmas paisagens. E então o prédio da Cambridge University Press. E enfim a estação de Cambridge. Apesar do peso da mala e da advertência feita pela moça do balcão de informações de que o trajeto tomaria uns quinze minutos a pé, decidi caminhar até a nova moradia. Era então outono, nuances de marrom e bege enfeitavam as árvores parcialmente desfolhadas, e o vento e os automóveis travavam uma luta incessante quanto ao destino das folhas caídas. Os carros abriam caminho arremessando as folhas secas para as calçadas, mas o vento se insurgia em defesa dos pedestres, devolvendo a massa vegetal ao asfalto. Havia o aroma que só a estação da queda tem: folhas secas no frio. O choque térmico da chegada à Inglaterra ainda mostrava seus efeitos, e parei a meio caminho do destino para uma sessão de espirros. Nada, porém, que perturbasse o deslumbramento...

Despertei das lembranças de minha primeira chegada à estação de Cambridge quando percebi que chegava, talvez pela trigésima vez, à estação de Cambridge. Mas se naquele primeiro contato com a cidade eu estivera muito convicto de que a Inglaterra iria me oferecer maravilhas, agora, quando do meu retorno do escritório de Londres, não tinha a mais vaga ideia do que faria com a informação confidencial de que uns desgraçados se ajustavam para mandar lixo tóxico para meu país.

36

Desta vez resolvi conversar com Lily. Se eu não podia ter seu amor, podia ao menos ter seus conselhos. Da estação liguei para ela, que me foi encontrar no The Eagle. Lily usava uma camiseta rosa e estava de cabelos molhados — sim, novamente, amêndoa; ela saíra mais cedo do consultório, fora para casa, cochilara um pouco, tomara um banho sem pressa, vestira-se como se estivesse de férias, disse-me. Lindíssima, sorridente, cativante — quase desisti de lhe falar de problemas.

Tirei a gravata, que enrolei e enfiei no bolso do paletó, apanhei duas Guinness, e Lily ficou contente quando adivinhei a torta que ela queria, de cogumelos da floresta. Sentados frente a frente na sala vizinha ao vestíbulo, ambos com as mãos sobre a mesa de dois lugares e com os rostos refletidos na janela que dava para a rua, enfim expus a ela meu dilema. Claro, eu poderia informar ao escritório que tivera contato com os documentos sigilosos, pedir demissão, revelar tudo. Mas ficaria sem o salário e seria processado por quebra de sigilo profissional. Uma denúncia anônima talvez me livrasse de processo, mas desconfiariam, eu seria proscrito, e então? Como me sustentaria em Cambridge até o término do curso na universidade? Sem referências do empregador, teria dificuldade para me recolocar... Poderia talvez trabalhar nalgum restaurante, como

Halil, ou cobrindo folgas de funcionários da escola de Fotografia, mas... não, não, não — nada disso renderia o suficiente para me manter e ainda mandar dinheiro para casa.

Lily, no entanto, não via dificuldade alguma: bastaria comunicar anonimamente os fatos às autoridades portuárias brasileiras, e tudo se resolveria, sugeriu ela ao terminar de comer a torta.

— Não é tão simples — disse eu.

— É simples, mas se quiser, posso simplificar ainda mais para você. Responda a si mesmo: será fiel a seu empregador ou a seu país? O que é mais relevante: seu vínculo com quem paga o seu salário, ou as pessoas que sofrerão para que alguém ganhe muito dinheiro? Faça logo a porcaria da denúncia — insistiu.

— Sempre abominei essa coisa de se esconder atrás do anonimato. Jamais farei uma denúncia anônima do que quer que seja. E tem ainda a questão da ética profissional... e, se for pego, perderei o emprego e...

— Quanto ao anonimato, a escolha é sua; *eu* não vejo problemas — interrompeu-me ela. — Você não está percebendo bem as coisas: não era uma informação que você teria por conta do seu trabalho, mas um documento cujo conteúdo *não* deveria conhecer, e que por falha da tal advogada caiu em suas mãos. O problema é dela, não seu. Como disse, simples. Fácil.

— É fácil quando o dilema não é seu — retruquei, empurrando meu copo, já pela metade.

— O quê? Que dilema?

— Você tem informações, também cobertas por sigilo profissional, que poderiam obstar a violência contra algumas mulheres, suas pacientes.

Mas não consta que tenha violado seus deveres éticos e denunciado os agressores à polícia. Aliás, conseguiu não só perder aqueles arquivos, mas, ao que parece, ainda dar motivos para algum dos nossos amigos se meter em confusão.

— O meu caso é diferente.

— Não há nada de diferente.

— Não seja ridículo.

— Continuo sem saber o que fazer com a maldita informação.

— Não posso lhe dizer o que deve fazer. Como falo para minhas pacientes, posso apenas recomendar que faça a escolha com a qual consiga conviver melhor.

— Belo conselho. Coloque-o em algum livro de clichês. Vai vender muito. Levando seu raciocínio ao extremo, deveríamos fazer apenas as escolhas mais cômodas. Não me parece uma ética muito boa...

— Meu trabalho é ajudar as pessoas. Não sou professora de ética — tomou um gole. — E essa escolha é um problema seu, não meu — outro gole.

— Você parece particularmente amarga hoje.

— Não me provoque. É melhor.

— Nova briga com o namorado?

— Não quero falar sobre isso.

— E eu quero fazer a escolha certa e conviver com ela, e não decidir conforme saiba, de antemão, ser a melhor para se conviver.

— Quem disse que existe isso? — provocou ela.

— O quê? A escolha certa?

— É.

— Veja, eu...

— Chega.

— Não quer conversar?

— O que eu quero é mais uma torta e mais uma cerveja — disse Lily, irritada.

— Mas... Preciso resolver e...

— Torta e cerveja.

Pelo resto da noite ela não me deixou voltar ao assunto. Despedimo-nos na porta do pub, e, recostado à parede da fachada, sob a placa azul que indicava ter se dado no The Eagle, em 1953, o anúncio da descoberta da estrutura do DNA, vi Lily se afastar a pé.

As dúvidas me carregaram no caminho até meu flat, com a sensação, reforçada pelas vielas e becos sombrios e pela fumaça do meu cigarro, que embaçava as janelas dos prédios, de que eu era submetido a um teste, no qual teria de provar se estava à altura do juízo de valor que fazia de mim mesmo. Em situações como essa, é comum que busquemos como parâmetro alguma régua universal — mas não a enxergamos; partimos então à procura de uma régua alheia — mas ela não serve; voltamos, enfim, para alguma régua própria, e concluímos que também não serve — isso seria muito fácil. Nada estava resolvido.

37

Voltei ao The Eagle na noite seguinte para uma celebração aflitiva. Joe partiria na manhã do outro dia, de mudança para Bruxelas, onde passaria a atuar no braço belga da empresa. O filho da mãe sabia dessa transferência há tempos, resistiu a ela e, iludindo-se que não o mandariam, nada nos disse. Pelo menos foi assim que nos contou. Mas agora era inevitável, e então fazíamos sua despedida.

— *Você* aceitando mudanças? — perguntou-lhe Lily.

— "E amanhã não seremos o que fomos, nem o que somos". Leia lá nas Metamorfoses, de Ovídio — respondeu ele, percutindo a mesa.

Estávamos em nossa mesa preferida. Halil postou uma cadeira onde Lucca costumava se sentar, depositou nela sua mochila, e a cada nova cerveja brindava com um Lucca fictício e com os aviadores dos quadros pendurados à nossa volta e com a "Carta de Lucca"; levantava-se a todo momento, assumindo o papel do amigo fotógrafo na atividade de cumprimentar conhecidos e animar a mesa, buscava outras rodadas de cerveja e voltava sorrindo com seu "algo de bom virá", embora parecesse nervoso e se recusasse a falar da questão do plágio. Joe se apropriou de Lily, posicionando a cadeira de forma que Stella e eu, na outra ponta da mesa, ficássemos quase sem comunicação com ela. Senti o cheiro da fumaça vindo lá de fora e ia sair para fumar quando Stella colocou a mão sobre o dorso da minha.

— Fui com Anne à polícia em Oxford — disse-me.

— E o que ela falou lá? — perguntei.

— O óbvio: que suspeita ser Lucca o agressor do companheiro dela.

— Isso vai complicar a vida dele e...

— Calma! O policial parece não ter levado muito a sério. Atendeu Anne burocraticamente, e disse que iria investigar apenas se houvesse outros indícios. Mas Anne me colocou numa situação constrangedora: ela mencionou ao policial que eu também conhecia Lucca, e ele quis tomar meu depoimento.

— O que *você* disse? — perguntou Lily, que se havia desvencilhado de Joe e saltado para perto de nós, sem que percebêssemos.

— A verdade.

— O que exatamente?

— O que penso: que sim, pode, aliás, *deve* ter sido ele. E que ele não estava conosco no dia do ataque.

— Por que comprometê-lo? — questionou Lily.

— Porque ele é idiota o bastante para achar que nós, mulheres, somos vítimas frágeis que precisam de proteção. Ele esquece que estamos no século XXI, não numa ridícula novela medieval com cavaleiros, torres e donzelas indefesas. Não precisamos de heróis salvadores. Precisamos que a Justiça funcione.

Eu tinha um amigo desaparecido, que podia ter a polícia em seu encalço, e outro, diante de mim, que se despedia de Cambridge. Que coisa...

Joe acenou para que eu o acompanhasse até o balcão. Segui-o imediatamente.

— É imperioso que eu me desculpe antes de minha partida — disse-me ele, num tom solene, batendo comigo um copo de cerveja escura, o primeiro que o vi beber — Não fui leal naquela noite e...

— Já deixamos isso para trás. Aquela noite não foi nada e...

— Por certo que foi. E reconheço meu erro. "O início da salvação é o conhecimento da culpa". Sêneca.

— Vá se ferrar com esse formalismo.

— Creio que isso seja seu equivalente a "desculpas aceitas", não? — disse Joe, com um risinho.

— Nunca se cansa dos aforismos?

— Jamais. São imprescindíveis.

— E por quê?

— Porque os aforismos, assim como a Arte, ajudam-nos a descobrir algo que já sabíamos, mas havíamos esquecido.

— Poderia então criar os seus.

— Tudo já foi dito; o máximo que podemos fazer é dizer de outra forma.

— Bem, já é um aforismo.

— Então esse deve ser o primeiro que criei — disse ele, rindo e tomando um gole comedido.

— E você deixou para começar a beber apenas às vésperas de se mudar de país... Ridículo.

— Ora, viva as mudanças, ainda que tardias.

— E viva o novo homem! — empolguei-me.

— Nem tanto.

Bebemos, e nesse instante percebi que tudo estava bem entre nós.

— Espero que nos vejamos em breve — disse eu.

— Devo voltar, por um fim de semana, dentro de dois ou três meses. A Bélgica é logo ali.

— Aproveite.

— Você também. *Memento vivere*. Lembre-se de que vive.

— O quê?

— Não se esqueça de viver.

38

Em sábados alternados, Lily trabalhava num asilo como voluntária. No início pensei que ela o fizesse apenas para contornar o vazio de seus fins de semana, fugindo à evidente falência do namoro a distância; em nossas conversas, busquei identificar alguma relação de causa e efeito para sua prontidão em ajudar desconhecidos, formulei teorias diversas, sem chegar a nenhuma conclusão, e então me perguntava o que é que se sabe verdadeiramente de qualquer pessoa — mesmo das que se ama. Sempre me intrigou o amor desinteressado do altruísmo, o sacrifício por alguém que nada pode retribuir. Pensava naqueles que, subtraindo horas ao próprio descanso, deslocam-se a um asilo para fazer a barba de idosos, ou a um hospital para contar fábulas a crianças doentes; naqueles que deixam seus países para trabalhar, com um salário miserável, em ambientes arrasados, perigosos, insalubres, em prol de famintos, mutilados, perseguidos; naqueles que, na penumbra e em silêncio, tornam-se heróis de uma humildade desconcertante. Não sei quantas pessoas Lily ajudou, mas imagino que seu espírito generoso sofria muito com as histórias tristes daqueles velhinhos, e que ela buscava equilibrar, com a alegria de seus sorrisos — sempre acompanhados das sutis lágrimas — a melancolia das vidas que definhavam.

Num dos sábados livres dela, porém, o voluntariado consistiu em me acompanhar pelo centro de Cambridge para uma série de fotos que eu precisava fazer para o curso. A chuva do início da tarde já havia sido arrastada pelo vento e substituída pelo céu azulado, proporcionando um calor aconchegante, com brisa agradável e gotículas transparentes dormitando nas plantas. Em uma viela fiz enquadramentos em proporção, usando um pilar para simetria bilateral, e a intersecção dos tijolos com a grama formando uma linha na direção ao rio. Deixei Lily por uns instantes para comprar cigarros e, ao retornar, surpreendi-a brincando de saltar poças d'água defronte ao pórtico do Corpus Christi College. Escondi-me, aguardei a sequência de sua peripécia lúdica, e consegui, numa tomada fechada em seus pés, captar o reflexo de suas sapatilhas, que pareciam flutuar sobre a poça espelhada.

— Moro aqui há tantos anos que às vezes esqueço quão maravilhosa é essa cidade — disse ela enquanto caminhávamos. — Obrigada.

— Ora, você é quem veio me ajudar. Agradece pelo quê?

— Quando estamos envolvidos em nossos compromissos, preocupados com horários e tudo o mais, vamos, pouco a pouco, deixando de reparar no cenário à nossa volta. Você me fez relembrar da beleza daqui.

— Fico feliz que esteja gostando.

— É uma pena que façamos isso: oprimidos pelos afazeres, fechamos os olhos às belezas que nos circundam. Por isso precisamos ver tudo de novo, pelos olhos de outra pessoa, para lembrar como enxergávamos melhor antes. Veja aquela torre, por exemplo — e apontou a quadrangular torre da Igreja de St. Bene't. — É a edificação preservada mais antiga da cidade. Uma joia que fica bem defronte ao pub que frequentamos, e raramente olhamos para ela.

— Você é uma excelente guia turística.

— Apenas isso? — riu ela.

— Sim, apenas isso.

— Diga que não gosta da minha companhia.

— Não gosto da sua companhia.

— Você não sabe mentir.

— Então por que pediu?

— Faria tudo o que eu pedisse?

— Sim. Afinal, você é uma excelente guia.

— Essa cidade não o inspira?

— Não mais do que você — disse eu.

— Está me comparando a uma cidade de quase dois mil anos...

— Estou dizendo que você a supera.

— Muito lisonjeiro. Mas pode fazer melhor.

— Não gosta do que falo?

— Gosto. O problema é esse — comentou ela, com uma breve parada na sarjeta antes de atravessarmos a rua.

— Você vê problemas onde não existem. Cacoete da profissão, talvez.

— E você fala demais. Cacoete da profissão, talvez.

Aquilo não foi apenas um passeio fotográfico, mas uma rememoração, guiada pela adorável Lily, de marcos históricos, mitos e figuras exponenciais que passaram por Cambridge. Era como se víssemos John Milton saindo do Christi College, Coleridge entrando no Jesus, Erasmo de Roterdã escalando o Queens', E. M. Foster passeando pelo King's, Henry James descrevendo um jardim no Trinity Hall como o canto mais bonito do mundo; atravessamos o Botanic Garden, reverenciamos as pontes, reavivamos a lenda dos túneis que ligariam Cambridge a Oxford, enveredamos por trilhas com Byron, Thackeray e Wordsworth soprando poesia em nossos ouvidos, fizemos descobertas com Newton e Darwin, conversamos nas vozes de Laurence Sterne, Sylvia Plath, C. S. Lewis,

Amber Reeves, Nabokov e Virginia Woolf, investigamos o céu ao lado de Stephen Hawkins, navegamos o rio Cam tendo Amundsen e Scott no comando do nosso barquinho.

Lily falava de mulheres e homens que fizeram avançar a ciência, as artes, a compreensão do mundo, enquanto a cidade velava nosso passeio com seus *colleges* faustosos e becos humildes convivendo numa harmonia que não parecia ser desse mundo. Todas as gerações e povos se encontravam e se cumprimentavam ali, entrando e saindo dos cafés e dos pubs, segurando-se para não serem arrancados do chão pela ventania que varre a cidade, observando o horizonte recortado por torres, sendo observados pela miríade de janelas góticas. A sabedoria emanava daqueles blocos cor de palha, agora assemelhados a ouro velho pela incidência dos raios do verão, e o simples caminhar pelas vielas nos emprestava uma aura de poetas. O rio parecia flutuar nos *Backs*, como se os barquinhos é que segurassem o peso da água, e o rio devolvesse aos prédios históricos uma reverência, com a suavidade de suas infrequentes curvas lembrando a sutil mesura feita com uma cartola.

Quando encerramos com fotos do Magdalene College, entrei num depósito e comprei uma garrafa de vinho branco e um saca-rolhas; pedi à atendente dois copos plásticos e depois Lily e eu subimos os degraus do caminho em curva até Castle Mound, sentando-nos no topo da pequena colina, que era tudo o que sobrara do antigo Castelo de Cambridge. Havia ainda boa luminosidade — naquela época do ano o poente só ocorria lá pelas nove da noite — e esparramamo-nos na grama alta e verde, que parecia um cobertor grosso. Em silêncio, admiramos a silhueta da cidade, envoltos pelo aroma que se desprendia da relva. Bebemos o vinho diretamente da garrafa — eu havia esquecido os copos sobre o balcão do depósito — e lembro-me de ter enfiado a rolha no bolso da calça; de lá a rolha foi parar em minha gaveta e, tempos depois, com a inscrição a caneta azul indicando a data e o local e a companhia, numa caixa que, acreditem, reencontrei num armário há alguns meses. Não à toa, adotei a rolha como amuleto.

Lily alternava entre a garrafa, que segurava com a mão direita, deixando entrever a tatuagem no pulso, e minha câmera, que ela segurava com a outra mão enquanto ia revendo as fotos no painel de LCD. Detinha-se em algumas, fazia grunhidos, e eu esperava por sua aprovação, que não vinha. Mas ela desligou a câmera e a repassou para mim, obrigando-me a confrontar um velho dilema.

— Você continua evitando fotografar pessoas.

XI
REVELAÇÕES E MENTIRAS

39

STELLA NÃO POSSIBILITAVA AOS AMIGOS NENHUM contato com seu marido, como se vivesse de forma duplicada. A única vez em que a vi com ele, logo na tarde seguinte à da minha visita a Castle Mound, foi quando entravam num café no centro de Cambridge — soube que era o marido por conta de uma foto que vira numa gaveta no sótão. Eles chegaram abraçados, ele afastou a cadeira para ela se sentar, conversaram com as mãos se tocando sobre a mesa. Havia amor ali — ou, ao menos, alguma afeição. Eu estava na calçada oposta, de onde observava, pelo vidro do café, as costas descobertas de Stella, e por um instante me pareceu que o sujeito olhava para mim por sobre o ombro dela. Embora eu nunca tenha falado com o tal Archie, a forma como o vi tratar Stella, com zelo, desfez todas as minhas elucubrações de que ele seria um pulha merecedor de ser traído: o que eu projetara de execrável nesse amistoso rival parecia estar apenas em mim mesmo. Sozinho na rua, diante daquele café, dei-me conta de que me habituara a criar inimigos; não, eu não tinha inimigo algum, mas lançava sobre os homens envolvidos com as mulheres que conhecia tudo o que considerasse ruim; havia feito isso com o marido de Stella, com o namorado de Lily, com o companheiro de Anne — este último um crápula, é certo, mas, e os outros dois, que eu nem sequer conhecia? E, no entanto, é o que às vezes fazemos, covardemente: enxergamos no outro algo detestável, inerente a nós mesmos, para repudiar.

Aquela cena do café me perturbou; e não falo de ciúme, mas de outra coisa: enquanto o sujeito era apenas uma categoria — "marido de alguém" —, enquanto era apenas um nome, ou menos do que isso, nenhum respingo de consciência me importunava com o fato de ser partícipe de uma traição e potencial destruição de um casamento. Quando o sujeito, porém, materializou-se num rosto cortês, num ser de olhos afetuosos e cabelos que começavam a ficar grisalhos, tudo se complicou.

Isso não impediu que, passados dois dias, lá estivesse eu de novo no sótão. Naquela noite Stella não dormiu, e seu silêncio tornou ainda mais dilacerantes minhas três inquietações: a angústia com a imagem dela no café acompanhada pelo atencioso marido, o dilema com a história do lixo no navio, e a preocupação com desaparecimento de Lucca, que não respondia às chamadas ou mensagens. No prédio em que Lucca morava, aliás, descobrimos que nosso amigo tinha empacotado suas coisas antes da viagem, despachado tudo para a Itália e entregado as chaves do apartamento; e na escola de Fotografia, depois de alguma insistência com Merry, soubemos que Lucca se desligara do quadro de professores. Não havia mais dúvida de que ele se mudara da cidade sem intenção de retornar e, para agravar tudo, agora, por obra de Anne e Stella, talvez tivesse a polícia atrás de si. Em curto lapso eu perdia a companhia de Lucca e Joe, dois dos melhores amigos que alguém poderia ter. Resmunguei isso para Stella, que permaneceu muda. Mencionei então o caso do lixo, mas como algo hipotético, sem dizer que era do meu escritório.

— Estou ouvindo o que você diz — disse ela, e eu sabia que isso significava "esse assunto não me interessa".

Sobre a cama, recostado à cabeceira, afastei o lençol e me calei.

— Por quanto tempo seremos apenas um caso de sótão? — perguntou-me ela de repente, sentada na cama, nua, com os cotovelos sobre os joelhos e as mãos segurando o queixo.

Eu disse que gostava muito dela e, depois de titubear um pouco, que ainda não estava pronto para as responsabilidades de algo mais que um caso de sótão. Stella se levantou e caminhou até a poltrona, arqueou as costas musculosas e nuas, parecendo uma ave de rapina com as asas semiabertas, apanhou a bolsa, abriu-a com desleixo, retirou uma folha de papel. Voltando para a cama, sentou-se ao meu lado, com as costas no travesseiro apoiado na cabeceira, e colocou o pé direito sobre o outro joelho. Desdobrou a folha, e pude ver que era o original do bilhete que me entregara no pub semanas antes. Leu em silêncio. Então foi até a cômoda, com a postura ereta, tesoura ambulante. Deteve-se por uns instantes observando o quadro do *Jardim das Delícias Terrenas*, e depois abriu a porta da estante e pegou uma bacia metálica rasa, cuja borda, respingada de tinta, denunciava já ter servido para lavar pincéis. A bacia tinha o fundo enegrecido por fuligem.

Stella fechou a porta com firmeza calculada, produzindo apenas um "click", posicionou a bacia sob a janela-escotilha do meio, que ela acabara de abrir erguendo-se na ponta dos pés, e, fazendo uma garra dupla com os dedos indicador e médio, enganchou entre eles o puxador de uma gaveta da estante. Abriu a gaveta, sacou uma caixa de fósforos e se agachou de frente para mim, colocando-se de cócoras, tendo a bacia situada no ponto médio entre as pernas. O suor escorria languidamente de sua barriga e acelerava ao passar pelas virilhas. Ela acendeu o fósforo e ateou fogo à ponta do bilhete. Assim que o fogo ganhou vigor, ela lançou o bilhete e o palito na bacia, e a fumaça começou a serpentear como um saca-rolhas etéreo, inundando o sótão com o odor de queimada. O corpo de Stella tremulava atrás da cortina translúcida assoprada pela combustão. Esticando-me na cama, com o peito na borda e o corpo velado pelo lençol branco, perguntei a ela o que estava fazendo.

— Você não quer saber.

— Se não quisesse, não perguntaria.

— Nem sempre é assim.

— Pode me dizer o que está fazendo? — insisti.

— Queimando mentiras.

Tentei prosseguir no interrogatório, mas ela usou uma das mãos no gesto de "pare"; a palma estava vermelha, e a aliança de casamento brilhava, faiscando nuances de ouro velho conforme a chama dançava. Quando o bilhete já estava todo consumido, sobrando apenas as cinzas da declaração de amor e o fio de fumaça e o cheiro da queima de papel, Stella se levantou e começou a se vestir.

— O que é isso de queimar mentiras?

— Algo que vi num filme de Truffaut — disse ela, enquanto fechava o botão da calça.

— Não entendo.

— Acreditou *mesmo* ser verdadeiro o bilhete?

— Do que está falando?

— É apenas um jogo — respondeu, prendendo os cabelos atrás da nuca e me lançando um olhar vulpino. — Divertido e excitante, mas com prazo de validade.

— Então tudo foi premeditado e vazio? — indignei-me. — Como pode dizer isso depois de me cobrar tanto, e até sugerir que deixaria seu marido?

— Jamais disse isso — retrucou ela, ríspida, vestindo o *top*. — Aliás, meu marido sempre soube de tudo.

— De tudo?!

— De tudo.

Emudeci por alguns segundos; depois tentei arrancar dela algo mais:

— Um jogo do tipo...

— Meu professor de violino me dizia que tenho uma capacidade única para afinar de ouvido, girando as cravelhas e tensionando as cordas até o ponto exato, sem nunca rebentar. Deve ser isso.

— Não quero saber de violinos. Fez o mesmo "jogo" com algum dos nossos amigos?

Ela acendeu o cigarro com outro fósforo, e depois de uma baforada entremeada pelo riso, disse:

— Halil é jovem demais. Joe, inglês demais, e já tenho meu próprio inglês em casa.

— Isso significa um sim para Lucca?

Ela nada respondeu.

— Essa minha semelhança com Lucca... Há diferença entre nós?

— Bem, ele fuma Marlboro, você, Lucky Strike. Para mim, é diferença o suficiente.

40

A noite seguinte trouxe revelações, mas nenhuma delas era relacionada a Stella, jogos ou violinos.

Eu havia encontrado Amit, o indiano da loja de conveniência, à tarde, e pela terceira vez ele me convidava para ir à sua casa, "simples, mas acolhedora", como dizia. Confesso ter desconfiado das intenções daquele sujeito: a insistência no convite, a alegria com que me cumprimentava e o tom reverencial, chamando-me de "meu senhor", estranhamente me irritavam. Indagava-me a respeito de que coisas terríveis poderiam estar ocultas naquele pacato homem, servil como um equino manso e velho.

O fato é que eu não tinha nada melhor para fazer e acabei aceitando o convite, pronto, porém, para desistir caso recebesse qualquer outra proposta — e então nunca teria *descoberto* aquele homem, que em poucos meses retornaria a seu país. Passei pelo flat para tomar um banho, vesti-me sem pressa, apanhei da carteira o pedaço de papel com a anotação do endereço de Amit, saí.

O ônibus deixou o familiar centro e, com as luzes dos postes deslizando pelos vidros das janelas, afastou-se por ruas que eu não imaginava existir. Pode-se morar durante anos em uma cidade pequena e jamais ver a barbearia e o café que compõem o cenário de um subúrbio qualquer, bastando que tais joias não estejam na rota de nossa mesquinha trajetória diária.

Saltei do ônibus no ponto final, onde, com minha aproximação, um gato branco escalou o muro de um sobrado. Olhei o relógio e fiquei tranquilo: eram apenas nove da noite, e, se a reunião na casa do indiano fosse desagradável, eu ainda teria tempo para uma última cerveja, sozinho, no pub mais próximo.

A casinha marrom de Amit exibia na fachada um gradil descascado, ao qual estavam atreladas duas bicicletas velhas. Como toda boa casa da Inglaterra, trazia na entrada um pequeno jardim, não muito maior que um vaso, mas tratado com esmero, e cujas plantas lilases, sob a iluminação indireta, formavam uma paleta de cores em dégradé.

Fui admitido à sala de estar e saudado por Amit e dois outros sujeitos risonhos, que exclamaram "Ah, nosso amigo do Brasil", embora fosse a primeira vez que os visse. Acomodei-me numa poltrona de tecido desgastado, bem no canto da sala limpa e bagunçada com a nobreza de um jardim, mas não sem relutar, pois desalojava um dos convivas — Bruk, acho que era esse seu nome, um homem calvo de largo bigode, foi se sentar no chão para me ceder o lugar. Do teto pendia sobre nossas cabeças um fio elétrico sem lâmpada ou bocal, reto como uma espada.

É comum haver nessas ocasiões aquele constrangedor momento de apreensão e análise mútua, em que cada um mede a entonação de voz e observa os mais sutis movimentos dos desconhecidos à volta. Mas não foi assim. Os três indianos sorriam e me davam tapinhas no ombro para enfatizar algo engraçado ou muito sério que diziam, empenhados em me deixar à vontade. As palavras ditas fugiram, mas posso dizer que foram duas horas de velhos amigos em torno da fogueira — no caso, um providencial abajur que iluminava o centro da mesa e nos impedia de errar, pelo menos no começo, os copos. Música indiana instrumental era tocada baixinho num aparelho de som velho, daqueles com tape para fitas-cassete.

Lembro-me de ter questionado, com a típica ignorância ocidental, se lhes era permitido ingerir bebidas alcoólicas. Amit me explicou que para sua casta não era vedado, embora fosse recomendável ter moderação.

Ele havia trazido vinho tinto em uma garrafa de vidro de boca larga, sem rótulo, grosseira — uma velha garrafa de leite, talvez —, dessas que se usa quando não se tem um *decanter* e se quer ocultar a simplicidade da bebida.

— O vinho, ele não é tão caro quanto o senhor merece, meu senhor. Mas sirvo o que tenho de melhor. Para o senhor — disse-me ele.

Compadeci-me do homem, que parecia envergonhado de suas modestas posses e de me servir vinho barato. Senti o aroma, provei — pareceu-me excelente. Amit se empenhava em falar sobre seu apreço por mim para os outros dois sujeitos que, recém-chegados da Índia, carregavam um sotaque e falavam a uma velocidade que tornavam quase tudo incompreensível, e não poucas vezes precisei de Amit como tradutor. Ao longo da noite, nosso anfitrião foi seguidas vezes recarregar com vinho a garrafa de boca larga.

Pedi para usar o toilette. Ao sair do banheiro, sentindo-me à vontade pela receptividade e efeito do vinho, invadi a cozinha, que cheirava a produto de limpeza, em busca de um copo d'água. Sobre a pia velha repousavam algumas rolhas e, no lixo entreaberto, garrafas vazias; curioso, e tendo gostado muito do vinho, puxei uma das garrafas para ver rótulo. Era um Rioja Gran Reserva, safra 1995 — não me lembro de qual vinícola, mas sabia que era o mais caro espanhol da loja de conveniência! Umas vinte e cinco libras. Com as quatro garrafas que consumimos, lá se ia boa parte do salário de Amit...

Ele havia me servido com o melhor que seu dinheiro podia alcançar. E fizera questão de que eu nem soubesse. Naquela pequena casa, aquele pequeno homem nos dava o melhor de si. Naquela pequena casa ele iria acolher por mais dois meses o até então desconhecido Bruk, apenas amigo de um amigo, arcando com os gastos sozinho, mesmo que cada *penny* despendido pudesse atrasar seu almejado retorno à Índia. Sempre me orgulhei por doar roupas velhas aos pobres; mas ali via um sujeito gastando o pouco que tinha com quem possuía mais.

A vida, às vezes, nos brinda com esses companheiros inesperados, que parecem carregar na fronte o sentido último da amizade, com um interesse franco pelo bem do amigo, e um desinteresse pleno de tudo que não servir à colocação de mais uma pedra nesse edifício das relações humanas. São eles que, com passagens não raro breves por nossas vidas, a iluminam com um lampejo de sobriedade. A luz se esgota, é verdade; o lampejo, por sua própria natureza, não perdura e é quase esquecido; mas seu efeito dura para sempre.

Penso em todos aqueles que, como Amit, interceptaram minha vida, entregaram-me algo genuíno e se foram com a face lívida de quem nada tem a cobrar, nada tem a reclamar — com a face lívida de quem vê a recompensa na própria doação, deixando-nos atônitos com sua bondade inesperada, na convicção de que recebemos uma dádiva desmesurada.

Voltei à sala e os homens continuavam a rir como se fôssemos crianças em uma tarde lúdica. Eu nada disse sobre o vinho, mas tive a certeza de que Amit lera em meu rosto o ocorrido. Bruk se excedera na bebida e foi para o quarto dormir. Na sequência foi o outro, mais jovem e barbado, cujo nome infelizmente não memorizei. Sobramos Amit, eu, e o último quarto de garrafa de vinho.

Amit me falou com ternura de seu jardim. Sua esposa era florista, e o jardim, uma forma de se ligar a ela. Acompanhando-me até a porta, ele agradeceu a presença do "senhor" em sua casa. Eu já não sabia mais, àquela altura, se me irritava ou não o gesto servil, e resolvi perguntar o porquê de me chamar de "senhor", levando em conta que inclusive era mais novo do que ele. Meu anfitrião se fez sério, não como se ofendido, mas como se a pergunta, e não a resposta, é que fosse um enigma — ou algo óbvio.

— *Tat tvam asi* — disse-me.

Antes que eu pudesse me manifestar, completou:

— "Tu és isso". Não "esse você" com o qual se identifica. Na verdade, *esse* você não é *isso*. Você é aquilo que transcende. Quando digo "senhor", reverencio o sagrado que há em você, mas que você desconhece. É minha maneira de reverenciar no outro aquilo que também sou.

Enquanto me afastava da casinha, caminhando até o ponto de ônibus, percebi quão pouco enxergara daquele homem, e quão grandioso era seu jardim.

41

Pela manhã fui a uma *lan house* abarrotada de jovens aficionados por jogos e de estrangeiros conversando com familiares pela internet. Ouvia-se o permanente ruído de teclados, abafado vez por outra pelo barulho de carros quando alguém abria a porta frontal de vidro. Não era necessário exibir documentos para usar os computadores, e o lugar tinha sua quota de tipos estranhos, os quais duvido que fizessem negócios muito lícitos por ali. Inclinei a cadeira, fazendo escorregar farelos de salgadinho com cheiro de queijo, sentei-me e, na baia de fórmica branca que delimitava o espaço de cada usuário, escrevi um texto em meu melhor inglês, com todos os detalhes que constavam das fotos do relatório sobre o navio, acrescentando haver fraude nas guias, dado o real conteúdo dos containers: lixo tóxico. Então usei um tradutor automático on-line, um tanto primitivo, convertendo o texto para o português, de forma a parecer que alguém que não falasse minha língua tivesse feito aquilo. O resultado foi um texto tosco, aqui e ali com falhas de concordância verbal e uma ou outra palavra não traduzida, mas passível de compreensão. Era exatamente o que eu queria. A ideia era encaminhar um só e-mail a diversos órgãos públicos brasileiros — Receita Federal, Ibama, Capitania dos Portos — e a um jornal de grande circulação, no qual costumava haver uma repórter investigativa que na certa adoraria cobrir um caso daqueles. Uma rápida consulta e foi possível confirmar que a repórter ainda atuava no jornal. Eu sabia que ela iria ao menos verificar a denúncia e, como o e-mail tinha todos os destinatários visíveis, que estaria atenta ao que cada órgão público faria a respeito.

Interrompi um jovem que estava na baia ao lado e, sem muita cerimônia, disse-lhe que queria criar um e-mail difícil de rastrear. Em menos de dois minutos o rapaz de não mais de vinte anos me deu todos os passos, como se, para ele, aquilo fosse coisa corriqueira. O e-mail usaria servidor de um país e transitaria por outro e seria reconvertido em outro e tal. Não guardei nada daquilo, mas segui as etapas que o rapaz foi me indicando. Agradeci pagando-lhe um refrigerante e, com tudo pronto, colei o texto no e-mail. Antes de enviar, porém, levantei-me, fui até a máquina de café, coloquei a moeda, apanhei o café, morno e horrível, dei mais uma olhada no texto. Além do dilema original de repassar ou não aquelas informações, eu havia estupidamente criado um novo dilema: se mandasse o e-mail, iria contradizer o que dissera a Lily — que *jamais* faria uma denúncia anônima — e isso mostraria a ela que não se podia confiar muito no que eu falava. Devo ter passado mais de quinze minutos observando o cursor piscar na tela. Transpirando, hesitava em apertar a tecla. Talvez a coisa certa fosse *não* fazer aquilo.

42

Muitos dias foram necessários para nos adaptarmos à ideia de que não mais veríamos Lucca, cuja ausência marcava nosso cotidiano como se, mesmo a distância, seu vulto se lançasse sobre nós. Joe, atribulado com o novo trabalho, tampouco veio nos visitar, Stella se ausentou dos encontros no pub, e Halil quase não aparecia, às voltas que estava com preparativos para uma audiência na universidade, parte do procedimento acusatório de plágio.

Eu andava perturbado com a ideia de que também podia ter "ferrado com tudo", e me questionava se não cometera um terrível erro ao desprezar o que havia de sabedoria e cultura naquela cidade, trocando tudo por bebedeiras infindáveis e um devaneio quanto a "fazer algo diferente". Cambridge abrigara e abrigava almas dedicadas ao conhecimento pelas razões de sempre — si mesmo ou o outro, vaidade ou amor — mas eu vinha renunciando àquela valiosa oportunidade em favor de uma fantasia, na ilusão de que, se tivesse uma personalidade desprendida como a de Lucca, estaria mais contente. Era eu quem desprezava Cambridge, ou a cidade que me cuspia na face por não estar à sua altura? Talvez a cidade não estivesse contente comigo... Eu esquadrinhava meu passado, reconstruindo minha história: os esforços de minha mãe para que eu chegasse à faculdade, as madrugadas em claro estudando, a exaustão no primeiro emprego como advogado, a espinhosa escolha em meio a tantas possibilidades, a alegria das conquistas no trabalho. Minha vida em Cambridge parecia um soco de ingratidão em minha própria história, tudo indicando que eu devia abandonar os arroubos que romantizavam a vida alheia e me dar por satisfeito com a minha própria...

Numa noite de RAF Bar cheio, aconchegados em nossa mesa preferida, Lily e eu recontávamos histórias de quando éramos seis; mas tudo tinha sido alterado, e nos faltavam pedaços: havia um gosto de *fim*, como se tudo tivesse explodido ao pisarmos numa mina. Falamos de trivialidades por quase todo o tempo, e apenas quando o sino soou indicando quinze pras onze mencionei que andava questionando minhas escolhas profissionais.

— Abandonaria a advocacia?

— Não. Estou certo de que é meu caminho. Tenho refletido, e planejo voltar às origens. Quero recomeçar, mas na área que me levou a me decidir pela profissão.

— E por que não fazer como Lucca, que está sempre mudando o curso da vida? Você não consegue ser mais arrojado do que apenas "mudar de área"?

— Mudar de área pode não ser "arrojado", como você diz; para mim já é muita coisa.

— Ah, a segurança... — disse Lily, bufando em sinal de desdém.

— Não preciso atirar fora uma carreira. Você também não o faria.

— Não, não faria.

— É ilusório achar que toda a realização virá de um emprego, qualquer que seja ele. Talvez possamos encontrar isso que procuramos, e que não sabemos bem o que é, noutros lugares, fazendo outras coisas que não necessariamente sejam trabalho.

— Alguma ideia?

— Indo ao topo de um vulcão, por exemplo.

— De novo essa história?! Não pode estar falando sério.

— Estou.

— Você e Lucca estão cada vez mais parecidos...

Um sujeito magro de quase dois metros, assemelhado a um poste quadrangular envelopado de azul — calça e camisa jeans — se aproximou de Lily. Ela se mostrou surpresa, e por alguns segundos ninguém se moveu. Então Lily se levantou, ele se curvou, e se beijaram.

— Não gostou de me ver? — perguntou a Lily o sujeito, que então pude identificar como "o idiota do namorado francês".

— Apenas não o esperava — respondeu ela, hesitante. — Você não disse nada e...

— Era para eu ter chegado há dois dias. Problemas com o voo. Quis surpreender você. Vou ficar apenas esta noite. Amanhã tenho uma reunião em Londres, e o voo de volta à China sai no fim da tarde.

Eles se viraram para mim e Lily nos apresentou.

— Theo, este é Gaspard.

Trocamos um aperto de mãos, ela indicou uma cadeira ao namorado, e todos voltamos a nos sentar. Fui obrigado a assistir aos abraços do casal que de há muito não se via, e à repetitiva explicação dele sobre querer fazer surpresa, com Lily se esforçando para convencê-lo de que estava feliz por ele ter vindo a Cambridge. Depois tive de ouvir o sujeito de cabelo endurecido por gel tagarelar sobre cifras: quanto ele ganhara em ações, quanto gastara em vinhos para comemorar, quanto custara o carro de não sei quem. Quando Lily nos deixou para ir ao toilette, ele se virou para mim. Sua face não guardava a amenidade disfarçada do momento anterior, e seus olhos desdenhosos, de quem se habituara a enxergar os outros como subalternos, tremularam quando ele falou:

— Serei direto. Lily me contou sobre você. Sei que passam muito tempo juntos, e não gosto nada disso. Vou fingir alguma civilidade, mas não quero saber de minha namorada a sós com você em pubs.

— Somos amigos, ela é adulta e sabe decidir por si — disse eu, após raspar dentes com dentes, inconscientemente reproduzindo o que Lucca costumava fazer.

— Não perca seu tempo. Ela não é para você.

— O que quer dizer?

— Ela é inglesa. Você é de longe.

— Está sendo maltratado na China?

— De forma alguma. Eles não...

— Não tratariam mal um francês? — perguntei, ironizando a prepotência do sujeito.

— Estou lá a trabalho.

— E eu aqui a trabalho.

— No fundo as pessoas sempre ligam para de onde os outros vêm.

— Não, não ligam.

— É o que você diz — falou ele, inclinando o tronco em minha direção de forma provocativa.

— A nacionalidade é só um detalhe curioso, esquecido depois do primeiro contato — completei, repetindo o movimento dele, de modo que ficássemos à distância de um soco.

— É o que você diz.

— Há alguns anos trabalhei com parisienses. Pessoas fantásticas. Elas se envergonhariam do que *você* diz. Lily, com certeza.

— Não importa. Ela jamais vai me deixar. Estamos ligados de uma forma impossível de ser desfeita.

Lily não podia amar aquele pernóstico. Talvez na juventude ele tenha sido diferente, menos estúpido, e os anos trabalhando com altas somas é que tenham entortado sua cabeça. Aquele sujeito mesquinho era incompatível com Lily. Era o tipo de homem que acreditava tanto em si mesmo que, se acreditasse em qualquer outra coisa com a mesma intensidade, seria um santo ou um gênio.

E o que um idiota daquele podia amar nela? Sim, ele amava uma face, talvez, um corpo, uma ideia de conquista pretérita, mas... amava o que ela sentia e pensava? Amava-a em sua essência, em suas contradições e conflitos?

Quando Lily retornou, Gaspard a recebeu com um sorriso cínico, já se levantando. Cochichou algo no ouvido dela, virou-se para mim, despediu-se com um sorriso ainda mais cínico e saiu de lá segurando-a pela cintura.

Restou-me a mesa no RAF Bar, com as outras cadeiras vazias, a gravata afrouxada, pendendo mole do pescoço, um fundo de cerveja sem gás no copo, e a visão de Lily se afastando, acorrentada àquele imbecil.

43

Na manhã seguinte eu estava na capa de um jornal brasileiro. Não com meu nome ou imagem, mas com um texto mal escrito em português, reproduzido na íntegra e entre aspas, atribuído a um denunciante anônimo. A jornalista não me decepcionara; nem tampouco me decepcionaram os órgãos que receberam o e-mail: a longa matéria, que continuava na página 7, dava conta da apreensão do navio no porto de Santos.

O interessante foi a reação na cadeia de pilantras: o cliente, que exportara os resíduos, acusou o importador de não ter conseguido manter a operação em sigilo; o importador se indispôs com a transportadora do material em terra; esta acusou a tripulação linguaruda da empresa locadora do navio, de bandeira liberiana; a proprietária do navio acusou o armador grego; e este, o exportador. A advogada que me entregara os envelopes trocados telefonou para me sondar.

— Está *suspeitando* de mim? — e usei a antiquíssima tática de indignação fingida, fazendo-me de ofendido, sabedor, porém, que isso só funcionava por telefone (cara a cara eu me atrapalharia todo).

— Você terá problemas se descobrirmos que divulgou informações sigilosas.

— Não sei do que está falando. E, se for me acusar de algo, faça isso direito — e desliguei.

Voltei à leitura do jornal, que lia no *laptop* apoiado na cama. A matéria revelava que o navio ficaria retido no porto por semanas ou meses, com vultosos gastos de estadia, até que se concluísse a perícia; depois, teria de levar a carga de volta para a Inglaterra. Todos os envolvidos foram multados em milhões de reais e eu fiquei em paz.

Sei que vocês devem estar pensando em ética profissional e tal. Bem, eu era mais novo, não era candidato a professor de ética, e fiz o que devia fazer — o que me pareceu ser "a coisa certa". E tudo porque, rememorando minha primeira viagem de trem a Cambridge, pensei em como somos tratados como produtos, coisinhas vendáveis, e depois lixo, como os papéis de bala que eu vira no assoalho do trem naquela viagem; e, acima de tudo, porque redescobri em Knightsbridge que um dia houve uma ponte — e um cavaleiro.

44

Gastei a tarde no Polar Museum vendo uma exibição sobre viagens de Shackleton, o explorador irlandês, ao Polo Sul no início do século xx. Vi também as pinturas de outro Shackleton, o artista inglês Keith Shackleton, que retratavam a vida selvagem na mesma região. Abrigado pelas paredes brancas do museu, e andando devagar para reduzir o barulho de minhas botas de solado de borracha, que deslizavam no piso escuro e polido, me pus a pensar naqueles aventureiros, e me lembrei do recorrente sonho que tinha na infância, na certa influenciado pelo imaginário das grandes navegações.

No sonho eu me encontrava no topo de uma falésia batida pelo vento, sentia a maresia nas narinas, e enxergava, no horizonte, uma ilha com vegetação exuberante e praias parecendo lençóis amarelos secando ao sol. Eu sabia que se tratava de um lugar despovoado, que precisava de um primeiro explorador. De repente, da ilha sai um pontinho escuro, irreconhecível, que logo se transforma num risco bicolor — a parte de baixo marrom, a de cima, branca — e começa a vir na direção da falésia. Conforme se aproxima vai ganhando corpo, e a meio caminho posso perceber que o risco que fora pontinho se trata de uma caravela de descomunais velas brancas. O sol está próximo à linha do horizonte, e as luzes do crepúsculo são rebatidas pelo mar em tons mesclados de vermelho, laranja, azul e púrpura — a ilha ao fundo, e o mar, tornado espelho diante de mim, duplicando a caravela, o céu, o sol, a própria ilha. A caravela chega perto da falésia, mas não pode avançar devido às pedras que despontam junto à arrebentação. Quando o sol toca o mar, o vento silencia e deixa de agitar a poeira a meus pés, como se todo movimento — do mar, do vento, da caravela — tivesse sido suspenso à espera de minhas ações. Sei que preciso mergulhar, nadar até a caravela, pois ela me levará à ilha. Penso em saltar, mas é muito alto, hesito; o vento volta a soprar, impaciente e depois furioso, as águas se tornam turvas e revoltas, e já não sei se há rochas submersas em minha área de mergulho; decido-me, vou saltar, contenho-me, quase salto, demoro-me, a caravela imóvel. O sol vai se fundindo a seu irmão gêmeo, primeiro formando um oito luminoso, depois um sol único — metade sobre a linha da água, metade abaixo. Quando vou saltar, emerge um monstro aquático com cabeça de dragão e corpo de serpente, que submerge e emerge e submerge; sei que devo pular quando ele afunda; mas não salto. A caravela faz meia-volta e toma de novo o rumo da ilha e vai diminuindo, diminuindo, diminuindo, até se tornar de novo um risco bicolor e depois um pontinho ao se aproximar da ilha. Lá, desaparece. O sol também já se foi.

    Não tive mais esse sonho na vida adulta e, de certa forma, já havia chegado à minha ilha. Mas era tudo diferente do sonho tropical: era uma ilha com névoa, castelos, e uma rainha.

45

Fui algemado naquela noite em frente à escola de Fotografia.

Dois policiais haviam acenado para mim dos degraus da entrada, dizendo que precisavam falar comigo. Eu caminhava pela calçada oposta e atravessei a rua em direção a eles, ainda sem compreender *como* o escritório havia descoberto tão rapidamente a identidade do denunciante anônimo do caso do lixo.

Mas não era nada disso.

— Lucca Merisi, gostaríamos que nos acompanhasse até a delegacia — disse-me o policial loiro e atarracado, assim que me aproximei.

— Não sou Lucca Merisi, senhor.

— Esta foto nos diz o contrário — disse o outro policial, moreno, muito alto, exibindo-me uma folha impressa do site da escola, na qual Lucca ainda figurava como integrante do corpo docente.

— Pareço-me com ele, somos amigos, mas não a mesma pessoa. Posso provar.

Fiz a besteira de levar a mão ao bolso da calça num movimento brusco. O atarracado entendeu que eu pretendia reagir, pulou até a calçada, segurou-me pelo ombro e agilmente colocou as algemas em meus pulsos.

— Eu ia apenas pegar meus documentos! — protestei.

O policial alto olhou de modo repressivo para o colega.

— O que está acontecendo aqui?!

Era Merry que, saindo da escola, vinha em meu socorro — a guardiã do portal do mundo da Fotografia talvez conseguisse evitar minha passagem pela porta de uma cela.

— Ela pode esclarecer tudo — disse eu aos policiais.

— Procuramos por Lucca Merisi, mas este senhor nega ser tal pessoa.

— O professor Lucca dava aulas aqui, e de fato eles são muito parecidos — disse Merry. — Mas esse aí é Theo B., nosso aluno.

Meneando a cabeça, o policial alto sinalizou para que o outro me liberasse das algemas, e fomos todos até a secretaria da escola. Pude finalmente exibir meus documentos, e Merry mostrou a eles minha ficha de inscrição no curso, além de uma foto arquivada no computador, na qual Lucca e eu aparecíamos lado a lado, em meio a outros alunos, na sala de aulas.

— Impressionante... — murmurou o policial alto.

— Lamento pelo mal-entendido, senhor — disse-me o mais baixo, que tomou a frente da conversa num tom cordial. — Espero que compreenda o ocorrido devido à sua semelhança física com o suspeito. Mas se quiser formalizar uma reclamação, pode contatar nossa chefia.

— Não quero reclamar de nada. Poderia me informar se há alguma ordem de prisão contra Lucca?

— Nenhuma. Mas ele foi apontado por uma mulher como possível agressor do companheiro dela em Oxford.

— Anne... — balbuciei, sem que eles pudessem me compreender.

— Sabe algo sobre esse caso? — perguntou-me o atarracado.

— Não.

— Bem, o professor Lucca deixou o país, sem previsão de retorno — interveio Merry.

Os policiais se desculparam novamente e saíram às pressas.

— Obrigado — disse eu a Merry.

— Que coisa mais absurda! Você deveria processá-los.

— Sou advogado. A última coisa que desejo é me envolver em processos — retruquei, rindo.

— Alguma notícia de Lucca?

— Nada.

— Isso tudo foi muito constrangedor. Você está bem? — perguntou-me ela.

— Preciso apenas de uma boa cerveja. Aliás, estava indo ao The Eagle. Gostaria de me acompanhar?

— Eu ia mesmo fazer uma pausa para comer.

— Então jante comigo.

Não sei o que meu olhar traiu, mas Merry, com quem eu havia conversado algumas vezes nos intervalos das aulas — e flertado esporadicamente —, surpreendeu-me:

— Jantarei com você, mas, dadas as circunstâncias, há uma condição.

— E qual seria? — estranhei.

— Deve ficar ciente de que não passará de uma boa conversa entre amigos.

— Posso saber por quê?

— Estou de mudança para Brighton. Partirei em alguns dias e não quero deixar nada para trás. Que tal?

— Justo. Gostei da franqueza. Mas apenas por curiosidade: se fossem outras circunstâncias...

— Então tudo poderia ser diferente — sorriu ela.

Merry foi até a sala lateral e retornou segurando uma bolsinha prateada; jogou para o lado os longos cabelos cacheados, deixando descoberto o ombro direito, que era recortado apenas pela fina alça da blusinha branca, e me disse que outra funcionária ficaria em seu lugar e fecharia a escola.

Caminhando ao lado de Merry, cuja beleza sempre me impressionara, no curto trajeto até o pub eu já havia me esquecido da polícia, das algemas e até de Lucca. Sentia terrivelmente a falta de Lily, é verdade, com quem tinha percorrido tantas vezes aquele mesmo caminho; mas agora, com a chegada do namorado idiota, tudo estava perdido.

Ocupamos uma pequena mesa na área descoberta do The Eagle, e, depois de Merry recusar o cigarro que lhe ofereci, pedimos algumas entradas e duas cervejas sazonais.

— Você realmente me impressionou hoje: não se mostrou nem um pouco abalado com a ação dos policiais — disse-me ela. — Mas agora parece triste. Melancólico.

— Há coisas piores do que ser algemado.

— Se quiser falar sobre isso...

— Não seria oportuno.

— Isso está com todo o jeito de desilusão amorosa — disse Merry.

— É um bom palpite.

— Posso então deduzir que haja uma grande mulher nessa história?

— Sempre há nas boas histórias.

Merry se revelou excelente companhia, aliando seu já conhecido bom-humor a um profundo conhecimento sobre Arte, com uma inteligência das mais aguçadas e respostas rápidas e sagazes para tudo o que eu dizia. Nossa afinidade nos gostos era evidente, ela se empenhou em me animar, e até rimos bastante. Enquanto comíamos, ela me contou sobre seus planos para Brighton, onde ia retomar o curso de Arquitetura interrompido há três anos. Pedimos mais e mais cervejas, e em alguns momentos me pareceu que Merry esteve prestes a suprimir a condição por ela mesma imposta. Foi uma noite em tudo memorável...

Mas Merry era uma mulher de palavra: ela deixou a cidade na semana seguinte sem que ficasse "nada para trás", e só me restou pensar no quão diferente poderia ter sido o desfecho daquela noite se a guardiã do portal não estivesse de partida, e eu não estivesse dilacerado pela imagem de Lily com aquele imbecil.

XII
SE VOCÊ NÃO SE LEMBRA...

46

COM O SUMIÇO DOS AMIGOS — Lucca desaparecido, Joe na Bélgica, Stella reticente e Halil com todo o tempo consumido em tentar não se ferrar na universidade —, Lily e eu fomos ficando ainda mais próximos. Não mencionei a ela a breve conversa que tivera com Gaspard no pub, e tampouco ela falou qualquer coisa sobre o reencontro com o namorado: o episódio me pareceu igualmente constrangedor e doloroso para ambos, e a melhor estratégia era mesmo fingir que jamais tivesse acontecido.

   O escritório deixara de me contatar logo depois que os jornais ingleses também noticiaram o caso do lixo; mas, apesar de não me mandar mais trabalho, fez o pagamento do mês, regularmente. Algo estava errado, é claro; no entanto, não havia nada que eu pudesse fazer a não ser aproveitar meus dias com Lily, tentando driblar a preocupação que me arrancava da cama nas madrugadas, em pesadelos nos quais era demitido, execrado no meio em que trabalhava, processado por quebra de sigilo, e então passava a viver na penúria, deixando minha mãe desassistida.

   No fim de agosto, depois de assistirmos a uma apresentação de *Hamlet* num parque público, Lily e eu fomos jantar no recém-inaugurado restaurante Alimentum, na Hills Road, onde as cadeiras vermelhas, justapostas às mesas pretas, traduziam refinamento. Gastando mais do que devia, pedi o vinho sugerido pelo *maitre* enquanto olhava o cardápio de papel vegetal com letras verdes. Partimos os pãezinhos do *couvert*, Lily escolheu um risoto de menta, e eu um medalhão de filé ao ponto com purê de maçã. Estávamos ao som do piano, do qual saíam arranjos jazzísticos; no centro da mesa, uma vela triangular exalava sutil aroma de baunilha. Nossa postura, nossos gestos, nossos sorrisos e os toques sutis nas mãos um do outro na certa davam a entender, a quem nos observasse, que éramos um casal; o problema é que não éramos.

— Meu prato está excelente — disse ela, alinhando as alças do vestido preto e depois fazendo subir, a meio caminho entre o cotovelo e o ombro, o bracelete dourado.

— O meu também. Tudo combina.

— Formamos uma bela dupla — brincou ela, passando a polpa do indicador no bojo da taça.

— Parecemos um casal aqui.

— As pessoas nas outras mesas devem achar que somos. Já teve essa curiosidade?

— Qual?

— Observar as pessoas e ficar imaginando o que estão conversando, como são suas vidas?

— Às vezes.

— É fantástico.

— Fantástica é você — disse eu, aproximando o indicador da chama da vela.

— Não tenha tanta certeza.

— Eu tenho.

— Devia ter prestado mais atenção à peça, Theo. Para além da trama de vingança, uma das coisas que aprecio em *Hamlet* é o debate que provoca acerca da impossibilidade de se ter certeza, e, mais ainda, a respeito de em cima de quantas incertezas nossas vidas são edificadas.

— Creio que também fale sobre *postergar* as coisas — provoquei, tocando a mão dela.

— É uma forma de ler a peça. Não sei se a melhor.

— É isso que está fazendo, não?

— O quê?

— Postergando tudo até alcançar a inalcançável certeza?

— Não seja bobo.

— Não estou sendo. E lembremos de que era você quem há não muito tempo me criticava pelo apego à segurança. Falava até em ser "mais arrojado" ou coisa parecida.

— Bom ponto. Para mim, as decisões são sempre precedidas de longa avaliação, é verdade.

— Tomemos outro conselheiro então. Que tal o Ulisses, de Homero? Creio que ele a aconselharia a ser mais passional, menos comedida, mais imprudente, menos hesitante.

— O conselho serviria para você também — retrucou Lily. — No aspecto profissional, ao menos.

— Trabalho é um assunto chato.

— Sim, é.

— Sejamos então passionais e inconsequentes.

— Ulisses e Hamlet são figuras ficcionais: as consequências ocorrem apenas no papel. Ou no tablado, que seja — disse ela, desfazendo uma dobra da toalha de mesa.

— Será? Às vezes penso que são mais reais que nós todos. Como se eles é que nos tivessem moldado.

— Já disseram que Shakespeare inventou o humano.

— Bem, então precisamos assistir a todas as suas peças, até descobrirmos uma que nos sirva melhor.

— *Romeu e Julieta* seria uma péssima ideia. *Otelo* também.

— Encontraremos uma — garanti.

— *Muito barulho por nada* e *Do jeito que você gosta* têm casais com finais felizes...

— Perfeito. Vamos assistir a essas então.

Lily pediu uma sobremesa de chocolate fundido, que comeu rindo e lambuzando o queixo como uma criança; conforme ela mexia a cabeça, seus brincos — duas tiras compridas e douradas de cada lado, que partiam de um disco no lóbulo da orelha e chegavam até perto dos ombros — cintilavam. Acheguei minha cadeira à dela e, com a ponta do guardanapo limpei seu queixo. Agora eu é quem cuidaria dela. Impulsionado pela música do piano, me aproximei mais, parei de falar, ela também.

E enfim o tão esperado beijo. Três segundos perenes.

— Não — disse-me ela, afastando a boca. — Não posso.

— Por que não?

— Como "por que não"? Você sabe — e franziu a testa.

— O fato de ter namorado não a impediu de ir embora com seu amigo naquela noite.

— Você não percebe nada.

— Eu vi.

— Você me viu indo embora com ele. Nada mais.

— E *por que* foi embora com ele? — perguntei, não muito certo de que queria ouvir a resposta.

— Porque é um sujeito formidável, que conheço há uns quinze anos, e pelo qual eu deveria ter sido apaixonada da mesma forma que ele foi e ainda é por mim. Naquela noite quis ver como seria.

— Você namorava.

— Nada aconteceu. Mas me senti mal pelo simples fato de ter tentado.

— Sentiu-se mal por ter namorado?

— Porque amava outra pessoa.

— Então foi mesmo por Gaspard.

— Preciso ir — disse ela, irritada.

E, com essa despedida singela, a culta psicóloga que eu tanto admirava, que sabia algo ou tudo sobre mentiras, e que sempre me surpreendia com revelações, abandonou-me no restaurante, sob o olhar pasmo do *maitre*, com a conta ainda por pagar e a cara de otário de um adolescente quando leva seu primeiro fora.

47

Não muitos dias depois, Lily se desculpou por ter-me deixado no restaurante: disse que naquela semana estivera sobrecarregada de trabalho, havia discutido com a secretária, brigado com Gaspard, tudo isso a tendo levado àquela descortesia, da qual queria se redimir, convidando-me para um simpósio sobre cinema no Clare Hall. Era início de setembro, o tempo estava excelente, Lily usava um vestido sem mangas, e passamos o resto da noite num café conversando sobre o que víramos no tal simpósio.

Na noite seguinte fomos a um festival de jazz no Wolfson Hall. Voltamos de lá de braços dados pelas bucólicas ruas, cujas árvores nos abrigavam como se estivéssemos no bosque de uma humilde, mas bem cuidada chácara, com o calor fazendo desprender das flores roxas que cresciam na calçada um aroma intensamente doce. No caminho perguntei a Lily sobre como ia o namoro com Gaspard; sem nenhuma empolgação, ela me disse que permaneciam juntos.

— Você pode me explicar *por quê?* — insisti.

— Primeiro eu teria de lhe contar algo sobre minha mãe.

— Sua mãe?!

— Sim. Não é uma história bonita. Nem tem um final feliz — disse ela, ajustando no cabelo uma tiara preta em formato ziguezague, que prendia a franja para trás.

— E Gaspard, o que tem com isso?

— Vou chegar lá. Se quiser ouvir.

— Claro.

Lily inspirou longamente antes de começar a contar.

— Deve ter percebido que nunca falo sobre minha mãe. Não posso reclamar de minha infância, fui criada com amor e atenção; mais de parte de meu pai que dela, é verdade, mas não há traumas desse período. Quando, porém, cheguei à adolescência, comecei a perceber que minha mãe e eu nada tínhamos em comum. Descobri que ela era alcoólatra, saía de casa sem avisar ninguém, demorava dias para retornar. Não foram poucas as vezes em que, estando meu pai em viagem, passei a noite sozinha, desperta, torcendo para que ela voltasse logo, mas receando o momento da chegada, quando não raro ela atirava objetos na parede e gritava que era "muito infeliz". É provável que isso já acontecesse antes, quando eu era menor, mas creio que meu pai tenha conseguido ocultar de mim, inventando viagens de trabalho que ela jamais fez, para justificar aquelas ausências e me proteger da realidade. Minha mãe era ciclotímica: quando estava bem, ia a festas infindáveis; quando ficava mal, trancava-se no quarto, empanturrava-se de balas açucaradas e uísque, e se punha a copiar trechos de Virginia Woolf, a quem admirava e odiava, frustrada por não ter conseguido ser escritora. A última vez que a vi foi defronte à casa em que havíamos morado, e onde meu pai ainda residia, em Kennington, distrito de Londres. Ela fora lá para buscar uns broches, dos quais se lembrou, sabe-se lá por que, dois anos depois de ter deixado meu pai e se mudado; cheirava a álcool e aparentava alguém que não comia há dias. Chamei-a de inconsequente, acompanhei-a até seu apartamento, situado um pouco mais ao sul, em Stockwell, e quis subir para enfiá-la num banho e fazê-la comer; mas ela não permitiu, eu não insisti, e nos despedimos friamente na calçada. Enquanto me afastava, vi que ela tateava os bolsos do casaco preto amarrotado. Tomei o metrô e depois o trem para cá. À noite, recebi a notícia: minha mãe tinha copiado, uma vez mais, Virginia Woolf, mas a seu modo: no lugar de encher os bolsos de pedras e se atirar no rio Ouse, como a escritora, encheu os bolsos de balas açucaradas e se atirou no Tâmisa.

— Meu Deus! Eu não fazia ideia… Lamento…

— Sempre carregarei a dor da dúvida, o tormento de pensar que, se eu tivesse olhado mais para ela naquele dia, deixado o rancor e, no lugar de julgá-la, ter tentado compreendê-la, talvez ela não tivesse feito aquilo.

— Não pode se culpar. Ela era adulta e...

— E estava em crise.

— Sinto muito.

— Na época eu já namorava Gaspard. Foi ele quem me deu a notícia da morte e cuidou de toda a parte burocrática relacionada ao corpo e ao funeral. A frieza que você conheceu no pub, tão ínsita a ele, naquela época deu lugar a uma comovente dedicação a mim: desmarcou compromissos, levou-me para viajar, soube o que dizer e, mais importante, soube quando era hora de nada dizer.

— Entendo. E é natural sua gratidão.

— Estarei sempre em dívida com ele.

— Mas então é isso? Vai arrastar esse namoro, que um dia pode ter sido bom, mas que hoje parece acabado, apenas por... gratidão? Sem amor?

— Você não entende. Uma parte de mim foi destruída naquela época, e ele estava comigo. É comum ficarmos atrelados às pessoas que passam conosco pela destruição. Gaspard e eu estamos ligados de uma forma impossível de ser desfeita.

Eu já ouvira aquilo do próprio Gaspard no pub, e ficou claro que ela absorvera o discurso dele.

— Sei que sofreu um trauma terrível, e que Gaspard foi importante naquele momento doloroso. Mas, até pela profissão, você não deveria estar imune a essas armadilhas que nos prendem aos outros quando já não há mais um sentimento genuíno?

— Ninguém fica imune a nada. Ninguém. Nunca.

48

Ainda naquele mês de setembro, com os derradeiros suspiros do calor, Lily e eu passamos muitas tardes no rio Cam, adormecendo recostados um ao outro, sempre no mesmo barquinho, que chamávamos de nosso — uma embarcação amarela de madeira, com duas almofadas azuis na popa e uma profusão de riscos nas laterais, na certa advindos de colisões com outros barcos, além de algumas inscrições feitas com ponta de canivete ou algo parecido. Lily não se havia desvencilhado do namorado, mas falava dele cada vez menos; era evidente, porém, que ainda estava enredada pelo passado. Mesmo assim, nossas saídas foram repletas de alegria, com meu ídolo de gelo pouco a pouco se transformando em água: havia naqueles passeios um gosto de juventude, algo até mesmo ingênuo, embora não fosse isso o que se esperasse de pessoas da nossa idade; um idílio permeado por aquela nostalgia que todos temos — do que foi, do que ainda não foi, do que nunca será.

Aproveitamos a última tarde do verão no barquinho no rio Cam. Lily, de vestido leve de alças fininhas, exultava: recebera a notícia de que seu livro fora aceito para publicação, queria comemorar e, sentada na almofada, servia-nos vinho branco. Eu havia conduzido o barco em pé e agora postava-me ao lado dela, apanhando a taça que ela me estendia com a ponta dos dedos, que então tinham as unhas compridas e esmaltadas de vermelho. Não lembro bem por quais caminhos enveredamos na conversa até falarmos sobre hábitos de casais, e eu dizer a ela que no Brasil ainda era comum as mulheres adotarem o sobrenome do marido.

Brincamos sobre como ficariam nossos nomes se nos casássemos, e eu disse que o dela seria Lily Godwin Boaventura ou, encurtando, Lily B.

— Não tenho nenhuma intenção de alterar meu nome — retrucou ela, enfiando a rolha na garrafa. — E acho uma bobagem isso de a mulher acrescentar o sobrenome do marido... Mas, pensando bem, não seria tão horrível ser chamada de Lily B. — e soltou o "ri, ri, ri" de que eu tanto gostava.

— Lily B. Lily B. — repeti. — Expressivo, não? Soa como o nome de uma pessoa realizada.

— Muito engraçado... — ironizou ela, aconchegando a face em meu ombro.

Pus a mão em seu queixo e ela ergueu os olhos para mim; depois se moveu, sem afastar muito o rosto, e ficamos com os olhos espelhados. O barco balançou, mas nossos olhos permaneceram como que atados por uma corrente. Estávamos já no atracadouro, prestes a desembarcar, e o sujeito que cuidava do barco nos observava; nós o ignoramos e ele se distanciou.

Então o beijo. Pujante. Arrebatador.

— Ainda não posso — disse ela, interrompendo o beijo.

Outro beijo. Breve. Afável.

— Não.

Outro beijo. Longo. Cinzelado. Contemplativo.

O abraço. O movimentar-se dos corpos. A serenidade extasiada. O repouso enlevado. Permanecemos assim por alguns minutos, em silêncio, com a testa dela sob meu queixo.

— Tenho de ir — disse ela, com um discreto sorriso e duas lágrimas que correram paralelas, cada qual partindo bem do centro dos olhos.

Tentei outro beijo.

— Não posso — e saltou do barco para o atracadouro, subiu os três degraus, dobrou a segunda esquina, desapareceu.

Apesar da beleza ali vivenciada, aquele jogo "quero, mas não posso" estava se tornando cansativo. Na verdade, eu bem preferia, embora já encerrado, "o jogo" de Stella — um jogo cujas regras só ela conhecia, e que só ela podia vencer, mas que ainda assim me permitia jogar; no caso de Lily, porém, o jogo era de outra natureza, mas meu acesso ao tabuleiro, sempre interdito — e quando era admitido, logo eu era atirado fora. Ao menos dessa vez durara um pouco mais...

Permaneci no barco por uns instantes, observando o remo a perturbar a placidez das águas, e devaneando: "Lily B.".

49

Passei o dia seguinte em meu flat fazendo ajustes nas câmeras e fotografando, da janela, a ferrovia. Captava os trens se aproximando, os vagões simétricos e os trilhos que pareciam se juntar no infinito, pensando na engenhosidade da câmera fotográfica e de sua evolução: de uma simples caixa escura, tantas vezes usada por pintores, até se chegar à fixação da imagem em chapas de metal; do daguerreótipo à fotografia digital; das câmeras de grande formato às de telefones celulares.

No meio da tarde recebi dois e-mails do escritório, entendi que a história do lixo fora superada e comecei a revisar um contrato; mas após vinte minutos meu intenso desejo de trabalhar estava saciado, a fome se aguçou, deixando-me um tanto zonzo, e percebi que era hora de comer. Vesti uma das minhas camisetas brancas — era o que costumava usar quando não precisava do terno, e se o clima permitisse, claro — e fui para o The Eagle.

Permaneci no pub por horas, bebendo e conversando com todos os frequentadores. Cada vez que voltava do balcão, mais espuma escorria pelo copo de cerveja, que insistia em oscilar. Esbarrei numa mesa, quase caí, desculpei-me; depois caí numa das saídas para fumar, e se a roupa já estava molhada pelo chuvisco, ficou ainda mais com minha queda, de lado, numa poça d'água. A empolgação com a fotografia fora embotada pela bebedeira, e eu sentia de novo o vazio que evocava as tardes estéreis na biblioteca, com tudo agravado pela rejeição, ainda que parcial, sofrida no barco. Sentia-me derrotado e fumava seguidos cigarros na área aberta do The Eagle. Desde a tarde anterior, quando Lily me deixara sozinho no atracadouro, não nos falávamos.

Lily chegou no momento da última rodada. Além de encharcado, eu parecia ter sido atropelado não por uma bicicleta, mas por locomotivas. Pelo menos foi o que ela me disse assim que se aproximou, com uma expressão que misturava piedade e reprovação. Seus olhos reluziam úmidos, talvez pela chuva, talvez não só por isso, e o sorriso era o mesmo da primeira noite em que a vi.

— Você está bem?

— Ótimo!

— Não é o que estou vendo.

— Não está olhando direito.

— Levarei você embora — disse ela, puxando-me pela gola da camiseta. — Venha.

— Não quero ir.

— O pub está fechando. Terá de ir de qualquer jeito.

— Que horas são?

— A hora certa — respondeu ela, apontando sua tatuagem do relógio sem ponteiros.

Caminhamos uma quadra sob chuva fina, quase um vapor, mas não tenho muitas lembranças do que ocorreu no trajeto, a não ser de meu braço envolto no pescoço dela, e da rua molhada, refletindo as luzes âmbares como os olhos de Lily, e dando aos prédios e becos uma coloração insólita como num sonho. Creio que tenhamos então tomado um táxi para meu flat; mas se alguém me dissesse que naquela noite fui para casa carregado por Lily, ou por um dromedário, ou qualquer coisa ainda mais esquisita, eu não teria como desmentir.

50

Acordei com a voz de Lily pedindo um táxi e dizendo meu endereço; "cinco minutos", repetiu ela ao celular, para confirmar com o atendente. Em pé diante de mim, ela vestia apenas calcinha preta. Sua pele clara difundia a parca luz que vinha da luminária da sala (a luz do quarto estava apagada) e o cabelo escuro, caído nos ombros e com a franja desarrumada na testa, se misturava à penumbra. A seus pés, o tapete redondo, bege e com dobras parecia uma concha de vieira, e era como se eu estivesse diante de um ídolo. Não, um ídolo não, uma escultura representando uma santa. Não, uma santa não, uma divindade pagã — mas não a escultura, e sim a própria divindade: sobre o tapete que se transformara em concha, Lily era figura central do *Nascimento da Vênus*, de Botticelli; o próprio mito, personificado em Lily; a mulher que achava ter seis quilos a mais do que devia e que tatuara um relógio sem ponteiros e que tinha já um idiota e que me ensinara tanto sobre Cambridge e sobre Fotografia e sobre mim mesmo e que ria em três atos; a mulher que sorria mesmo quando chorava; a mulher que eu amava.

Enquanto ajustava o fecho do sutiã preto ela me olhava do mesmo modo equívoco, com piedade e reprovação condensadas em suas pupilas aquosas. Saltei da cama e tentei abraçá-la, mas ela riu, colocando a mão no meu ombro. Fez sinal com os olhos, baixando-os, e mandou que eu também me vestisse — só então percebi estar sem roupas. Revirei os lençóis, vesti apenas a calça, e quando me aproximei de novo ela abotoava sua camisa rosa.

— Já é hora de ir — disse ela. — Conversaremos amanhã.

Eu não conseguia me lembrar de nada. Nada. Nada. Nada. Sabia que ela estivera deitada a meu lado, nua, até há poucos minutos, mas não se acabáramos de ter uma idílica noite de amor ou se eu apenas havia desmaiado. Perguntei a ela — que então já vestira a meia-calça e a saia preta e agora punha os sapatos — o que ocorrera. Ela apenas riu.

— E então, como foi? — insisti. — *Preciso* saber.

— Se você não se lembra, então é melhor esquecer.

As paredes do quarto pareciam vibrar com os lampejos de alguns raios, meu estômago estava destruído, e enquanto eu procurava um analgésico no armário do banheiro, pelo espelho vi Lily se aproximar de mim e me abraçar por trás e dizer que ia embora. Imóvel, ouvi a porta da sala bater quando ela saiu. Fiquei sozinho diante de meu rosto transfigurado. Aquilo era ridículo. Como é que eu podia não me recordar? Fui à sala. Encontrei uma garrafa de vinho pela metade e duas taças. Comecei a me lembrar de algo. Eu havia insistido, e ela, dito que eu já tinha bebido demais; mas acabou aceitando, afinal, era um de seus vinhos preferidos, e eu a ameaçara de que, se ela não ficasse, beberia a garrafa toda sozinho. Em prol de minha saúde ela aceitaria uma taça. Lembrei-me também de ter colocado músicas em sequência no celular, e de que, sentado com ela no sofá, brindamos; pronto! Fim. Nenhuma lembrança mais. Fim. Fim. Olhei meu relógio de pulso. Não passava de uma da manhã. Calculei que, se havíamos saído do pub no horário de fechamento, às onze da noite, não teríamos demorado mais que cinco minutos de táxi para chegar a meu flat. Então tínhamos permanecido ali, juntos, por quase duas horas. Mas, em que momento nos despimos? E o que houve? Eu não sabia. Era mais uma travessura da memória, que registra detalhes irrelevantes como a cor de um balcão de pub, mas nada sobre a primeira noite entre lençóis com quem se ama.

51

Passaram-se três semanas, e Lily se manteve distante: não a encontrei na escola de Fotografia em seus dias de aula, nem no pub, e ela tampouco atendia às ligações. Por mensagem me disse apenas que precisava refletir sobre sua vida, desmarcara as consultas dos pacientes e fora passar alguns dias em Londres com o pai. E, às minhas insistentes mensagens de que queria saber sobre "nossa noite", respondeu apenas uma vez, cruelmente: "Se você não se lembra, então é melhor esquecer".

No dia seguinte a essa resposta, no entanto, Lily me surpreendeu com um telefonema na hora do almoço. Ela já estava de volta, a ligação era um convite — sim, ela adorava esses convites — para uma apresentação sobre Camões no Wordsworth College, e o fato de eu nada saber de um evento no meu próprio *college* pode dar a vocês ideia do quanto eu estava integrado à vida acadêmica. Lily sabia da importância da obra e se disse curiosa, queria conhecer algo da minha língua materna.

Encontramo-nos naquele fim de tarde de outubro defronte à entrada do prédio de tijolinhos ocres. Embora fosse o *college* mais jovem da cidade, construído à beira da Grange Road num dos campos que pertencera ao St John, o Wordsworth College tinha a fachada austera, com uma torre quadrada em cada ponta, o que lhe emprestava ares de prédio centenário. As folhas caídas, rendendo-se ao outono, espalhavam-se entre nós quando nos abraçamos.

Ao final de um dos corredores do Wordsworth, um *banner* indicava o evento, e era ilustrado por sugestivas caravelas. Tomamos assento no auditório revestido de madeira laqueada em branco, onde tudo parecia envolto pelo inconfundível aroma de amêndoa — e eu bem sabia de onde vinha.

A apresentação consistia na declamação de trechos d'*Os Lusíadas* em português por uma aluna angolana, seguida de recitação dos mesmos trechos, traduzidos para o inglês, por outro aluno. Não havia cenário ou figurino especial — apenas o palco com longas cortinas cinzas, sobre as quais derramados dois fachos de luz lilás. O professor de Literatura, um português de Óbidos, grisalho, com pronunciadas costeletas no rosto magro, explicava as passagens declamadas, e um verso chamou minha atenção: "Dai-me uma fúria grande e sonorosa". Chamou ainda mais atenção quando o professor falou do desafio de traduzir *fúria*, pois, embora tivesse o vocábulo em língua portuguesa o mesmo sentido de *fury* em inglês — não só com minúscula, mas também com maiúscula e no plural, *Furies* (e neste caso referindo-se às deusas vingativas da mitologia grega, disse ele) — possuía, no texto de Camões, o sentido mais raro de *inspiração, entusiasmo*. Segurei a mão de Lily, indicando a ela que atentasse para aquilo, e ela assentiu erguendo as sobrancelhas e balançando a cabeça para frente e para trás.

— Gostei — disse ela. — Fúria. Inspiração. Entusiasmo.

Fúria. Inspiração. Entusiasmo. Pensei no conforto da vida moderna, que tira de cena o aventureiro e o mata de tédio; por isso ele se entorpece de álcool, drogas, companheiros medíocres, casamentos tumulares, literatura de bueiro, música de autômatos e TV ruim; atulha as horas vazias com toda a idiotice que puder colecionar, e provisiona a caravela que é sua vida com lixo, mandando-a para outro país, disfarçando assim seus sonhos naufragados.

Terminada a apresentação, saímos pela porta lateral, que dava para um dos jardins, onde o vento fazia as folhas rodopiarem na noite, ascendendo em nossas pernas. Convidei Lily para jantar num restaurante próximo, bastante reservado, pois tinha algo importante e bonito a dizer a ela, não queria ser interrompido por conhecidos em pubs, e ela teria de me ouvir.

— Passo os dias ouvindo as pessoas, mas elas não são nada bonitas — disse-me ela.

— E passa o dia ajudando aquelas mulheres, mas não consegue ajudar a si mesma.

— Talvez você se dê melhor com o estilo de Stella.

— Por que diz isso? — perguntei.

— Sabemos.

— A propósito, vocês duas parecem estar em constante conflito. Nunca perdem a oportunidade para se estocarem.

— Não foi sempre assim.

— Difícil acreditar.

— Stella e eu nos conhecemos há cerca de três anos. O marido dela e Gaspard trabalhavam juntos num fundo de investimentos, chegamos a sair para jantar algumas vezes, e eu a convidei para as aulas de Fotografia. Apesar das personalidades muito distintas, demo-nos bem no início, enquanto falávamos apenas de amenidades. Mas quando Gaspard foi para a China, Stella resolveu palpitar sobre meu relacionamento, dizendo que era longo demais, que estava falido, e retruquei que o casamento dela também não parecia ser nenhum exemplo de amor intenso. Aí nossa amizade desandou.

— O que sabe sobre o casamento dela?

— Que não é da minha conta.

Lily se esquivou do convite para o restaurante e disse preferir o The Eagle. Cruzamos os jardins do Wordsworth e depois os do Trinity College, com um vento indeciso batendo as folhas outonais, ora empurrando-as para um lado, ora para outro; sob um frio de 8 °C registrados no termômetro atrelado a um poste de ferro fundido, e velados por duas fileiras de árvores cujos galhos se tocavam no alto, aproximamo-nos da ponte para atravessar o rio.

— Adorei a apresentação — disse ela. — Mas é difícil entender uma obra tão longa conhecendo apenas alguns trechos.

— É uma epopeia extraordinária. Vou ver se lhe arrumo uma edição em inglês.

— Ótimo. E você, apreciou?

— Especialmente a parte sobre a inspiração.

— Minha preferida.

— Percebe o que nos ronda? Parece que somos sempre convocados a isso. Nossa conversa depois do *Hamlet,* esse trecho de hoje, a carta de Lucca.

— A carta de Lucca... — suspirou Lily. — Há entusiasmo ali, é verdade... mas com uma veemência um tanto juvenil para o meu gosto.

— Por que envelhecemos?

— É assim para todos. É biológico.

— Falo da forma de encarar a vida.

— Voltamos ao mesmo assunto, então?

— Sempre.

Já do outro lado do rio, contei a ela o sonho da ilha e da caravela. Lily me falava sobre arquétipos, inconsciente coletivo, processo de individuação e outros pontos de psicologia junguiana quando chegamos ao The Eagle, onde eu nada consegui dizer de importante ou bonito, pois logo Halil apareceu, surpreendendo-nos — não o víamos há dias — e mostrou-nos a foto que fizera com o celular, sem que percebêssemos: Lily e eu frente a frente, os corpos inclinados um em direção ao outro em simetria, a garrafa de vinho dividindo a cena feito um espelho — como se *ela*, e não Lucca, fosse meu verdadeiro duplo.

Halil se sentou e desconversou quando lhe perguntamos a respeito do processo de plágio, pondo-se a tagarelar sobre um show do Rolling Stones ao qual ele havia ido semanas antes. Lily se mostrava sorridente, parecia feliz. Já eu estava bastante irritado com o "jogo" dela, que vivia a me convidar para eventos inspiradores, recostava-se a mim, beijava-me brevemente e então fugia — à exceção, claro, da noite da qual eu pouco me lembrava e que ela me mandava esquecer. Acabei falando algo infame para ela, ironizando seu namoro à distância.

Visivelmente magoada, Lily se despediu às pressas, dizendo ter naquele momento resolvido ir a Winchester para encontrar os avós, eles eram idosos, careciam de companhia, e ela precisava arrumar as malas. Halil e eu terminamos a noite como todas as outras: bebendo. Seguimos no vinho, e meu amigo parecia segurar a taça com raiva. Ele reclamava de dores na parte superior do abdome, e mesmo depois que Lily se foi, Halil continuou se recusando a falar sobre o processo na universidade, enquanto eu, sem atentar muito aos evidentes problemas do amigo, pensava na mulher que ia visitar os avós.

52

O médico mal-humorado saiu do quarto assim que entrei. As paredes verde-água eram frias e não havia decoração — apenas uma maca, uma cadeira de metal e o cilindro de oxigênio, que não estava sendo utilizado. Um equipo levava soro ao braço de Halil.

— Pancreatite alcoólica — disse-me ele.

— O que você...

— Gim. Um litro. E vim parar nessa droga de hospital.

— Mas fomos embora juntos ontem.

— A garrafa estava no meu quarto. Abri para tomar só uma dose. Para conseguir dormir. Às quatro da manhã a garrafa estava acabada. Às cinco, eu estava acabado. Pedi ajuda ao rapaz do quarto vizinho. Ele disse que estava acabado, não conseguiria nem me levar, chamou a ambulância. Acho que agora tudo está acabado.

Halil tinha os olhos e a pele amarelados, e seu olhar traía um desespero contido, do qual a moléstia parecia ser apenas o ápice. Pôs-se a falar, com dificuldade. Acumulara um volume excessivo de álcool e de erros, nos dois casos com desfechos trágicos. Ele me contava que a pancreatite era "o menor de seus problemas" quando fui expulso do quarto por uma enfermeira que anunciava, pela segunda vez, o término do horário de visitação. Fiz um aceno de longe, pouco antes de fechar a porta, e ele me disse:

— Obrigado por ter falado com o professor Clark. Ele me contou sobre sua tentativa de me ajudar.

— Bem, parece que não adiantou muito — respondi, desanimado, e saí batendo a porta com força desmedida, o que provocou um estrondo e o olhar de repreensão da enfermeira.

O que Halil me dissera naqueles poucos instantes foi suficiente para ver que ele havia mesmo ferrado com tudo. A maca, o soro, a enfermeira que escorraçava visitas — tudo era diluído no problema maior: Halil fora reprovado devido ao plágio, e excluído da universidade com a qual tinha enorme dívida, sem recursos para pagar. Alguns diriam que ele mereceu... mas... sejamos muito rigorosos com os de meia-idade, mas lenientes com os velhos que, surrados, dão-se conta de que se despedem, e com os jovens, que estão apenas começando a apanhar. Todos fumávamos e bebíamos demais naquela época, mas o primeiro a ser abatido foi justamente o mais jovem entre nós. Ele estava de fato arrependido, e creio que a expulsão tivera em seu espírito efeito tão devastador quanto o do gim e das horríveis cervejas de garrafas de plástico.

Eu voltava a pé do hospital para o centro quando recebi uma mensagem de Joe. Ao menos era alegre a novidade que vinha de Bruxelas: ele havia encontrado uma garota francesa, para a qual recitava sonetos de Shakespeare; estavam apaixonados, em breve ele seria apresentado aos pais dela e queria que eu a conhecesse.

Naquela tarde, depois de almoçar num café e ligar insistentemente para Lily, que não atendia, caminhei às margens do rio Cam ao som das folhas secas que se iam esfacelando sob meus pés. Instintivamente fui parar no atracadouro. Entreguei ao rapaz umas moedas, subi no barquinho, conheci a remar. Eu estava há mais de um ano longe de casa, com saudades dos familiares, dos velhos amigos. E agora era invadido por uma saudade silenciosa e profunda também do meu próprio país, da minha cidade, do meu bairro, dos hábitos da minha terra, da efusividade e de todos os outros lugares-comuns que diziam definir nossa identidade cultural.

O barquinho, que por tantas vezes fora símbolo do presente atemporal nas aprazíveis tardes passadas com Lily, transformou-se num precipitado de nostalgia. Em pé, tentando fugir à solidão, resolvi fazer novas fotos dos *colleges* e tirei o corpo da câmera de um bolso do casaco, e a lente 50 mm do outro. Absorto em fotografar a arquitetura, não percebi a aproximação de outro barquinho, que passou rente ao meu. Assustei-me, desequilibrei-me, quase caí, soltei a câmera. Ela repousa no fundo do rio Cam, com um cartão de memória repleto de fotos inexpressivas. De alguma forma, minha própria câmera fazia o salto na água antes de mim.

Toda minha felicidade inglesa parecia ter-se esvaído. Não pela câmera, que logo foi substituída, mas porque Cambridge era para mim desértica naquela semana: sem Lily, que me irritava quando presente — "Se você não se lembra, então é melhor esquecer" — e mais ainda quando ausente; sem Lucca, perdido em algum ponto obscuro do globo; sem Stella, que não via há semanas; e sem Joe, que deixara Bruxelas por uns dias, mas não para ir à Inglaterra, e sim para conhecer a família da namorada na França.

XIII
ADEUS, ADEUS E ATÉ LOGO

53

DESPEDI-ME DE HALIL NA ESTAÇÃO DE TREM.

O inigualável Joe, ao saber da expulsão de nosso jovem amigo, mesmo a distância, se oferecera para quitar a dívida dele com a universidade e lhe arranjara um emprego em Dublin, na empresa de um familiar — a empresa bancaria os estudos lá, e Halil restituiria tudo após o término do curso.

Éramos apenas Stella, Halil e eu na estação. Ele nos contou não ter decidido se revelaria ou não à mãe e ao avô a história do plágio, pediu nossa opinião, e Stella o interpelou, olhando-me de soslaio:

— Mentiras queimam: se não quem as conta, pelo menos quem está à volta.

Ficamos todos em silêncio.

— Até logo, amigo! — disse eu. — Obrigado por ter me atropelado.

— Ah, então você se convenceu do destino.

— Não. Só do atropelamento.

— Até breve, amigos! — exclamou ele, com um pé já dentro do vagão e outro na plataforma. — Algo de bom virá!

Com a partida do trem, marcada pelo lento deslizar da composição, Stella e eu ficamos lado a lado na plataforma. Não havia uma brisa sequer, e seus cabelos, agora louros e curvados nas pontas, mesmo soltos permaneciam estáticos. Ela apanhou o isqueiro quadrado da bolsa, mas desistiu de fumar e ficou apenas acendendo e apagando, com o clique metálico se repetindo conforme ela abria e fechava a tampa, e o cheiro do atrito da pedra do isqueiro se espalhando.

— Ainda não entendi nada daquilo — disse eu.

— Não há nada para entender — retrucou ela, olhando para o chão.

Stella inspirou e expirou com desdém, e logo imaginei que viriam outras frases sucintas. Mas não.

— Todos crescemos ouvindo sobre um grande amor, mas nunca o encontrei completo: nunca associado ao amor carnal — disse ela, movendo os dedos que impulsionavam a água-viva pelas costas da mão que segurava o isqueiro. — Na falta de um verdadeiro grande amor, essa falácia, coleciono grandes amores ficcionais, histórias que conto a mim mesma, e que saciam por algum tempo.

— Num sótão?

— Onde mais?

— Então era mesmo um jogo.

— Fui franca quando o adverti disso.

Ela me deu um beijo no rosto e saiu. Pareceu-me a mulher mais triste do mundo. Mas não era uma tristeza melodramática, pedante, desesperada. Era uma tristeza profunda e contida, uma tristeza clássica e discreta como a própria Stella em sua meditação — concorde-se ou não com ela — sobre aquele aspecto da condição humana, o grande amor idealizado e talvez impossível. De novo ela me surpreendia, e eu não consegui definir se era a mulher mais frágil ou mais forte que já conhecera.

Poucos passos dados rumo à saída da estação, porém, ela fez meia-volta e retornou até mim.

— Não é nada disso. O que escrevi no bilhete era verdadeiro. Mas não podíamos prosseguir.

— Se é assim, não precisava ter feito aquilo e...

— Precisava afastá-lo. Não era a melhor opção, mas foi a que consegui.

— Mas...

— Pode acreditar nisso, caso se sinta melhor assim.

Então ela se foi, definitivamente, e aquela conversa só evidenciou quão limitada era minha capacidade de entendê-la, pois era sua face, e não o que ela dizia, que deixava entrever meandros de sua complexa existência, de sua complicada forma de encarar a vida, de sua natureza ainda mais contraditória que suas falas. O que eu via era a fronteira, quiçá intransponível, de conhecer o outro.

Minha vida também andava um tanto complicada. Halil acabara de partir, deixando uma fenda no campo da amizade; a esta se somava a fissura da ausência temporária de Joe; a esta, o abismo do sumiço de Lucca; a esta, a ruptura com Stella, que queimava mentiras, as quais eu já não sabia se eram ou não mentiras; a esta, a voragem que fazia Lily se distanciar. Ocorreu-me que Halil era o terceiro grande amigo do qual me despedia em Cambridge, e temi não tornar a ver algum deles, com o amargor reforçado pela ideia de que algum dia ainda teria de me despedir *de Lily*, e provavelmente naquela mesma plataforma.

Deixando a estação, refiz a pé, sobre as folhas caídas, o trajeto de minha primeira chegada a Cambridge. Mas, no ano anterior, a caminhada, embora solitária, não fora angustiante, sendo apenas povoada de serena ansiedade, pois nada havia ainda acontecido; agora, porém, um vazio de garrafa esgotada sugeria que tudo que tivesse de acontecer ali já ocorrera, e jamais poderia se repetir.

O outono de novo havia chegado, de novo eu estava melancólico, mas isso nada tinha que ver com o outono.

54

A caminhada de quarenta minutos levou-me ao meu *college*, onde tinha de assinar um documento do curso de pós-graduação. Assim que saí de lá encontrei Alejandro, um argentino que eu conhecera no meu primeiro mês em Cambridge, e ele me convidou para tomar algo com Hector, seu namorado hondurenho, na lanchonete vizinha ao Wordsworth College. Ambos eram químicos, participavam de um programa de nanotecnologia, mas iriam embora da cidade em alguns dias.

Sentamo-nos nos fundos da lanchonete, um retângulo envidraçado com pilares de madeira amarela a cada três metros, bem defronte a um jardim simétrico. Alejandro era metido a poeta, e do topo dos seus mais de um metro e noventa recitava versos; já Hector, cuja pele morena contrastava com a brancura do namorado, era miúdo e conversava pouco — ao menos enquanto sóbrio. Bebemos todo tipo de cerveja, e nossa algazarra, falando numa mistura de espanhol e português, espraiava-se pelas mesas. Uma jovem suíça, amiga deles, aproximou-se com um copo de cerveja, cumprimentou-nos e foi apresentada a mim como Hanna.

— Posso beber com vocês? — perguntou ela, colocando o copo na mesa e encaixando atrás das orelhas os cabelos alourados. — Vocês, latino-americanos, é que sabem se divertir — emendou.

— Sabemos mesmo — respondeu Alejandro. — Sente, por favor.

— E o que são para você esses tais latino-americanos? — perguntou-lhe Hector, afastando as mãos, espalmadas, pelo tampo da mesa.

— Eu não saberia dizer — respondeu a suíça, surpresa, puxando a cadeira e se sentando. — O que são?

— Theo? — inquiriu-me Alejandro.

— Difícil definir nossa identidade — respondi. — Eu sei, por exemplo, que na Argentina existe tango, posso reconhecer Evita numa foto, gosto de parrilhadas. Mas quando tento desenvolver isso, percebo que só surgem estereótipos. E, se conheço tão pouco de um país vizinho que já visitei, tanto menos dos outros.

— Evita! — gritou Alejandro.

— Adoro os contos de Borges — prossegui — e sei que a Argentina foi nossa grande aliada na guerra contra o Paraguai e se tornou nossa grande inimiga no futebol. Mas o que sei eu, de fato, dos argentinos, hondurenhos, mexicanos, uruguaios? Nada além de parcas lembranças de aulas de História no ensino médio.

— Borges! — gritou Alejandro novamente.

— Há um livro interessante — interveio Hector, num tom professoral — *O choque de civilizações*, de Samuel Huntington, que fala de uma "civilização latino-americana", com características tão próprias que a diferenciam da "civilização ocidental" formada pela Europa, Estados Unidos e Canadá, e mais ainda de outras, como a "civilização islâmica" e a "civilização africana". E Carlos Fuentes tratou de forma belíssima da identidade cultural da América de língua espanhola em *O espelho enterrado*.

Eu não conhecia os livros, não conseguia definir o que seria esse "nós, latino-americanos", e nem ao menos um "nós, brasileiros". Como nos enxergamos? Como somos, por nós mesmos e pelos outros, retratados? *Não sabia responder a nenhuma dessas indagações*, mas elas robusteceram meus questionamentos sobre minhas origens, sobre passado e presente, sobre a vida e o que dela faria, e me serviriam, num futuro bem próximo, para propósitos mais empolgantes que divagações numa mesa de lanchonete, interrompidas, aliás, por Alejandro, que discorreu com entusiasmo, pondo-se em pé:

— Nós, latino-americanos, somos indefiníveis por definição. Um amálgama de sangrento passado e esperançoso porvir, uma solidão na euforia e um sorriso ao beco, com o peso do drama e a leveza dos ventos, afagados pela exuberância do meio e a sensibilidade do ourives, no comedimento diário e na explosão festiva, irmanados pela História e apartados por ela mesma, derretidos num cadinho na liga formada por conquistados e conquistadores, nós, latino-americanos, somos impossíveis. E, no entanto, estamos aqui.

— Bravo! — disse Hanna, e ergueu o copo para um brinde.

Alejandro se sentou, tagarelamos mais um pouco, terminamos as cervejas, despedi-me do amigo poeta, do namorado e de Hanna. Quando saí para a rua, bem defronte à porta do *college*, recebi o temido, mas esperado telefonema:

— O escritório não precisa mais dos seus serviços — disse-me a advogada japonesa. — Não recomendo que mencione seu trabalho aqui como referência.

55

Assumi a vaga de Halil no pequenino restaurante que servia comida mexicana em mesas bistrô e tinha um balcão alto no qual se apinhavam os clientes que queriam apenas beber. Sem outra qualificação que não a de advogado, pouco útil para atender mesas, eu trabalhava por 5,52 libras a hora, o que, descontados os gastos que passei a ter com o aluguel de um quartinho na região norte da cidade e um novo plano de saúde para minha mãe, obrigou-me a viver modestamente.

O escritório não me pedira restituição da quantia paga pelo curso e permaneci na Inglaterra para concluí-lo, sabedor, no entanto, de que não conseguiria me recolocar tão cedo como advogado por lá, pois na certa apurariam, junto a meu empregador mais recente, coisas não muito boas sobre mim. Eu julgava ter feito a coisa certa, e mesmo assim fui punido; não posso reclamar: é o que não raro ocorre. Mas aquela mudança abrupta, que eu jamais cogitara, havia iluminado o caminho, e meu dilema fora batido: eu estava pronto para recomeçar, quando retornasse ao Brasil, na advocacia com que sonhara, e trabalharia apenas naqueles casos que considerasse justos — que cumprissem a promessa, feita a mim mesmo na juventude, de abraçar causas como a do desmoronamento que aleijou minha mãe. Sentia-me como na história daquele homem que, chegando à noite na porta da própria casa, apalpa os bolsos e não encontra a chave; passa então a madrugada em sucessivos percalços, refazendo os caminhos que fizera durante o dia, e só no alvorecer, quando está do outro lado da cidade, é que lhe ocorre a hipótese de que talvez não tivesse passado a chave na porta naquele dia; e, de fato, a porta estivera o tempo todo destrancada, e a chave, pendurada no lugar de sempre. Sim, eu retornaria, no amanhecer, à porta destrancada. Mas não ainda. Era tempo de terminar o curso e de servir os clientes, e a vaidade teve de se dobrar atrás do balcão: o homem de terno — eu mesmo — passou a ser o que implorava aos inconvenientes:

— *Go home!*

— Por quê? — perguntava o bêbado, com a visão ofuscada pelas luzes frias que, uma vez acesas, escancaravam o despojamento do ambiente, até há pouco disfarçado pela pálida iluminação.

— Onze da noite.

— Um restaurante não precisa fechar no mesmo horário dos pubs.

— Este fecha.

— Mas...

— *Go home!*

— Só mais uma para...

— *Go home!*

E posso dizer a vocês, foi fantástico. Era mais nobre a arte de tirar cervejas de uma torneira — no tempo certo, com a técnica secular e certa, em meio ao burburinho do bar e com a gravidade daquele que desempenha uma tarefa quase sagrada, para saciar igualmente o operário de botas poeirentas, o turista com seu mapa e a senhora que reencontra as amigas do colégio — do que ficar resmungando numa mesa de biblioteca, reputando *morno* o que fazia, e, pior, colaborando, ainda que sem saber, para alguma falcatrua. Eu observava o ir e vir dos clientes — o ir e vir de sonhos; era um espectador de sonhos transeuntes; assistia àqueles homens e mulheres se aproximarem do balcão como solitários veleiros que, tendo cruzado o oceano, atracam em silêncio, orgulhoso de suas destroçadas velas, em busca de provimentos — para o estômago, para a mente, para a alma.

56

No fim de outubro, gastei três rolos Fujifilm fotografando com uma Contax e uma Leica que me foram emprestadas pelo professor Thomas, e outro rolo com uma Olympus 35 SP que eu mandara vir do Brasil. Senti-me muito importante usando as duas primeiras câmeras, de modelos semelhantes aos usados por Robert Capa e Bresson, respectivamente, e tanto mais usando a terceira, que pertencera a meu fugidio pai, e com a qual haviam sido feitas as fotos da minha infância.

A fotografia analógica e sua revelação ainda integravam a grade curricular, e passei a tarde no minúsculo laboratório da escola — um corredor cego ao qual meteram uma porta — submetendo negativos a banhos químicos — revelador, interruptor, fixador, auxiliar de lavagem, lavagem, detergente — e repetindo o procedimento com papel fotográfico nas ampliações. Estava distante dos cinco amigos, então substituídos por companheiros de nomes estranhos como hidroquinona, bórax, brometo de potássio, sulfato de sódio anidro, tiossulfato de sódio, e pensava em como aquela atividade solitária num laboratório que cheirava a ácido tinha significância em minhas indagações existenciais, fazendo rememorar o gosto de um passado não tão distante, do humano como fazedor de coisas com pleno conhecimento dos processos — como verdadeiro artista.

Mas o humano esqueceu os processos. Não sabe mais a que ou a quem serve o martelo. Os parafusos se tornaram algo místico, assim como as velhas receitas de família, com ternura passadas de geração em geração, mas que agora se afiguram incompreensíveis feitiços de um passado sepulto. A profecia sobre o homem que não sabe amarrar os sapatos enfim se realizou. Tudo é comprável pronto, e pronto está para ser descartado. Nada se cria ou se transforma; tudo se adquire. Nada passa de pais a filhos, e talvez até a genética ainda se vingue. Esquecemos o prazer, a alegria, a completude da arte do fazer, condicionados que estamos pelo medíocre papel de apertadores de botões, de peças que jamais têm um vislumbre do todo, de espectadores silentes que nada podem entrever além das correias que confinam e das engrenagens que aguilhoam. Parece que, de alguma forma, condenamo-nos ou fomos condenados a esquecer...

Eu acabava de concluir um teste de exposição, escolhendo uma faixa subexposta pelo efeito nas zonas de sombra, quando recebi uma mensagem de Halil: "Olá, amigo". A nova chance que a vida lhe dera nos confortara nos dias que se seguiram à sua partida, pois, apesar dos erros do meu jovem amigo, a mão de Joe lhe fora estendida, e Halil pudera recomeçar noutro país, desta vez sem ferrar com tudo. Eu até conseguia ver, mesmo não o tendo diante de mim, reacender naqueles olhos díspares a invencibilidade da juventude. O campo de possibilidades se abria novamente para ele, como deveria reabrir-se para todos — todo ser humano havia de ter ao menos um novo lance. Mas... Que vida levava noutro país? Fizera amigos como em Cambridge? O quanto isso mudaria sua trajetória, e até as de seus descendentes? Eram as mesmas questões de sempre para mim: não só a multiplicidade de vidas, mas a infinitude de possibilidades de cada vida. Era como se Halil tivesse nova oportunidade, em laboratório, de medir a melhor exposição para seu papel fotográfico, corrigir as áreas de muita ou pouca luz; e, de fato, assim que se instalou em Dublin, ele se empenhou no trabalho e no novo curso.

Mas a mensagem continuava, e tratava de algo pesaroso. A tal segunda chance, o novo campo de possibilidades, de nada adiantou: seu avô havia falecido, e meu jovem amigo, que perdera e encontrara o rumo, que ferrara com tudo mas tivera um alento, que usava camisetas com estampas de olhos díspares ressaltados no rosto de David Bowie, que se desvencilhara do que o ligava às origens e depois se arrependera, e que superava uma pancreatite, teve de retornar à Turquia para cuidar do pequeno negócio da família. O amigo que se fizera um pouco distante — Dublin era logo ali — agora se fazia inacessível — Istambul era para mim, naquela época, longe demais. E eu estava só, como no outono em que chegara à Inglaterra. Lucca não voltava, Stella, Lily, bem... Ao menos eu poderia visitar Joe na Bélgica, ou encontrá-lo com a namorada na França.

57

Joseph Truman Baines morreu de manete. Ele fazia um passeio de bicicleta pela Normandia com a namorada, parou para fotografar alguns pássaros, ela prosseguiu; a namorada estava cerca de cem metros adiante quando, numa curva, caiu num buraco — nada sério, sofrendo apenas uns arranhões e uma luxação no tornozelo. Joe se apavorou e pedalou até lá, com toda velocidade que pôde; o desastrado caiu na mesma curva, mas sobre o guidão da própria bicicleta, e um manete se enterrou entre suas costelas, perfurando o pulmão. Foi levado ao hospital, teve um choque anafilático, morreu. Partiu para o país desconhecido do qual nenhum viajante retorna — como eu vira no *Hamlet*...

Mais uísque, por favor...

Não pretendo contar a vocês como é o funeral de um amigo. A fugacidade da experiência humana, o vislumbre do inexorável, a certeza do nunca mais. E nenhuma catalogação de fases de luto ou coisa parecida poderia abarcar o que veio a seguir: não sei se neguei a morte do amigo por uma fração de segundo; sei apenas que de seu afastamento cabal se fez uma angustiada proximidade; ele não estava mais ao alcance, mas jamais estivera tão perto. A Bélgica não era logo ali: a Bélgica ficava em outro universo e, ao mesmo tempo, bem aqui. O amigo não era mais alguém a quem se pudesse surpreender com uma visita, um telefonema ou toque no ombro; sua existência passava a se dar noutro plano, não de um mundo após a morte, mas de um mundo anterior ao nascimento, um mundo no qual dia a dia seus traços fossem atenuados, sua voz minguasse, suas vestes exóticas e o guarda-chuva onipresente se transmudassem em meras imagens pitorescas, e a traição da memória tornasse-o menos ele próprio, e mais algo impalpável, fragmento de um dos melhores períodos de minha vida. Não, eu não deixaria isso acontecer. Não deixaria a dor, a saudade, a traição da memória suplantarem o homem dos aforismos.

Passado o talho inicial, que nunca se fecha — a morte dos que amamos é fenda que cicatriza apenas à superfície, aprofundando-se corpo adentro — vi que lamentos de nada adiantariam, e decidi recordar-me apenas do que importava: do amigo, dos seus aforismos, do seu humor despoluído. E assim, quando penso na morte de Joe, quando me esforço para usar essa palavra tão evitada, *morte*, creio ouvi-lo segredando em meu ouvido: "Não se preocupe; foi só mais um inglês tentando salvar a França". Ouço-o exatamente agora. É isso que fazemos sempre, não? Guardamos das pessoas apenas os gestos e as palavras, ditas ou não ditas, e a carcaça entregamos ao pó.

Só o que não nos fere, ou fere pouco, conservamos conosco — e eis aqui uma travessura benéfica da memória...

Foi tudo muito estranho. Joe e o manete. Um homem que passara a vida imerso nos livros, oculto sob o descomunal guarda-chuva, conservado pelo colete, enodado em aforismos, afastado do ridículo por ser abstêmio, de tudo protegido e, quando resolve se expor um pouco, fazendo algo nada exótico, nada arriscado, num belo dia de sol, num tranquilo passeio de bicicleta, morre. Conseguem entender isso? Eu não consegui à época, e não consigo muito mais hoje. Por algum tempo até me senti culpado — fora minha a recomendação para que ele se aventurasse de bicicleta, e percebi que o que eu dizia aos amigos parecia acarretar desastres encadeados. Nunca mais disse a ninguém o que fazer.

Lembro-me de Joe, de seu andar desengonçado, e dos aforismos pelos quais vivia. "A Beleza salvará o mundo", um dos primeiros que o ouvi dizer, era seu favorito. Lembro-me de sua radiante companhia, de seus inofensivos chistes, de sua silhueta que lembrava uma amável caricatura; e lembro-me de sua vida, que foi um formoso passeio de bicicleta por terras estrangeiras (somos sempre estrangeiros, mesmo em casa), interrompido por um tombo banal, algo que parecia não ter sentido.

Mas, naquela época, nada mais fazia sentido em Cambridge, pois eu não tinha os amigos à mesa — logo eu, que cultivara a certeza de que estaríamos ali para sempre, defrontava-me com a incansável Morte, que me arrancava um deles...

Constatar que a alegria de um período da vida vai se acabando é como ser arremessado ao mar, tendo apenas um vislumbre das águas que deslizam pelo casco do navio, espumam, rebeldes que são, mas logo se aquietam sob a luz do sol poente; pois o navio já se foi, e tudo já se foi, cedo demais, rápido demais, implacável demais, sem que se percebesse...

E foi por esse lancinante talho que a morte dos que amamos provoca que me vi fazendo algo atípico, numa decisão irrefletida: ignorei as pendências com a universidade, ajustei com o gerente uma folga no restaurante, e comprei uma passagem para Milão, com retorno via Roma em dez dias. Era uma tentativa desesperada de encontrar Lucca, minha sombra esfumada, buscando de alguma forma resgatar a vida que eu tivera com os amigos em Cambridge, e que agora se esfacelava. Não, eu não esperava encontrá-lo lá, mas devaneara que, indo a seu país, conhecendo os lugares dos quais ele me falara, talvez absorvesse algo de seu entusiasmo, de sua fúria; e, como também eu tinha certa ascendência italiana, iludi-me com um hipotético retorno às origens longínquas, a um passado esmaecido do qual ressurgisse algum eu ancestral, oculto sob a poeira do tempo.

58

Lily me ligou quando eu caminhava para a estação. A névoa pairava sobre a cidade, deixando a manhã algo cinza, algo azul. Com a mochila nas costas e o cigarro pendente da boca, parado diante de uma vitrine de televisores, eu observava, através da fumaça, um videoclipe do U2 em preto e branco no qual anjos sobrevoavam Berlim.

Assustada por eu não ter me despedido, Lily disse que correria até a estação. Minutos depois ela chegou de táxi, trazendo nas mãos uma caixa retangular fechada por fita verde. Atravessamos juntos a porta de entrada. Os padrões de sua roupa, jamais os esqueci: riscas de giz duplas dominavam o casaco preto, formando uma rede daquelas na qual se quer descansar, uma teia na qual se quer estar preso.

— Seria para o Natal — disse ela, entregando-me a caixa. — Mas resolvi antecipar. Deve ser útil na viagem.

Tirei da caixa uma jaqueta de couro marrom, que vesti sobre a blusa; pedi a Lily que ficasse com a caixa, agradeci.

— Da outra vez foram tortas — disse eu.

— Você estava no hospital.

— E você deixou o trem para mais tarde.

— Não vá ainda — sussurrou ela, mas num tom de verdadeira súplica.

— Preciso.

— Tenho a sensação de que não voltará.

— É claro que voltarei.

— Nada o prende a Cambridge.

— Muita coisa me prende aqui. *Você* principalmente.

— Tenho algo a dizer antes que você parta. É importante.

Devo ter ficado moderadamente com cara de otário: ela se declararia, insistiria para eu ficar, e eu atiraria o bilhete nos trilhos e permaneceria em Cambridge e correria com ela para algum lugar maravilhoso. Minha cara de otário deve ter sido plena quando ela prosseguiu:

— Acho que você não vai gostar disso.

— Diga logo.

— Você estava quase certo.

— Sobre?

— Embora eu não tenha deixado de propósito as fichas das pacientes para que Lucca encontrasse, creio que depois da briga ele as tenha apanhado. Cheguei a torcer por isso.

Decepcionado por não receber o pedido para ficar, e irritado por ela ter trazido aquele assunto despropositado para a hora da minha partida, resolvi atacá-la.

— Bela ética a sua, senhora psicóloga. Não é você a que "odeia" violência?

— Toda semana duas mulheres são assassinadas por seus parceiros ou ex-parceiros na Inglaterra. E eu não queria que minhas pacientes fossem as próximas. Quando vi a violência com que aqueles homens foram agredidos, no entanto, arrependi-me. Mas não havia como deter Lucca sem me comprometer.

Eu sabia que em meu país a coisa era ainda mais dramática — lera nalgum jornal que no ano anterior mais de mil e trezentas mulheres haviam sido assassinadas no Brasil por parceiros ou ex-parceiros, o que dava vinte e cinco crimes daqueles por semana, fazendo os números ingleses parecerem menos tenebrosos; mas não era hora de discutir estatísticas.

— Não imaginava que você fosse capaz de algo assim... — disse eu. — Induzir alguém a agredir os outros...

— Não induzi nada. Torcer para que algo ocorra é diferente de induzir alguém a fazê-lo. O mundo é mais complicado do que você pensa. E as pessoas, mais complexas.

— Eu preferia outro tipo de despedida — reclamei. — Mais ligada a nós dois...

— O que eu sou para você? Deixe-me adivinhar: uma idealização juvenil de algo não vivido? Acertei, não?

Lily realmente sabia muito sobre mim; eu, quase nada sobre ela. Talvez eu tivesse passado aqueles meses gostando mais de uma figura idealizada do que de seu ser real. Há tempos já não me reconhecia namorando a tola garota que anos antes me fizera deixar o cigarro (com a melhor das intenções, é verdade) e, naquele instante, passei a também não me reconhecer na forma ainda mais tola pela qual enxergava Lily.

O trem chegou à plataforma. Lily apoiou a caixa vazia da jaqueta num cachepô de madeira, que contornava o vaso de uma plantinha incipiente, e segurou meu braço.

— Sinto-me tão bem quando estamos juntos... — disse ela, recobrando a amabilidade, enquanto algumas lágrimas tracejavam sua face.

— Você sempre sorri, mesmo quando chora — respondi, abraçando-a.

— Poderíamos ter dado certo. Por que droga temos sido apenas amigos?

— Eu tentei algo mais e... bem... quer mesmo discutir isso agora?

— Você se empenhou, admito, embora, às vezes, de uma forma não muito madura. E, descontada aquela minha iniciativa atrapalhada, que resultou na noite da qual você nem se lembra, fui eu quem falhei.

Encostei meu rosto no dela. Ela se afastou, inclinando o pescoço para trás, e se desvencilhou do abraço. Aquilo me irritou: era uma despedida, não havia tempo para jogos.

— Se você falhou, é porque insiste nesse namoro estéril a distância — comentei. — Não faz nada para mudar. Vai desperdiçar a vida se lamentando. Stella estava certa: seu relacionamento está falido.

— Por que está sendo rude?

— Porque você é o clichê da mulher eternamente esperando o homem que não quer se comprometer; um homem que, aliás, usa o trauma da morte de sua mãe para mantê-la ancorada a ele.

— Como sabe disso?!

— Um homem é capaz de contar sua vida inteira em poucos minutos num pub se achar que isso servirá para "demarcar seu território".

— Ele lhe disse essas coisas? — perguntou Lily, furiosa.

— Ele disse outras. Mas essas ficaram óbvias.

— O que eu deveria fazer?

— Terminar esse namoro. Ou tomar logo um avião para a China, casar-se. Sei lá eu. Mas algo.

— Bem, pelo menos ele não hesitou em mudar de vida quando pôde. Aceitou a proposta para trabalhar na China sem ter de pensar. Não é como você, que primeiro negava e, agora que admite o mal-estar com o trabalho, limita-se a dizer que quer "mudar de área".

— Não tenho nenhum interesse em falar do seu namorado ou de trabalho agora. Falava de você. De mim. De nós.

Ela baixou os olhos. Há meses eu estivera na mesma plataforma me despedindo de Lucca, que voltaria em breve, mas desapareceu. Há semanas eu magoara Lily, ironizando seu namoro, e então a magoava de novo, agora naquela plataforma. Desta vez, era eu quem partia, certo de que precisava ir, mas ainda mais certo de que precisava retornar.

O vento dedilhou os cabelos de Lily.

— Estarei aqui quando você voltar — disse-me ela, numa voz conciliadora — Talvez até lá você já tenha aprendido onde deve e onde não deve colocar as mãos — e riu.

— Até quando vai me esperar?

— Meu relógio não tem ponteiros — brincou ela, erguendo o pulso e depois me abraçando.

Ouvimos o sinal de partida do trem.

O beijo. Dois segundos voláteis.

— Use a jaqueta.

— Não a tirarei por nada.

Enquanto o trem se afastava, vi Lily ensaiar um passo à frente, em direção ao vagão, como se fosse acenar para que eu saltasse do trem, voltasse, ficasse com ela; mas logo a perdi, e não pude saber se ela deu esse passo ou apenas fez um aceno final.

Tomado pela nostalgia, lembrei-me de nossa viagem a Leeds, da magia de enxergar Lily em meio ao labirinto nos jardins do castelo, e da imagem que ela criara sobre abrir as portas da fortaleza na qual nos escondemos do mundo; lembrei-me também de que, lá, apenas quando nos juntamos foi que conseguimos encontrar a saída do labirinto. E, lembrando-me de nossa brincadeira no barquinho sobre ela adotar meu sobrenome e se chamar "Lily B.", perguntei-me se Lily estaria mesmo me esperando.

Eu então descobria a magnitude do meu amor por ela: nós tínhamos gostos em comum, nossas conversas transcorriam como se nos conhecêssemos há anos, havia a afabilidade no trato, enfim, todos os elementos de uma grande amizade, o que se constata já nas primeiras horas; havia a admiração, o desejo, a percepção de unidade, o amor carnal; mas havia algo além, e era o impulso de se doar ao outro. Eu a amava mais e mais, agora o sabia; amava nela o que era fácil e o que era difícil ou impossível de amar; amava sua doçura, mas também suas irritações; amava o que nela me inspirava, o que ela me ensinava — e o que nela me deixava confuso. Amava-a na psicóloga que compreendia muito dos outros e pouco dela própria, e na voluntária que nada ajudava a si mesma. Amava-a em suas tortas, em seus clichês, nas músicas que ela adorava, nas peças às quais assistia. Amava-a no que ela dizia e no que não dizia, no que admitia e no que ocultava. Percebi que a amava até em suas contradições.

A única forma de amar verdadeiramente alguém é amá-lo em seus paradoxos.

Com o movimento do trem, cujos ruídos ia esmaecendo pela continuidade que faz os ouvidos se acomodarem, apanhei uma edição do *Cambridge News*, abandonada no banco ao lado. Nada de novo na coluna policial. Por essa época já não mais ocorriam as agressões noturnas a maridos violentos, e o Espancador de Cambridge, cuja identidade jamais foi conhecida pela polícia, foi logo esquecido, tornando-se apenas uma anedota, uma lenda urbana tão real e inverossímil quanto os cones de trânsito que apareciam no topo da capela do King's College ou o fantasma do The Eagle.

XIV
A ITÁLIA E A MINHA CAMBRIDGE

59

COM APENAS DUAS HORAS DE VOO cheguei a Milão. Soprava um vento gelado quando tomei o trem para o centro histórico, e tive de fechar o zíper da jaqueta até a gola. Saí da estação, encontrei o hotel, olhei o mapa, esqueci o mapa no quarto. Andei por Milão como um desmemoriado, incerto dos caminhos a traçar. Duomo, Teatro alla Scala, Castelo Sforzesco, tantas atrações polvilhadas num roteiro etéreo como num sonho. Em um café próximo ao Scala, tendo por companhia um copo de *grappa*, um *espresso* e o cigarro em brasa que se equilibrava apoiado no pires, fiquei observando as estrelas tremularem, e pensando na ilusão que é o céu, cerzido com retalhos de passados distintos. Cada estrela uma possibilidade. O mar celeste de possibilidades. As alternativas, as escolhas, as recusas — e os resultados imponderáveis. Desgraçadamente, temos apenas uma vida. A cada rua que se cruza, a cada esquina que se dobra, a vida se transmuda. Mas poderia ser outra. E poderíamos ser outros.

Eu havia mandado mensagem para Lily, dizendo que chegara bem, e ela respondeu horas depois, recomendando-me que aproveitasse a viagem, seriam momentos únicos, uma oportunidade de estar sozinho e refletir e se conhecer melhor e sei lá mais o que de suas teorias psicológicas. Notei algo estranho em seu discurso — algo sutil, mas racionalizado demais, furtivo, e que parecia não se amoldar à nossa emotiva despedida na estação de Cambridge.

Devia ser pouco antes de meia-noite quando decidi voltar para o hotel. Os portões do parque que eu havia cruzado à tarde já estavam fechados, tive de contorná-lo e, depois de uns vinte minutos de caminhada, acabei me perdendo. Após atravessar uma avenida, encontrei dois policiais numa esquina, que me indicaram a direção correta, e segui.

Eu tinha percorrido duas quadras bairro adentro, por uma rua estreita que contava com apenas uma casa residencial espremida entre prédios comerciais, quando, ao passar diante da casa, cuja varanda e janelas eram fechadas por grandes, ouvi barulho de louça se quebrando e o grito feminino. De repente, a porta se abriu e uma mulher de meia-idade, de pele muito branca e olhos azuis, saiu correndo para a varanda com uma chave na mão. Atrás dela vinha um sujeito forte, também claro e de olhos azuis, vociferando algo numa língua que não compreendi. O homem agarrou a mulher pelo pescoço e ia arrastando-a de volta para dentro da casa, mas o interpelei:

— Ei!

O sujeito disse algo para a mulher naquela língua estranha; seu tom era ameaçador. Eu perguntei se ela precisava de ajuda e, para minha surpresa, a mulher começou a me xingar, primeiro na língua desconhecida, depois em italiano. Pedi a ela que falasse devagar e, se possível, que conversássemos em inglês. O homem a segurou pelo braço de forma bruta e disse, num inglês com sotaque carregado, que era para eu ir embora. A mulher também me mandou embora — em italiano —, mas em seus olhos se podia ler uma expressão de pavor. Sua boca sangrava...

Ficamos os três ali num impasse: o casal trancado pelo lado de dentro da varanda, e eu, na calçada, do outro lado das grades, parado.

— Precisa de ajuda? — repeti.

— Não preciso de nada. Não se meta — gritou a mulher, dando, porém, um passo para trás, de modo a ficar ligeiramente fora do campo de visão do marido ou sei lá o quê, e então começou a mexer a boca, tentando, sem som, comunicar-me algo.

Naquele tempo ainda não tinham se popularizado os sinais não verbais de pedido de ajuda em casos de violência doméstica — como o gesto com os quatro dedos para cima que depois se fecham sobre o polegar — e, com a própria mulher me mandando embora, foi realmente difícil entender o que eu devia fazer.

— *Saia já daqui* — gritou a mulher para mim, o que parece ter deixado o homem muito satisfeito.

Apanhei meu celular. Sem bateria. Fiz menção de me aproximar do portão e o homem deu um passo adiante. Nesse instante, a mulher tornou a mexer os lábios, e a única coisa que pude captar de sua mudez desesperada foi uma palavra que é muito parecida em vários idiomas: *polizia*.

O homem esbravejou e a mulher entrou na casa, sob a atenta vigilância do sujeito que evidentemente queria evitar que ela me revelasse algo.

— Suma daqui — disse-me ela.

— Sim, suma daqui — repetiu ele, e entrou, batendo a porta.

Ouvi o som da chave girar na fechadura, e depois o ruído do que me pareceram dois trincos de ferro sendo fechados. Então, silêncio.

Só havia uma coisa a fazer.

Memorizei o número da casa — 8 —, corri as duas quadras até a avenida, dobrei na esquina e logo avistei os policiais fazendo sua ronda. Contei-lhes o que havia visto, um deles se comunicou pelo rádio, e ambos correram para o local que indiquei.

Segui-os e acompanhei tudo à distância, posicionando-me do outro lado da rua, sob a sombra do pilar de um prédio cinza que parecia abandonado. Vi o homem sair na varanda e dizer aos policiais que morava ali sozinho. Os policiais pediram que ele abrisse o portão e viesse até a calçada, mas ele se recusou. Instantes depois, uma viatura parou diante da casa, e dela desceram mais dois policiais — um homem e uma mulher. A policial feminina começou a falar alto e, pelo que pude entender, pedia para que, se houvesse alguém na casa precisando de ajuda, que se manifestasse.

— Aqui! — e foi um grito abafado, como de uma pessoa que estivesse amordaçada.

Um dos policiais sacou a arma e mandou o sujeito abrir logo o portão. Vi os policiais entrando na varanda e pouco depois a mulher de olhos azuis sair de lá amparada por eles. Ela trazia mais um ferimento no rosto e se desvencilhava, com a ajuda da policial feminina, de uma corda que atava seus pulsos e de uma mordaça.

Outra viatura, uma ambulância, meia-noite e meia, homem preso.

Achei que os policiais viriam até mim para me arrolarem como testemunha ou coisa parecida; mas um dos que havia me informado o caminho para o hotel fez apenas um aceno com a mão, sinalizando que eu podia ir embora.

Não sei qual era a estranha língua que o casal falava, nem de onde eram aquelas pessoas, nem se foi a primeira ou última prisão do sujeito. Mas, ao menos naquela noite, não era a mulher quem iria temer as grades e os trincos de ferro.

60

Na manhã seguinte caminhei seis quadras do hotel até a viela tomada por scooters alinhadas defronte ao escritório envidraçado da locadora de motos, onde iria apanhar a Guzzi que reservara antes de deixar a Inglaterra.

— Impossível — disse-me o funcionário da locadora.

— Como assim?

— O cliente que deveria tê-la devolvido ontem teve um pequeno acidente voltando de Gênova.

— O homem ficará bem?

— Não sofreu nada. Mas a moto está sem condições de uso. Desculpe-me. Temos scooters, se quiser.

— Nenhuma moto grande?

— Um grupo reservou quase todas. Ducati, BMW... Um momento... — olhou a tela do computador. — Para hoje terei uma Harley, que acabou de retornar e está sendo lavada. Se puder aguardar uns minutos, farei pelo mesmo preço da Guzzi.

Não fiquei triste. Levando a mochila nas costas e usando um capacete prateado, saí rumo a Florença, onde fiz dezenas de fotos das esculturas a céu aberto, com breve parada apenas para uma taça de vinho e uma cesta de *panigacci* — uns pãezinhos circulares — com salame e queijo.

Duas noites depois, enquanto comia *pici al cinghiale* — massa com ragu de javali — num restaurante no centro, conferi minhas fotos na câmera: fortificações, igrejas, mais esculturas — como era de se esperar.

Caminhando para meu hotel, vi um sujeito que trajava roupas típicas de funcionário da limpeza urbana e parecia exausto; sentado num banco, com as botas imundas cruzadas uma sobre a outra, as pernas esticadas, o dorso torcido, o lixeiro comia um pão farelento. Lembrei-me de minha mãe. Não porque a fisionomia do sujeito remetesse a ela, mas por algo que ela sempre me dizia: somos dependentes uns dos outros, especialmente dos mais simples; dependemos dos que recebem pouco e se submetem aos serviços que ninguém mais quer ou sabe fazer; das pessoas que não vemos, ou que vemos, mas não enxergamos; daqueles invisíveis que fazem por nós um pouco de tudo, e sem os quais a confortável vida moderna seria impossível. Lembrei-me também de meu amigo Amit e de seu pequeno jardim que evocava a esposa distante; e da loja que ele tratava como se fosse um pequeno jardim — porque a loja servia a outros, àqueles outros que eram o tal "isso" com o qual ele tanto se importava, e que eram para ele um pequeno jardim. Dependemos dos trabalhadores como aquele exaurido homem de botas imundas; de todos os Amits invisíveis que nos servem ou aos quais servimos conforme estejamos aqui ou ali, ou conforme tenhamos nascido de um jeito ou de outro, deste ou daquele lado do balcão, deste ou daquele lado da rua ou da fronteira; dos simplórios que, saídos da espessa bruma do esquecimento, fazem por nós ou dizem-nos algo que parece não pertencer a este mundo, como se sacassem do bolso da calça puída uma epopeia ou uma revelação de Oráculo de Delfos, e então desaparecem para terras distantes, onde retomam, após terem sido deuses por um átimo, a senda modesta dos homens.

61

A caminho de Assis eu não me importava com o vento afiado da Estrada Chiantigiana. Passei ao largo de Siena, tomei uma vicinal empoeirada, cruzei Pienza, bordejei Montepulciano, vislumbrei vinhedos, oliveiras e campos de girassóis ainda não floridos, cheguei ao Lago Trasimeno — o lago que também tinha ilhas. Comi peixe com crosta de pistaches no Ristorante La Cantina, em Castiglione del Lago, caminhei um pouco pelas poucas ruas da cidadela, que tinha uma profusão de empórios que exibiam nas fachadas queijos e salames de todo tipo, percorri mais alguns quilômetros de moto e, cortando um bosque baixo, enveredei por uma estrada de terra batida, recoberta por folhas secas, e depois pela trilha de cascalho que terminava numa planície à beira do Trasimeno. Estacionei ao lado de um suporte para bicicletas, entre bancos curvos de concreto que indicavam ser aquele um ponto de veraneio; num dia nublado de novembro, porém, o lugar estava vazio. Atravessei a ponte de madeira, soltei a mochila e a chave da moto no chão, subi numa pedra. Nas águas, nem sinal de caravela ou dragão. Tive um impulso de garoto, queria saltar, e então me lembrei da minha câmera que repousa no fundo do rio Cam — a câmera que havia saltado antes de mim.

Desci da pedra, substituí as roupas de frio pela única bermuda que trazia na mochila, voltei à pedra e, vendo-me refletido no espelho d'água, saltei sem hesitar sobre minha própria imagem. Ri como um garoto na água gelada, mergulhei, flutuei, e depois, mantendo os olhos na linha da água, que parecia salobra ao contato com a boca, contemplei a imensidão do lago cercado de colinas, e que se espraiava com dobras provocadas pela brisa perene. Eu mergulhava e emergia num estranho batismo — o monstro com cabeça de dragão e corpo de serpente — e ouvia o canto de uma ave distante. Saí da água, sequei-me parcamente com uma camiseta, vesti as roupas que pendurara numa árvore de galhos desfolhados — a jaqueta por cima de tudo. Como tirara as botas às pressas, sem desamarrar, perdi alguns minutos desfazendo os nós dos cadarços, e outros tantos para encontrar a chave na relva que se ia ressequindo e já recebera a cobertura cinza-amarelada das folhas caídas.

Então dei partida e a moto retomou a estrada tangenciando campos lavrados, sobre os quais despencava, a poucas centenas de metros, todo um lençol líquido, numa torrente que fazia explodirem cores nas gotas, com o teto de nuvens parecendo uma franja cortada reta na linha das sobrancelhas. O vento penetrava pelas frestas da viseira, empurrando a pele do rosto contra os ossos, e eu ia recordando o que vivera em Cambridge: o sorriso de Lily surgia numa exposição fotográfica, Lucca me entusiasmava com suas luzes e sombras, Halil me falava da sabedoria de seus ancestrais, as pernas alongadas de Stella dançavam com um violino, os aforismos de Joe eram debatidos por fantasmas num pub, taças de vinho flanavam pelo auditório durante a declamação d'*Os Lusíadas*. Dai-me fúria. Entusiasmo. Eu disse a vocês, em algum momento, que somos feitos de solidão. Mas somos também feitos de outros — de fragmentos dos outros. De onde é que tiraram essa ideia de unidade, não sei dizer: somos feitos de muitos "eus" e muitos outros, num paradoxo insuperável de termos de ser unos, quando somos múltiplos. Cada ser humano é uma hospedaria de "eus", um eu-hospedaria.

Pensei em tudo isso no trajeto? Sim, e essa não é uma das traquinagens da memória a reler o passado dando-lhe um colorido lógico, mas um desvario, arriscado e ilógico, sobre um motor de 1.450 cilindradas. Reduzi a velocidade ao passar pela floresta saída de algum conto mágico, e logo adiante parei para fotografar o pilar alvacento formado pela coluna d'água que descia das nuvens, como se toda a abóboda estivesse nele apoiada, e toda a chuva batesse no chão e subisse envolvendo em brumas a montanha encimada pela cidade de Assis.

Não tardou para que a chuva fosse despejada sobre mim.

62

De manhã a tempestade havia desaparecido. O vento da madrugada, que surrara as persianas do meu quartinho no hotel, na certa tinha soprado aquelas nuvens para bem longe. O céu em Assis era agora de um azul extraordinário, com uma luminosidade que exigia filtros polarizadores nas lentes.

Ao entrar na basílica superior de São Francisco, deparei-me com um guia que explicava os afrescos de Giotto e narrava para os turistas as passagens da vida de Francesco d'Assisi. Passei à basílica inferior, fui à cripta. Éramos apenas eu, o sepulcro, e uma inabalável vela solitária. Lágrimas brotaram. A humildade do túmulo, condizente com a vida do santo e inversamente proporcional à sua fama, pareceram-me uma chave. Havia um Deus, intuí, do qual tanto me falara minha mãe, mas que eu parecia perceber apenas naquele momento; e Ele me falava em código, numa linguagem não captável pelo intelecto, apenas pelos sentidos. Não, não me entendam mal, não fui agraciado com nenhuma visão, nenhum ser sobrenatural cochichou em meus ouvidos, nenhum segredo ou profecia foi-me revelado; só o que posso dizer é que percebi algo diáfano, um sopro talvez, uma brisa tão sutil que nem sequer movia a chama da vela, mas poderia arrancar a montanha e atirá-la ao mar.

Assim que deixei a basílica, subi a ladeira de pedras e passei por uma mulher e um garoto moreno que, em andrajos, brincava aos pés dela, puxando pelo barbante um surrado carrinho de madeira. Lembrei-me do garotinho no hospital em Cambridge, meu companheiro de corredor, que me perguntara se eu iria tirá-lo de lá — soube no hospital, meses depois à minha recuperação, que ele enfim recebera alta. Lembrei-me também das brincadeiras de quintal e da magia de descobrir, numa caixa de papelão, um carrinho perdido anos antes, com as portas abertas, e ao qual faltava uma roda. Essa roda faltante, porém, não lhe impedia o movimento; pelo contrário, provia-lhe de asas, bastando que estivesse de portas abertas. E então o velho carrinho era um avião.

— Uma água, por favor. Natural.

Recostado à cadeira da varanda de um café, vi o garotinho atravessando a rua, arrastando seu carrinho, já distante da mãe que, sentada num degrau no passeio, mexia no celular. Parte da água foi vertida pelo garçom num copo alto, que logo se encheu de gotículas; mas não estavam interligadas como num colar de pérolas, e a imagem que evocaram foi a de pessoas ilhadas. Bebi, enchi de novo o copo com o que restara na garrafa, ergui o copo, observei o menino através da água do copo. Pus o copo na mesa, sem beber o resto, apanhei minha câmera, abri a jaqueta na altura do peito, fui até a calçada, fotografei o garoto. Lily estava certa; Lucca também. A Fotografia não apenas preserva momentos: busca sentidos, conta histórias. *Une.*

Ouvi barulho de porta de carro batendo. Tirei os olhos do visor e olhei para o alto do morro. O motorista entrou num bar. Voltei a olhar para o menino; ele parecia aterrorizado. Garoto, carrinho, ar — nada se movia.

O grande risco de olhar para o outro é que nos sentimos responsáveis.

Olhei de novo para cima. O carro descia a rua — sem motorista. O retrovisor tocou num poste; houve ruído de plástico e de vidro se quebrando. A mãe nem mexeu os olhos. O garoto imóvel, o carrinho imóvel, o ar imóvel, eu mesmo imóvel, o carro vindo. A mãe gritou algo incompreensível e tive o ímpeto de correr em socorro, mas hesitei. O carro foi chegando mais perto, a mulher veio gritando, eu permanecia ridiculamente parado. Então corri e lancei-me e apanhei o menino e saltei, mas a dianteira do carro alcançou-me flutuando; vi as portas e as janelas das casas girarem e os telhados apontarem para baixo; rolei por cima do capô com o garoto no colo e cai à traseira do carro.

As últimas coisas de que me lembro são o som de vidro se estilhaçando e de latas sendo amassadas, e de abandonar-me de braços bem abertos com o peso do garoto sobre meu peito, e de ouvir o barulho surdo de minhas costas batendo no chão medieval.

63

Acordei numa cama de hospital. De novo um hospital. As paredes eram brancas, e as dores, terríveis. No início a claridade me cegou. Só depois pude ver, sobre a mesinha, meu celular, intacto, minha câmera, toda riscada, e a lente acoplada a ela, destruída. Da única cadeira existente no quarto pendia a jaqueta que eu ganhara de Lily, e que agora exibia arranhões — esses mesmos que vocês podem ver bem aqui.

Estiquei o braço, agravando a dor das costas e a da lateral direita do tronco, e apanhei o celular. Liguei para Lily. Desligado ou fora de área.

Uma enfermeira de cabelos vermelhos abriu a porta dizendo que alguém queria me ver. Então surgiu o garoto que voara comigo sobre o carro, e logo depois sua mãe. O garoto tinha um dos braços engessado, mas parecia bem. Na certa estavam ali para me agradecer. Mas a mulher começou a gritar num dialeto maluco e tentou avançar até o leito, onde eu repousava com um curativo na nuca, outro na mão esquerda, e o tronco comprimido por algo que eu não conseguia identificar. A enfermeira agarrou-a por um dos braços. O garoto chorava, a mulher gritava, a enfermeira gritava, e outra enfermeira que também gritava veio em socorro e retirou o garoto e a mãe dali. Quando a ruiva voltou, perguntei-lhe por que a mulher fora tão grosseira — afinal, eu salvara seu filho.

— Ela disse que se você não tivesse demorado tanto, o menino não teria se machucado.

A enfermeira saiu. Ao virar-me para o outro lado, deparei-me com a janela aberta; a cortina, translúcida, cobria apenas metade do vão, formando dois retângulos simétricos — um transparente, outro empanado; pelo retângulo transparente pude ver que lá fora tremulava a bandeira italiana, cujo sentido mais poético agora parecia esculpido: não há possibilidade de esperança no humano sem que ele se renda à convivência com o outro, sem que deposite sua fé no caridoso esteio do amigo — e do desconhecido. Há algo em nós que devasta as conclusões dos lógicos. Há algo em nós que ri das tentativas de nos explicar apenas como matéria. Há algo em nós que chora a perda de alguma coisa tão distante que é como se nunca tivesse ocorrido. Há algo em nós que cai. E há algo que se levanta.

Lembrei-me novamente da foto que fizera tanto tempo antes, no inverno, formando a parte verde da bandeira com as águas do rio Cam, a branca com a neve e a vermelha com o cascalho molhado. Pensei em meu amigo Lucca. Lily percebera tudo: eu ficava cada vez mais parecido com ele, mas era cada vez mais diferente, pois mais parecido comigo mesmo — e com ela. Somos, todos, tentativas bem ou malsucedidas de reproduzir nossos mitos, autênticas contrafações daqueles que admiramos, de nossos heróis reais ou da ficção, daqueles que nos inspiram; imitando-os no entusiasmo, tornamo-nos *isto que somos,* nós mesmos, mais autênticos do que éramos antes da inspiração, aflorando o tal "isto" de que me falara o amigo indiano.

Fui devolvido ao mundo dos vivos dois dias depois. Tinha duas costelas fraturadas, um talho nas costas da mão e uma protuberância na parte de trás da cabeça — não me lembrava de ter batido a cabeça. Teria de tomar analgésicos e anti-inflamatório, e o médico recomendou que eu não usasse a moto — para não fazer esforço. Não segui a recomendação. Tive de aguardar duas horas pela liberação da moto, que fora guinchada até um pátio. No meu celular apareceu uma singela mensagem de Lily: "Saiba que eu te amo".

À noite, no lobby do hotel situado na parte alta da cidade, contatei por telefone o representante brasileiro de um projeto internacional de assistência jurídica a pessoas atingidas por cataclismas e outras tragédias. Aquilo sim parecia valer a pena, ele se interessou pelo meu currículo, e combinamos de retomar as tratativas quando eu concluísse meu curso em Cambridge. Prenunciava-se o fim do contentamento morno dos descontentes.

Empolgado com a nova possibilidade, liguei para minha mãe, que se encantou com a ideia. Logo depois, dei-me um banquete iniciado por pão e azeite e testemunhado pelas estrelas na varanda que se projetava sobre o penhasco. Eu poderia morrer ali, naquela varanda daquele restaurante daquele hotelzinho de Assis, empunhando a taça de vinho em cujas bordas se dobrava a luz da arandela, e contemplando o copo d'água que, na ponta da mesa, duplicava belamente a lua.

Acordei com o canto de um galo, que parecia estar muito próximo. Na mesma varanda de ontem, da qual ainda se podia ver estrelas, fartei-me de pão, leite e mel em uma mesinha de tampo redondo e polido. Um bule de café veio à mesa, avivando o ambiente com seu vapor aromático.

Já sobre a moto, pela estrada ia vendo emergirem da escuridão os ciprestes, um lago, uma casinha de tijolos aparentes, depois outras semelhantes, mais ciprestes, e depois, com o sol já inteiramente visível logo acima do horizonte, uma águia voando em ascendente. No caminho para Roma eu transitava leve, como se envolvido em um mistério inacessível. Com os braços trepidando e as mãos segurando firmemente as manoplas cromadas, eu rememorava os versos de Willian Blake que Joe costumava repetir: "ver o mundo num grão de areia, e o céu numa flor selvagem; segurar o infinito na palma da mão, e a eternidade em uma hora".

64

Eu tinha apenas um dia para estar em Roma, bem menos do que programara. A mão e as costelas ainda doíam — a cabeça não mais — e era preciso andar devagar. Depois de substituir a lente destruída por uma 50 mm que escapara ilesa do atropelamento, fui ao Coliseu no final da manhã, ao Vaticano à tarde, e à Fontana di Trevi à noite.

Um casal de namorados à beira da Fontana ecoava *O Beijo*, de Rodin — o rapaz e a garota sentados na mureta da fonte, ele com o tronco se curvando sobre ela. Atrás deles, feixes de luz abriam clarões na parte posterior dos cavalos de mármore, enquanto o prédio às costas permanecia na penumbra. O burburinho havia sido suplantado pela melodia das águas, e a multidão fora hipnotizada pelo faiscar luminoso no lago da fonte, que parecia uma colcha de diminutos espelhos. Havia também o som de um piano, cuja tampa aberta, laqueada de preto, podia ser vista na janela recortada sobre uma *gelateria*. A moça saltou para o colo do namorado e encaixou a cabeça sob o queixo dele. Era como se houvesse uma ordem sagrada nos movimentos do casal, com a Fontana di Trevi dando-lhe uma moldura, alçando-o a obra de Arte. Senti-me de novo tocado pela Beleza. A Beleza poderia mesmo salvar o mundo. Apenas uma natureza semidivina poderia explicar o que eu vira em Milão, Florença, Assis, Roma. Apenas um anjo poderia ter libertado do mármore a Pietà. E esse anjo era humano — rica e miseravelmente humano.

Ao meu lado, três jovens olhavam a mesma cena. Enquanto eu fotografava o casal, um deles, que tomava um *gelato*, disse aos amigos:

— Aquilo poderia ser o final de uma bela história.

— Ou o começo — disse eu, sem tirar os olhos do visor.

Afastei a câmera do rosto. Agora o namorado olhava para o lado e a namorada para algo invisível, com os mesmos olhos d'O *Êxtase de Santa Teresa*, de Bernini.

— Também gosto de fotografar — disse-me o garoto, mostrando-me sua câmera de bolso. — Mas só tenho essa camerazinha.

— A câmera não importa. O que importa é o seu olhar.

— O que busca em suas fotos?

Não precisei pensar antes de responder:

— "Agarrar, por um instante, um fragmento da cortiça do tempo, e com ele contar uma boa história".

Na manhã do outro dia já não havia mais tempo para fotografar Roma. Eu precisava partir: Lily estava me esperando. "Lily B."! Fúria. Entusiasmo. Eu havia conquistado minha ilha. Era uma ilha com névoa e castelos — e tinha uma nova rainha.

65

Mas Lily não estava me esperando. Ela havia tomado um avião para a China.

E eu permaneci em Cambridge, solitário, servindo mesas ou atrás do balcão, sem muito ânimo para dizer "*Go home!*" aos frequentadores. Certa vez tomei nosso barquinho, iludindo-me de que conseguiria recuperar vestígios das nossas tardes felizes. Inútil: os sons, os aromas, os prédios da velha Cambridge, os jardins, tudo traduzia *a ausência* de Lily. Já num fim de semana desperdiçado em Hunstanton, por um breve momento o pôr do sol sobre o mar fez Lily presente, com o caminho de luz evocando seus longos brincos. Mas logo o sol se fundiu na água, e o dourado dos brincos acinzentou-se, dissolveu-se, desapareceu.

De volta à Inglaterra meses depois, Lily lançou seu livro em Londres. A última vez em que a vi foi na noite de autógrafos, no auditório improvisado nos fundos de uma livraria; ela chegou acompanhada do namorado idiota, então promovido a marido idiota, e parecia feliz com a publicação do livro — mas apenas com isso. Eu desejava que ela encontrasse a felicidade com o marido, entendam, mas, olhando-a com Gaspard, não se via nenhum afeto, nenhuma amizade ou amor, nenhum espelhamento. Lily era um vidro baço através do qual se podia entrever apenas os contornos de uma fonte esvaziada, e vê-la assim foi como ser atropelado e ter as costelas quebradas — apenas mais doloroso. Sua face estampava o que devia estar desenhado também na minha: éramos, um para o outro, o totem taciturno das potencialidades não vividas, o mar de possibilidades naufragadas. Espectros.

Trocamos pouco mais que cumprimentos no início do evento, parabenizei-a, e fui sentar-me na lateral do auditório. Retive o cheiro de seus cabelos; amêndoa, como sempre. Após uma breve apresentação do livro, vieram a fila de autógrafos e o sorriso cínico do idiota ao me ver. Depois, com Gaspard conversando com alguns homens que gargalhavam, enfim consegui ficar a sós com Lily, entre duas estantes de livros, tendo apenas lombadas por testemunhas.

— Como tem sido em Cambridge? — perguntou-me ela.

— Difícil. Sem os amigos não é a mesma cidade. E sem você não é nada.

— Encontrou o que procurava na Itália?

— Encontrei algumas coisas. Perdi outras.

— É sempre assim — disse ela, com os olhos umedecidos, mas sorrindo.

— Você foi embora.

— *Você* me mandou ir.

— Mas era para ficar.

— Não foi isso que me disse.

— Disse para você fazer algo. A primeira opção que mencionei foi terminar seu namoro. E falei de *nós* — relembrei-a.

— Poderia ter sido mais incisivo. Eu *precisava* que você tivesse sido. Onde ficou seu entusiasmo? A tal fúria sobre a qual conversamos?

— Não sou responsável por suas decisões.

— Mas é pelas suas.

— O que eu deveria ter feito?

— Não deveria ter tomado aquele trem.

— Você disse que esperaria minha volta — disse eu, e tive de me conter para não abraçar Lily ou ao menos tocar seu rosto.

— E esperei. Achei que você saltaria do trem.

— Eu precisava ir.

— E eu precisava que você tivesse ficado.

— Enquanto o trem se afastava, pareceu-me que você ensaiava dar um passo adiante para me chamar de volta. Mas hesitou.

— Cheguei perto disso. Senti ser um passo incerto.

— Não era.

— Como eu poderia ter essa certeza?

— Não poderia. Nunca se tem. Mas bastava uma mensagem e eu teria voltado. Ou um passo adiante.

— Esse passo será para nós apenas o vislumbre de uma vida não vivida.

— Não! Esse passo...

— Desculpe, mas essa história de "dar um passo" está muito melodramática — disse ela, apoiando as costas na estante. — Além de ser um clichê, algo de que você sempre reclamou.

— Que seja. Descobri que os clichês também fazem parte da vida.

— Isso já foi longe demais.

— Não, ainda nem chegou perto.

— Agora é impossível.

— Você não vê? Ainda pode dar o passo.

— Essa imagem na qual você insiste ficou encapsulada no tempo. Inacessível. Irrealizável.

— Está feliz?

— O que acha?

Destruído, deixei o lugar antes do fim do evento, com a certeza de que jamais tornaria a ver Lily. Ainda influenciado por Stella, por sua impiedosa reflexão sobre a falácia do grande amor, e pela ardente imagem de seu sótão, ao qual não cogitei retornar nem mesmo quando ela anunciou estar de mudança para Londres, amaldiçoei Lucca e sua carta inspiradora e, amargo, praguejei contra o mundo — o mundo é pródigo em nos ensinar coisas importantíssimas, mas apenas quando já não nos são úteis.

Todos os que eu amava haviam deixado Cambridge. A ilusão do "nós" — nós seis que vivenciaríamos tudo em grupo, edulcorando a existência — esfacelava-se, e eu teria de enfrentar sozinho minhas agruras. Sentia-me um excedente na velha cidade, como se ela me expelisse — como se não quisesse mais saber de mim. Estava terrivelmente só e parecia-me que, se caísse, não haveria quem me amparasse — fosse um amigo, fosse um desconhecido em vielas oníricas. Tornava ao estado natural do humano, à inelutável solidão, que só é aplacada quando duas solidões colidem. Nas melancólicas caminhadas que fazia pelos *Backs*, eu questionava se o acaso, o destino ou alguma Providência havia colocado aqueles cinco amigos em minha vida, pois a amizade de qualquer deles já valia uma fortaleza: Halil, atropelando-me, levou-me aos demais e me mostrou a necessidade de não ferrar com tudo; Joe me apresentou seu universo de erudição, fazendo-me lembrar a todo momento que, o que quer que façamos, será sempre nos ombros dos gigantes que nos antecederam; Lucca me emprestou sua fúria, e nada mais seria preciso dizer; Stella me mostrou o desafio de exprimir em palavras — ditas ou escritas num bilhete a ser queimado — a complexidade dos corações humanos, e que mesmo um "caso de sótão" deixa sulcos na alma; e Lily... bem, Lily semeou a empatia — e a dor que senti ao perdê-la moldou meu espírito para dali em diante abrigar apenas o que realmente importa.

Já disseram não sei quantas vezes que o ser humano é a soma de suas escolhas. Mas creio haver maneira melhor de expressar isso: o ser humano é a soma de seus amigos. Eu era a soma daqueles cinco. Melhor, daqueles seis, pois havia ainda a "sexta amiga", silenciosa e imponente: a "minha Cambridge".

Cambridge mantinha sua força, sua sabedoria, sua beleza — e a inflexibilidade que a fizera durar séculos. Mas não era mais a *minha* Cambridge. A minha Cambridge havia acabado. O implacável desdobrar-se do tempo reduzira a minha Cambridge a nada. Não era mais o lugar onde eu sofrera, rira, aprendera, amara.

Só o poder da memória pode mantê-la viva.

XV
A ILHA E O ESPELHO

66

VIVEMOS CERCADOS PELA BELEZA. MAS NÃO A ENXERGAMOS.

Ela pode estar num modesto jardim, numa exuberante floresta, numa humilde casa, num portentoso castelo.

Depois de deixar Cambridge definitivamente — no sentido físico, pois nunca deixamos em espírito as cidades nas quais vivemos, nem elas nos deixam — conheci muitos lugares, e lá estava ela, a Beleza, destacando-se como se, cercada ou não por água, fosse sempre ser uma ilha. Campos de lavanda na Provença mostravam a inclinação do homem à ordem — e a horta da minha tia-avó, a beleza da assimetria. Leões disparavam no Quênia — e tigres na Sibéria. O pastor campeando nas Highlands, a moça lendo no Alhambra, o bebê sorrindo em Jerusalém. O guerreiro maori saltando, a violinista colorindo Lisboa, a médica cantando em Luanda. A exaustão do maratonista que vence — e o entusiasmo do que chega em último. O naufrágio em Fernando de Noronha, a Grande Barreira de Corais, o perfume da Amazônia, o gosto do Pantanal. Cerejeiras florindo em Tóquio — e baobás em Madagascar. O cego que enxerga mais longe — e o atleta paraolímpico que pode voar. O menino chutando bola, idosos soltando pipas, a formiga ao pé da sequoia, a bengala no banco da praça.

Minha Cambridge e minha São Paulo. A súplica perpetuada em bronze. O beijo cinzelado em mármore.

Vivemos cercados pela Beleza. Mas parece não haver vitória alguma. Desgraçadamente, também vivemos cercados pela dor. E tampouco a enxergamos.

A Beleza comove, mas não aplaca a feiura da dor — a horrenda dor de mulheres espancadas, meninos mutilados, garotas estupradas, idosos abandonados. Os lógicos e os estetas sempre estiveram errados: o dualismo não é beleza-feiura, mas beleza-dor. A dor de tragédias escarificadas na pele, nos olhos, nos ossos; a impensável dor de que temos apenas vislumbres num noticiário, apiedamo-nos por um momento, e logo nos esquecemos.

Lembro-me de um rapaz que, no subúrbio de Goma, no Congo, sob um céu anuviado, estendeu a mão até o celular de um político estrangeiro que visitava o local. Com um empurrão o político atirou-o ao chão. Ajoelhado na rua enlameada, o rapaz, que não devia pesar mais de quarenta quilos e tinha os olhos encovados, estendeu outra vez a mão, que parecia provir de um abismo sem sonhos. O político se esquivou e estava prestes a empurrá-lo de novo, até perceber que ele não queria roubar o celular: com a ajuda de um intérprete, soubemos que o rapaz apenas pedia que tirasse uma foto — implorou ao político que mostrasse ao mundo o que ocorria ali.

Alinta, uma jornalista australiana de meia-idade que eu conhecera há poucos dias, aproximou-se, fez a foto com sua câmera analógica e arrumou uma refeição para o rapaz. Ele comeu devagar, passando os dedos cadavéricos pela borda do prato metálico, como se tocasse uma harpa; mas apenas três colheradas.

— Não gostou? — perguntou-lhe um dos burocratas que integrava a comitiva do político.

Devastado pela fome, o rapaz mal conseguia falar, mas inspirou duas vezes, quase a desfalecer, e disse algo ao intérprete, que traduziu:

— Ele diz que guardará a refeição para a esposa e os filhos.

Poucas horas depois, já dentro de um dos campos de Goma, em meio à confusão de pessoas prostradas, trapos, sacos de comida e crianças chorando entre as barracas de campana que, alinhadas, fracassavam na tentativa de dar alguma aparência de ordem ao caos, vimos uma refugiada falando com uma enfermeira. A refugiada era uma velha. Não, a refugiada não era velha: tinha apenas vinte e cinco anos, e erguia com vagar os braços descarnados, apontava algo acima da linha do horizonte — sabe-se lá para que tipo de visão ou alucinação —, voltava a si, segurava a mão da enfermeira, tornava a apontar para longe, com os olhos baços, rendendo homenagens ou amaldiçoando algum fantasma que pairava logo abaixo das nuvens. Sua existência era um soco na Humanidade que, já tendo produzido aquelas obras de Arte que alçaram os homens ao Olimpo, paradoxalmente causava aquele tipo de desgraça.

O ser humano é um fractal, cujas propriedades se repetem em qualquer escala, podendo-se observar nele uma réplica de toda a Humanidade: somos o anjo e o demônio individuais, e formamos a irmandade, a que chamamos Humanidade — o Anjo e Demônio coletivos. Só o humano poderia esculpir a Pietà; só o humano pode atirar ao solo o aflito de mão estendida. Só o humano poderia construir Florença; só o humano pode produzir o desastre de Goma. O estado natural do ser humano é a contradição, e riqueza e a miséria humanas residem nele mesmo. Observar o humano é descortinar um paradoxo.

Alinta começou a fotografar a refugiada.

— De que servirá isso? — perguntou-lhe o mesmo burocrata de olhos caídos e terno de abutre, e que parecia ter sido designado para fiscalizar as atividades da jornalista. — Amanhã ela estará morta, como tantos outros aqui.

— Se não houver má-fé ou alguma bizarra fixação — disse a jornalista — há um bom motivo: retratar a natureza humana que sofre, a essência do outro, e contar sua história.

— Para quê? — insistiu ele.

— Para que nossa memória não padeça diante da aparente falta de lógica no mundo. Para que o passado tenha alguma lógica. Para que esse absurdo algum dia deixe de se repetir.

O burocrata pareceu ter-se convencido de que nada ali era digno de fiscalização, e se foi. Alinta deu uns passos adiante, passou ao largo de um latão de lixo que exalava cheiro de carniça, curvou-se, arfou.

— Precisa de ajuda? — perguntei.

— Não, obrigada.

— Foi um belo discurso.

— Esse é o problema — disse ela, apoiando uma das mãos na cintura e baixando o rosto, exaurida.

— Qual?

— É um discurso. Tudo o que eu disse àquele imbecil, falava mais a mim mesma, tentando convencer-me de velhas crenças.

— Você falou com tanta resolução... — toquei-a no ombro.

— Estou nisso há muito tempo. E estou cansada. Talvez haja alguma razão no que o idiota disse.

— Mas o mundo precisa saber o que acontece aqui — tentei incentivá-la.

— O mundo sabe. Só não se importa.

— É assim que enxerga seu trabalho?

— Todo ano é a mesma coisa. Nada muda. Vez por outra conseguimos despertar algumas consciências, a matéria vai para a primeira página, muitos se compadecem, algum artista se engaja, faz uma música, arrecada fundos. Mas logo tudo é esquecido. Há interesses demais aqui. Locais e estrangeiros. Muitos lucram com a guerra. Não sei se algum dia isso vai terminar.

— Não pode desistir! — apelei eu a ela.

— Não mesmo. Seguirei registrando, denunciando. Mas perdi a fé em que algo vá mudar a tempo de que eu mesma possa ver. Talvez a próxima geração...

Despedi-me de Alinta na semana seguinte. E jamais tornei a vê-la. Soube pelos jornais que ela havia gravado as falas do burocrata e trazido isso a público, o que provocou uma reação da comunidade internacional e a queda do imbecil e do político que ele assessorava. Alinta morreu dias depois, em circunstâncias obscuras — teria caído de um barco na travessia do Lago Kivu, quando ia de Goma para uma cidadezinha em Ruanda, e se afogado. Suas frases, no entanto, tocaram-me de tal forma que guardei sua voz nasalada, como se ela me repetisse, bem agora, o que me dissera naquele lugar...

Passados dois anos, estive na Síria a trabalho, em Alepo, onde conversei com outro jornalista do mesmo tipo — do tipo que se indigna e faz alguma coisa. Mário, peruano, cobria a guerra civil, revelando ao mundo a barbárie que por lá ocorria. Ele era também escritor e, sentado num pufe marrom no escritório que ainda subsistia na cidade devastada, entre nuvens de baunilha de seu cachimbo, falou-me de suas atividades em Literatura. O que ele me dizia ecoava a concepção de Lucca sobre a Fotografia, e percebi que as duas artes tinham muito em comum: no espaço limitado pelas bordas da foto como pelas páginas de um livro, o fotógrafo busca compreender o que se passa dentro e fora de si, transmitindo, a partir de fragmentos, uma vivência, um devaneio, um sentimento, uma mensagem; e mesmo o autorretrato mais intimista não foge a isso, como se fora um livro de memórias: a única forma de compreender o que vai dentro de si é olhando para o outro, enxergando o melhor e o pior na alteridade do espelho, observando no outro algo de nós mesmos, reconhecendo o duplo, vendo a Beleza e a dor. Lily — empatia — a regra áurea.

Assim que me despedi do escritor peruano e saí para a rua, vi-me engolfado em um tiroteio. Um projétil zuniu a poucos centímetros, atingindo a parede do prédio em construção no qual fui me abrigar, e parte do reboco se desprendeu, espatifando-se entre meus pés. Outros tiros vieram, e vi um homem tombar, ao meu lado, com um furo na cabeça. A Morte, tão palpável. O tiroteio não cessava e tentei escapar pelos fundos do prédio. Ao saltar do segundo pavimento, caí sobre ferragens de arranque e arrebentei a perna direita — nunca fui bom em saltos, e a perna ainda não ficou boa. Com a ajuda de um desconhecido, morador vizinho ao prédio, consegui me arrastar até meu hotel, situado a três quadras dali; pelo caminho, mais mortos, e a dor no olhar desesperado dos sobreviventes.

Um dos grandes desafios da vida é esse paradoxo da Beleza e dor: compreender todo aquele mal sem perder a fé no humano, acreditar em estados contraditórios, amar o próprio paradoxo, o que só é possível a quem consiga contemplar a dignidade da vida humana — de qualquer vida humana. Só no outro podemos enxergar nosso eu insular, que vê, e é visto, com outros olhos. Somos o que nos reconhecemos no outro, o que fazemos ao outro, o que amamos no outro, o que perdoamos no outro, o que perdemos no outro. O eu e o outro: a ilha e o espelho.

O que todos aqueles abismos têm em comum é o olhar dos que sofrem: um atordoamento cabal, um não saber a razão da tragédia; é o olhar dos *desvalidos*. Gigantescos contingentes humanos compelidos a abandonar suas casas, fugindo da guerra, de doenças, da sede, da fome. Deslocados internos, refugiados, o mesmo olhar de incompreensão — o olhar comum à envelhecida jovem do Congo, ao rapaz sem pernas em Cambridge, à menininha chorando na Bósnia, à senhora de olhos claros na Geórgia. O olhar da mãe judia.

Para todos aqueles abismos acorreram voluntários de diversas nacionalidades. Médicos, assistentes sociais, enfermeiros, psicólogos, intérpretes, fotógrafos, jornalistas e tantos outros que abandonaram o conforto de seus consultórios ou escritórios e se atiraram a zonas de guerra, sacrificando algo ou tudo para se dedicarem à multidão de desconhecidos moribundos.

Obviamente não conheci nenhum daqueles lugares fazendo turismo. E o que me levou a eles foi uma conversa travada com um intrépido fotógrafo italiano aos pés de um vulcão.

67

O Nyiragongo é um vulcão situado nas Montanhas Virunga, na República Democrática do Congo, em meio ao parque florestal que abriga animais selvagens, como os famosos e quase extintos gorilas-da-montanha. Com um gigantesco lago de lava, pode a qualquer momento ter outra de suas erupções furiosas, destruindo tudo à sua volta. Mas andava calmo, ultimamente. A alguns quilômetros dele, outro vulcão, o Nyamuragira — um "irmão menor", um pouco mais baixo e também aparentemente calmo, mas o mais ativo do continente africano — preparava para dali a cerca de um ano outro de seus perigosos espetáculos de lava, gás e cinzas.

Encontrei Lucca Merisi em Goma, cidade plantada aos pés do Nyiragongo. Mas ele não estava lá pelos vulcões.

Os conflitos assolavam a área há anos, centenas de milhares de pessoas viviam em campos improvisados, assassinatos e estupros eram constantes. Mais de vinte grupos armados haviam pactuado um cessar-fogo; mas o acordo nunca era cumprido. Nos seis campos ao redor de Goma, as mesmas barracas de lona branca. E crianças morrendo. Conflitos étnicos, disputas pelo poder, pelo controle das riquezas minerais. Homens adultos eram executados, e os meninos, recrutados para integrar milícias. Espalhava-se a epidemia de cólera. Pilhagem por toda parte. A fome atingia crianças que não faziam nenhuma ideia de por que não lhes davam comida, de por que o leite materno havia secado, de por que a irmã se transformara num amontoado de ossos. Crianças que, antes de poderem falar, viam mutilados seus anseios, alegrias, sonhos. Todas as violações possíveis de direitos humanos. Populações inteiras destroçadas, desesperadas por encontrar algumas migalhas em um campo situado a quilômetros de suas casas. Grande parte morria pelo caminho. Muitos vinham de outros campos, próximo a Kiwanja e Rutshuru, recém-destruídos, e os que não eram apanhados pela violência estrondosa dos tiros, eram-no pela violência silenciosa da fome. Nada sabiam dos bastidores da política local ou mundial, dos responsáveis pela exploração do petróleo, dos diamantes que saíam de seus países, das armas que entravam — tudo devidamente garantido nos contratos firmados em sedes governamentais ou escritórios situados em cidades de nomes exóticos como Manchester, Washington, São Paulo ou Moscou.

Ali, a Beleza parecia ter sido apagada do mundo. Ali, as lembranças da vida boêmia que eu levara em Cambridge pareciam um mar de frivolidades.

O trabalho de Lucca era ajudar na distribuição de água e comida. A forma como consegui localizá-lo alguns meses após eu ter deixado Cambridge e as circunstâncias nas quais cheguei ao Congo agora não importam. Deparei-me com meu amigo quando ele descarregava, de um caminhão, sacos de mantimentos com logotipo do Programa Alimentar Mundial, da ONU, para depositá-los numa construção de blocos cerâmicos. O lugar fora projetado para abrigar uma escola, mas ganhara também a função de lar para os órfãos da guerra que nunca terminava.

— Finalmente! — disse Lucca ao me ver pelo retrovisor do caminhão.

Recebeu-me com seu típico abraço, ajudei-o a carregar o restante dos sacos para dentro da escola, empilhando-os num corredor que cheirava a farinha de milho, e ele me mostrou o prédio. Os garotos maiores estavam nas salas de aula, que observamos pelos vidros das portas, e as crianças pequenas tiravam uma soneca em colchonetes na quadra poliesportiva — ainda alheias à política, alheias ao ódio, alheias a quem lucrava com o conflito, alheias a quem interessava o controle da produção; alheias ao que desencadeara a morte de seus pais, a miséria, a destruição de suas casas; alheias a tudo.

— E então? — perguntei.

— É um bom trabalho. Como qualquer outro.

— Toda essa miséria provocada por ganância, politicagem... Isso não o incomoda?

— Incomodar? Não. Isso me enfurece. Aonde quer chegar?

— Talvez haja interesses em manter essa situação e...

— Conheço o discurso — disse Lucca, fixando os olhos nas crianças que dormiam.

— Que discurso?

— O de que a ajuda humanitária reforça a dependência, destrói a agricultura local, pode perpetuar governos corruptos que desviam os alimentos para compra de votos e tal. Talvez seja verdade em alguns lugares, e podemos ficar debatendo isso aqui, ou, melhor ainda, no conforto de um bar, de um auditório acadêmico ou de um programa de TV. Enquanto isso essas pessoas morrem. A fome não tem a paciência necessária para esperar as conclusões dos sábios.

— Não foi o que eu quis dizer.

— Sei disso, Irmão Menor — retrucou Lucca, olhando para mim. — Não me referia a você. Mas a eles.

— Eles quem?

— Os que jamais viriam aqui carregar sacos.

Quando saímos da escola, o caminhão já se havia deslocado uns duzentos metros adiante. Caminhamos para lá pela precária rua de terra, com Lucca animado em receber-me e contando-me sobre seus trabalhos desde que deixara Cambridge: ele estivera na Nicarágua distribuindo alimentos para os desabrigados pelo furacão Félix, e em Burkina Faso numa campanha focada em crianças famintas. "E amanhã não seremos o que fomos, nem o que somos" — grande Joe. Lucca, o vingador, agora um benevolente.

Ali, naquele lugar poeirento, o genuinamente HUMANO surgia. Ali, meu amigo habituado a resolver a vida com socos, revelava-se naquilo que é. Contra todas as prognoses, contra qualquer determinismo, contra a ilusão de natureza imutável, o homem vencia o homem, o homem se dividia pelo homem, mas, magicamente, a divisão era comutada em multiplicação. O promissor fotógrafo internacional, o mítico brigão, o motociclista arrojado que arrebatava corações, o boêmio que era força motriz de festas infindáveis, vivia humilde e anonimamente carregando sacos naquela terra devastada; mas ali o homem não se apequenava: ali se agigantava em HOMEM.

— Pensei que fosse vê-lo de novo na Inglaterra — disse eu. — Fez um belo trabalho por lá, não?

— Fala das aulas?

— Da outra coisa.

— Não veio até aqui só para me perguntar sobre isso, veio?

— Não. Mas estou perguntando agora — insisti.

— Nunca desiste?

— Sabe que não. Aqueles sujeitos tiveram um azar danado quando Lily perdeu as fichas no pub...

— Lily não perdeu ficha alguma — disse Lucca, de forma irônica.

— Não houve lá uma briga e vocês foram postos para fora?

— Nós, não. Os outros.

— E?

— Quando sobramos só ela e eu na mesa, Lily apontou para as fichas e pediu-me para dar um susto naqueles homens. Depois não aprovou o que eu estava fazendo, disse que era violento demais, queria que parasse.

— Então ela não me contou toda a verdade... Por que Lily mentiria para mim?

— Porque ninguém conta toda a verdade nem a si mesmo. E menos ainda a quem ama.

Ficamos por alguns momentos em silêncio.

— Por que parou de ir atrás daqueles sujeitos? — perguntei.

— Há coisas que parecem o certo a fazer numa determinada era, mas depois perdem o sentido. Não me orgulho daquilo.

— Foi embora às pressas. Receio de ser apanhado?

— Eu não seria apanhado. Valentões que batem em mulheres têm vergonha de admitir quando levam a pior. Além do mais, se apontassem de quem apanharam, as agressões às respectivas mulheres viriam à tona. Por isso sei que eles nunca falariam. Como o companheiro de Anne, aliás, que me viu muito bem, sabia quem eu era, mas preferiu aquela mentira de ataque por um desconhecido.

— Ele não revelou nada; já Anne...

— Eu soube. Mas o inquérito foi arquivado — disse Lucca, desdenhando com um franzir de testa.

— Você trata tudo com muita naturalidade... Sabia que cheguei a ser algemado por sua causa?

— Sim. É uma das grandes vantagens de se parecer comigo — riu.

— Como sabe de tanta coisa se estava distante?

— Tenho bons amigos em muitos lugares.

— Não precisava ter ido embora, portanto.

— Era o melhor a fazer.

— E por quê?

— Por conta de algo que ouvi naquela noite no Flying Pig.

— Refere-se ao que Anne disse a você?

— Refiro-me a algo que *você* me disse — falou Lucca, com o indicador em minha direção.

— Então retornou à Bósnia.

— Sim.

— E encontrou lá a menininha?

— Não exatamente. Encontrei a enfermeira para a qual eu a entregara, e que acabou criando-a. A menininha, Zahra, agora adulta, estava na Somália. Então tive de ir até lá.

— E?

— Como pode ver, ela não atirou em mim.

— E como foi reencontrá-la?

— Vê-la foi como me deparar com um fantasma real. Era como assistir, renascida, à irmã: o mesmo queixo pontiagudo, os mesmos cabelos castanhos, os mesmos olhos azul-acinzentados. Zahra trabalhava na distribuição de alimentos a pessoas que, tal qual ela, haviam perdido tudo. Foi ela quem me apresentou o Programa. É o que eu faço hoje. É o que eu tenho de fazer.

— Entendo, mas...

— "A vida é uma luta, não uma conversa" — disse ele, e não precisou explicar que repetia uma citação que Joe certa vez referiu ser a essência do próprio Lucca.

Chegamos ao alojamento de Lucca, uma construção em madeira ladeada por quinze outras iguais e por enormes tendas de lona que serviam como depósitos de alimento. Diante de nós se estendia uma fileira de caminhões brancos, que eram carregados incessantemente. Um pouco além, milhares de pequenas barracas de lona. No horizonte subia o imponente Nyiragongo, que parecia uma ilha rodeada de névoa.

Lucca me apresentou a algumas pessoas que trajavam camisetas brancas ou beges; uma ou outra vestia, sobre a camiseta, um colete bege — às vezes azul — e as braçadeiras que usavam eram as mais diversas. Ele estava ainda mais forte, com os músculos evidenciados sob a eterna camiseta preta, e de cabelos crescidos e barba feita rejuvenescera, enquanto eu, magro e barbado, aparentava ser o mais velho. Nossa semelhança havia desaparecido, e desta vez ele não teve de explicar a ninguém que não éramos parentes.

— Perdeu peso demais. Esteve doente? — perguntou-me.

— É o que chamo de "a eficaz dieta de Cambridge", perfeita para quem tem pouco dinheiro e muitas contas a pagar.

— Conseguiu deixar escapar aquele emprego que lhe pagava bem para não fazer nada? Admirável! — riu.

— Tive lá meus motivos.

— E agora?

— Retomarei minha carreira quando voltar ao Brasil. Recebi proposta de um escritório que cuida dos aspectos jurídicos de causas humanitárias como essa que você abraçou. Em breve advogarei apenas em casos nos quais realmente acredite. Mas antes precisava vir aqui para revê-lo. E para provar a mim mesmo que posso subir um vulcão.

Sentamo-nos frente a frente em bancos justapostos a uma mesa rústica de madeira na varanda do alojamento, onde o incansável ponteiro vermelho de um relógio de parede girava pelos sessenta segundos apressando o mundo. Enquanto meu amigo vertia uísque irlandês em dois surrados copos de vidro, percebi que seus dedos não tinham mais as marcas de cigarro. Brindamos "aos velhos amigos".

Lucca disse que providenciaria o melhor guia para me levar aos vulcões. Contei a ele que meu equipamento fotográfico ficara retido na Imigração por alguma razão burocrática estúpida, ao que ele se levantou e foi até um quartinho, trazendo de lá uma mochila preta. Abriu a mochila e retirou dela uma câmera, que colocou sobre a mesa. Com o sol descendo às costas de Lucca, sua sombra se alongava em minha direção.

— Os vulcões renderão imagens fantásticas até para um amador ruim como você — disse-me ele, com a cabeça virada para esquerda, contemplando o Nyiragongo.

Eu começava a rir quando Lucca, sisudo, prosseguiu, voltando-se para mim:

— Mas, para chegar até eles, você verá pelo caminho as atrocidades que ocorrem por aqui. São coisas impossíveis de se pôr em palavras.

Se decidir fotografar aquelas pessoas, saiba que *terá* de fazer escolhas difíceis. Sobre o que denuncia o horror e sobre o que apenas explora o horror. Por isso minhas câmeras estão juntando poeira. Fique com esta — completou ele, empurrando a câmera para mim. — Agora é sua.

Puxei a câmera, senti o peso do conjunto profissional, passei a mão pela fita isolante que, para tornar o equipamento mais discreto, cobria o nome do fabricante e o modelo. Preparava-me para agradecê-lo quando ouvi o barulho de um veículo freando. Alguém gritou da cabine de um caminhão carregado:

— Ei, Lucca!

Ele se levantou, fechou o zíper da mochila e foi até o quartinho. Voltou de lá vestindo duas braçadeiras, uma de cada lado: a vermelha trazia uma cruz de malta branca no centro, e a outra reproduzia a bandeira italiana. Pus-me em pé, apoiando na mesa as palmas das mãos, entremeadas pela câmera. Lucca se posicionou do outro lado da mesa, espelhando minha postura. Ouvimos tiros à distância.

— Este é outro daqueles lugares em que ou você atira em alguém, ou ajuda alguém, ou dá o fora — disse-me ele. — Não recomendo que atire em ninguém. Mas, enquanto estiver por aqui, talvez possa encontrar sua maneira de ajudar.

De volta ao Cork

Theo B. encerrou seu relato com um trago de Guinness e se levantou para fumar no deque; como, no entanto, desta vez não nos convidou, deduzimos que queria ficar uns instantes sozinho. Ele havia contado sua história de forma cadenciada, com breves interrupções para beber ou pedir outra rodada, além de três pausas mais longas para fumar lá fora. Por apenas duas vezes passou a mão pelo queixo: quando disse que não cogitou retornar ao sótão de Stella, e quando afirmou ter desejado que Lily encontrasse a felicidade com o marido. No começo de seu relato tudo fora claro e levemente irônico; depois a narrativa tornara-se séria, em alguns momentos enveredara por caminhos nostálgicos, como se ele devaneasse em voz alta, até que ao final ele voltou a falar de forma precisa, como se despertado de um sono profundo ao rememorar, em sonho, a erupção de um vulcão ou uma bateria de tiros.

O relato nos absorvera de tal maneira que não percebemos a chuva amainar, a tarde cair, a noite abraçar-nos. Não havia mais tempo para conversar sobre a angústia de tomar ou não o avião na terça-feira e mudar-me do país. Não havia tempo para mais nada. Sem me dar conta, eu tinha desfolhado a rolha do vinho — contei sessenta e sete fragmentos de tamanhos dessemelhantes — e a essa altura a garrafa de Jameson estava pela metade. Reconheci em um de meus amigos a expressão questionadora da veracidade do que ouvíramos; no rosto do outro colhi algo de indisfarçável melancolia. A cozinheira, a mais jovem e certamente a mais inteligente de nós, sorria como se tivesse adivinhado desde o princípio o desfecho de tudo; já a gerente revelava, pelo silêncio plácido, a satisfação por ouvir uma história que já conhecia. A gerente e a cozinheira foram até o balcão recarregar os copos com cerveja, e ao redor da mesa ficamos apenas *nós, os três amigos de infância, calados, observando Theo B. enquanto ele terminava o cigarro na parte descoberta do deque, sem se importar com a chuva fina. Ele tragava como se pudesse aspirar seu passado, soltando-o em baforadas, espraiando a névoa de sua história. Nós o vimos acenar para um táxi estacionado do outro lado da rua. Deslocando-se até o balcão, Theo B. pagou a conta toda e entregou algo à cozinheira e à gerente, dizendo-lhes que as esperaria "lá, amanhã", e veio até a mesa. Com cada mão no ombro de um de meus amigos, em pé e de frente para mim, ele disse não haver tempo para contar mais. "Mas, a vida não é também isso: um encadeamento de histórias subitamente interrompidas?" — perguntou-nos, e, sem esperar por resposta, emendou ter sido ótimo fazer novos amigos num pub. Ele disse que esperava me ver novamente, se possível ainda antes que eu partisse, mas, se não fosse o caso, desde logo me desejava vida longa na Inglaterra — se eu resolvesse ir mesmo para lá. Depois acrescentou: "Eu poderia recomendar a você vários lugares; mas seriam os 'meus lugares', e estou certo de que poderá encontrar os seus". Então sacou do bolso interno da jaqueta um envelope, do qual retirou alguns acartonados e contou "um, dois, três". Enfiou os acartonados excedentes de volta no mesmo bolso, e os que havia separado repôs no envelope, depositando-o no centro da mesa. "Agora tenho de ir. Ela chegará em algumas horas. Vamos ver o que acontecerá desta vez... No envelope há convites para vocês. Até breve, amigos" — e, antes que pudéssemos agradecer o pagamento da conta ou os convites sabe-se lá para o quê, disparou para fora. O táxi partiu e Theo B. não olhou mais para nós. Entreolhamo-nos mudos. A maneira como pronunciou "ela", com ênfase e sorrindo, não nos deixou nenhuma dúvida de que se referia a Lily Godwin, e de que ela viria sozinha. Abrimos o envelope, nele encontrando convites para uma exposição de fotografia em preto e branco, que começaria no dia seguinte. Cada convite era um livreto com imagens de pessoas de todos os tipos e idades, alegres ou desoladas, maltrapilhas, bem-vestidas ou não vestidas, fartando-se num restaurante ou remexendo o lixo, seres afortunados ou desvalidos produzindo arte, dormindo, dançando, trabalhando, brincando, sofrendo, correndo, temendo, protestando, amando, chorando, beijando-se. E tudo em conhecidos cenários do Brasil. Um texto na página 3 explicava que a exposição, inspirada na fotografia de rua de Doisneau, buscava retratar, a partir do povo brasileiro, o ser humano em toda sua variedade e complexidade. Na página 2, uma dedicatória singela: "Para Ela". Na capa, em letras estilizadas, destacava-se o título da exposição: "Fúria em Alto Contraste". Logo abaixo, lia-se: "O renomado fotógrafo brasileiro Theo B., vencedor dos prêmios Pulitzer e Robert Capa Gold Medal por sua série 'O olhar do refugiado', agora volta suas lentes para os dramas e encantos de seu próprio país". Por um momento perguntei-me se aquele sujeito era mesmo real ou apenas mais uma dessas aparições fantasmagóricas, tão abundantes em pubs. Sendo ou não uma aparição, desconfio não ter sido mero acaso ele estar por lá naquele dia — creio que minha boa amiga, a gerente, tenha planejado tudo. Quando a chuva parou, por uns instantes ainda falamos de Theo B. e de sua história; depois erguemos os copos num brinde, e bebemos à certeza de que tudo podia começar num pub como aquele.*

Infelizmente não pude ir à exposição fotográfica de Theo B., nem tive tempo de saber se Lily Godwin deu o passo para algum dia ser chamada de Lily B. ou coisa parecida. Mas é claro que tomei aquele avião.

AGRADECIMENTOS

À MINHA ESPOSA, GABRIELLE, E AOS NOSSOS FILHOS, João, Benício e Liz, pelo amor e inspiração e por acompanharem meu encontro diário com as palavras; à minha mãe, Maria Bernadete Rochetto, e aos meus tios Elisa e Eliézer, que me levaram ao mundo dos livros; à professora Maria José Gargantini Moreira da Silva, pelo enriquecedor debate; a todos os que leram o original ou de qualquer outra forma incentivaram a realização desta obra, com menção especial aos amigos Danilo e Áureo, que acompanharam, ainda em 2012, a elaboração dos primeiros capítulos (os quais foram lidos e discutidos, como não poderia deixar de ser para este livro, em um pub), Fábio e Josué, que pacientemente retornaram ao texto inúmeras vezes, trazendo valiosíssimas sugestões, e Wendell, Raul, Richard, Carol, Raquel, Giovani, Yan e Marcelo, pela inestimável colaboração e apoio; aos fotógrafos Octávio e Cláudia, pela orientação no belíssimo caminho da Fotografia; a Lilian Cardoso e seu time, por construírem para mim tantas pontes e pelo excepcional trabalho de divulgação de minhas obras; e a Renata, Guther, Gabriela, Leonardo, Vanessa, Georgia e toda equipe da Maquinaria, pela acolhida em sua prestigiosa casa editorial e apurada curadoria.

Esta obra foi composta por Maquinaria Editorial na família tipográfica FreightText Pro e Helvetica Neue. Capa em cartão triplex 250 g/m² - Miolo em Avena 80 g/m². Impresso pela gráfica Promove Artes Gráficas e Editora em abril de 2022.